CHERUB

Mission 12 :
LA VAGUE FANTÔME

www.cherubcampus.fr
www.casterman.com

Publié en Grande-Bretagne par Hodder Children's Books, sous le titre: *Shadow Wave*.
© Robert Muchamore 2010 pour le texte.

ISBN 978-2-203-03537-9
N° d'édition : L.10EJDN000818.C005

© Casterman 2011 pour l'édition française, 2013 pour la présente édition
Achevé d'imprimer en avril 2016, en Espagne.
Dépôt légal: octobre 2013 ; D.2013/0053/266
Déposé au ministère de la Justice, Paris
(loi n° 49.956 du 16 juillet 1949 sur les publications destinées à la jeunesse).

La vague fantôme

Robert Muchamore

CHERUB/12

Traduit de l'anglais
par Antoine Pinchot

CHERUB

Avant-propos

CHERUB est un département spécial des services de renseignement britanniques composé d'agents âgés de dix à dix-sept ans recrutés dans les orphelinats du pays. Soumis à un entraînement intensif, ils sont chargés de remplir des missions d'espionnage visant à mettre en échec les entreprises criminelles et terroristes qui menacent le Royaume-Uni. Près de trois cents agents vivent au quartier général de CHERUB, une base aussi appelée « campus » dissimulée au cœur de la campagne anglaise.

Ces agents mineurs sont utilisés en dernier recours dans le cadre d'opérations d'infiltration, lorsque les agents adultes se révèlent incapables de tromper la vigilance des criminels. Les membres de CHERUB, en raison de leur âge, demeurent insoupçonnables tant qu'ils n'ont pas été pris en flagrant délit d'espionnage.

Rappel réglementaire

En 1957, CHERUB a adopté le port de T-shirts de couleur pour matérialiser le rang hiérarchique de ses agents et de ses instructeurs.

Le T-shirt **orange** est réservé aux invités. Les résidents de CHERUB ont l'interdiction formelle de leur adresser la parole, à moins d'avoir reçu l'autorisation du directeur.

Le T-shirt **rouge** est porté par les résidents qui n'ont pas encore suivi le programme d'entraînement initial exigé pour obtenir la qualification d'agent opérationnel. Ils sont pour la plupart âgés de six à dix ans.

Le T-shirt **bleu ciel** est réservé aux résidents qui suivent le programme d'entraînement initial.

Le T-shirt **gris** est remis à l'issue du programme d'entraînement initial aux résidents ayant acquis le statut d'agent opérationnel.

Le T-shirt **bleu marine** récompense les agents ayant accompli une performance exceptionnelle au cours d'une mission.

Le T-shirt **noir** est décerné sur décision du directeur aux agents ayant accompli des actes héroïques au cours d'un grand nombre de missions. La moitié des résidents reçoivent cette distinction avant de quitter CHERUB.

La plupart des agents prennent leur retraite à dix-sept ou dix-huit ans. À leur départ, ils reçoivent le T-shirt **blanc**. Ils ont l'obligation – et l'honneur – de le porter à chaque fois qu'ils reviennent au campus pour rendre visite à leurs anciens camarades ou participer à une convention.

La plupart des instructeurs de CHERUB portent le T-shirt blanc.

MAI 2009

1. Rebelle à plein temps

À la suite des violents incidents survenus en août 2008 lors de la Rebel Tea Party — un important rassemblement de bikers —, une sanglante guerre des gangs a éclaté entre le Vandales Motorcycle Club et leurs ennemis jurés, les Vengeful Bastards, un affrontement émaillé de fusillades, d'attaques à l'arme blanche et de destructions de biens privés. Ce conflit ouvert a atteint son apogée en octobre, lorsque Ralph Donnington, alias le Führer, président national du Vandales MC, a ordonné une série d'incendies criminels visant les club-houses de ses rivaux.

Mais le triomphe des Vandales a été de courte durée. Une fouille opérée lors d'un contrôle routier a permis la découverte d'engins incendiaires artisanaux. Les deux occupants du véhicule, membres des Vandales du South Devon, ont été arrêtés. Lors de la perquisition de leur chambre d'hôtel londonienne, des armes à feu, soixante mille livres en espèces et un ordinateur portable contenant des e-mails compromettants ont été saisis. Ces messages évoquaient les attaques commises sur les club-houses et révélaient des informations comptables relatives aux opérations de trafic d'armes menées par leur gang.

Huit des dix-neuf membres du club ont aussitôt été appréhendés. Au cours de l'enquête, la découverte de nouvelles pièces à conviction a débouché sur l'arrestation de vingt autres membres issus des rangs des Vandales et de plusieurs associations affiliées.

En dépit de ce succès, le Führer se trouve toujours à la tête du Vandales MC. Cependant, compte tenu du nombre de ses lieutenants incarcérés, il se trouve désormais contraint de sortir de sa réserve, de mener lui-même ses activités criminelles et de s'exposer aux foudres de la loi. Des années après avoir échappé à une lourde peine d'emprisonnement, il est aujourd'hui plus vulnérable que jamais.

(Extrait du rapport interne de la police rédigé par l'inspecteur en chef Ross Johnson, directeur de la Cellule de lutte contre les groupes de criminels motorisés – ou CLGCM –, janvier 2009.)

...

James Adams tourna le robinet, s'aspergea généreusement le visage d'eau tiède puis contempla son reflet dans le miroir fixé au-dessus du lavabo de la salle de bains. Il avait laissé ses cheveux pousser et prenait soin de ne pas les laver trop fréquemment. Des mèches blondes et grasses retombaient sur son front. Son acné se tenait tranquille, à l'exception d'un petit volcan écarlate près de la pomme d'Adam.

James arborait le look biker : baskets Nike défoncées, jean taché d'huile de vidange et T-shirt noir sans manches orné du logo d'AC/DC. Une boucle de ceinture argentée en forme de tête de mort apportait la touche finale à ce déguisement. Pour le reste, il était très satisfait de son aspect physique : épaules musclées, biceps saillants et touffes de poils sous les aisselles. À l'issue de son ultime poussée de croissance, il mesurait un mètre quatre-vingt-trois.

— Salut, beau gosse, sourit-il.

Il afficha un air menaçant, et brandit le poing vers son reflet.

— Qu'est-ce que tu regardes, toi ? gronda-t-il. Tu cherches les emmerdes ? Tu vas en prendre plein la gueule, enfoiré de supporter de Tottenham. Bang !

Il se figura son adversaire roulant sur le carrelage et éclata de rire. Il n'avait pas à s'en faire. La maison était déserte. L'été précédent, il y avait séjourné en compagnie d'une contrôleuse de mission et de deux agents plus jeunes que lui. En cette seconde phase de l'opération, il y vivait seul. Selon son scénario de couverture, il s'était disputé avec ses parents, avait renoncé à passer le bac et s'était exilé dans la maison de vacances familiale du Devon pour se lancer dans une carrière de rebelle à plein temps.

Il enfila son blouson de cuir noir en dévalant les marches menant au vestibule, puis il attrapa ses clés dans le vide-poches en cristal placé près de la porte d'entrée. Il sortit son téléphone portable, enfonça les touches *dièse*, *six* et *neuf* afin d'accéder à son répertoire secret et appela son contrôleur de mission.

— Aucun signe du Führer, dit-il. Il a plus d'un quart d'heure de retard.

— Il n'est pas connu pour sa ponctualité, répondit calmement John Jones.

— Et de ton côté ? Kerry est prête ?

— Elle sait ce qu'elle a à faire.

— On ne doit pas laisser le Führer s'en tirer. Ça fait dix mois que je suis après lui.

— Tu as le trac ?

— Disons que mes mains sont un peu moites, pour ne rien te cacher. Mais ça ira. Je n'en suis pas à ma première mission.

— Et ce sera sans doute ta dernière, si tout se déroule comme prévu.

— Bon. Il faut que j'y aille. Ils ne vont pas tarder.

Il coupa la communication et glissa le portable dans la poche arrière de son jean. Les paroles de John Jones lui avaient fait l'effet d'un coup de poing.

Ta dernière.

Ces deux mots résonnaient en écho dans son esprit. Il passa en revue ses cibles passées : *Sauvez la terre !*, le GKM, Jane Oxford, Léon Tarasov, les Survivants, la MLA, Denis Obidin, les Mad Dogs, le Groupe d'action urbaine... Tout se terminerait-il par l'arrestation du

Führer ? Était-il sur le point de jouer le dernier acte de sa carrière d'agent opérationnel ?

Cette idée lui faisait mal, et ce qu'il venait de voir dans le miroir, tout bien pesé, lui brisait le cœur. Les agents de CHERUB étaient des enfants, et c'est cette particularité qui les rendait si efficaces. Ils étaient si petits, si innocents que les adultes n'osaient même pas les soupçonner. Mais James n'était plus un enfant. Il avait dix-sept ans. Sa stature était si impression-nante que les passants changeaient de trottoir à son approche, par crainte de se faire agresser. Avec sa barbe naissante et son nez tordu, il avait l'air à peu près aussi innocent qu'un char d'assaut de l'armée russe.

Dès qu'il entendit gronder le moteur de la Mercedes du Führer, une décharge d'adrénaline chassa instan-tanément ces sombres pensées. Le véhicule remonta lentement l'impasse encadrée d'élégantes demeures puis s'immobilisa sur l'allée de graviers qui longeait la maison. La berline classe E était un véritable monstre mécanique : une AMG sports dernier modèle équipée d'un V8, de vitres fumées, de pneus larges et de spec-taculaires jantes alu.

Ce n'est que lorsque James ouvrit la porte arrière gauche qu'il put en identifier les trois occupants. Le Führer, trapu, l'œil malveillant et la lèvre supérieure ornée d'une petite moustache semblable à celle d'Adolf Hitler, était au volant. À sa gauche se tenait Rhino, un associé de longue date des Vandales qui n'avait jamais officiellement rejoint le gang. Dirty Dave, avec son crâne chauve et son épaisse moustache, était assis sur la banquette arrière. Malgré ses airs de biker crasseux, il possédait la moitié des clubs de striptease et des salons de massage du South Devon.

— Bonjour tout le monde, lança James en se penchant pour prendre place à ses côtés.

À son grand étonnement, Dirty Dave le repoussa fermement à l'extérieur de la voiture.

— Qu'est-ce que tu as sur le dos ? aboya ce dernier.

Saisi de panique, James réalisa qu'il avait commis une énorme bourde. Il portait son blouson orné du logo du Monster Bunch, signe de son appartenance à ce groupe vassal des Brigands.

— Porter ses couleurs dans une bagnole… gronda le Führer en secouant la tête avec mépris. Il faut vraiment être con.

Pour ces hors-la-loi de la route, le patch aux couleurs de leur gang cousu à l'arrière de leur blouson avait une dimension sacrée. L'arborer dans un véhicule comportant plus de deux roues constituait à leurs yeux un sacrilège.

James contourna la voiture et ouvrit le coffre contenant les clubs de golf roses de l'épouse du Führer, deux blousons soigneusement pliés afin que leurs couleurs soient exposées, deux battes de base-ball, deux pieds-de-biche et un sac de cricket contenant des armes de poing et des munitions. Il y déposa son propre blouson, se glissa sur la banquette puis claqua la portière.

— Et maintenant, allons nous faire du pognon ! s'exclama gaiement Rhino.

∴

Le *Kam's Surf Club* était situé à une vingtaine de kilomètres à l'est de Salcombe. Ce restaurant comportant deux étages était perché au bord d'une falaise. Sa façade de planches bleues était érodée par les vents marins. Le comptoir années cinquante, le vieux juke-box et les planches de surf vintage exposées sur les murs donnaient à l'établissement un cachet rétro.

Il ne désemplissait pas durant l'été, mais la haute saison s'était achevée depuis des mois. En ce jeudi après-midi, seul un couple de randonneurs allemands avait choisi de s'y restaurer. Ils dégustaient des calamars en regardant les vagues se briser sur les rochers, en bas de la falaise.

— Aubergiste ! hurla le Führer en déboulant dans le restaurant. Kam, enfoiré d'empoisonneur, ramène ta fraise immédiatement !

Les Allemands considérèrent les quatre bikers avec anxiété puis plongèrent le nez dans leur assiette. James contempla les jambes bronzées de la jeune touriste. Le jukebox diffusait *Ring of Fire*, de Johnny Cash.

Le patron jaillit de la cuisine. Kam était un petit homme robuste, aux cheveux noirs et raides coiffés en queue-de-cheval. La taille ceinte d'un tablier, il esquissa un sourire, mais sa posture et ses gestes maladroits trahissaient un profond sentiment de malaise.

Le Führer se tourna vers James.

— Va chercher la VHS.

Tandis que James se glissait derrière le comptoir, Dirty Dave se dirigea vers le couple de touristes. La femme jeta un regard inquiet à son compagnon, un petit homme replet engoncé dans un pull irlandais passé sur une chemise à carreaux. En dépit de son look de bûcheron, il n'avait jamais porté un coup de poing de sa vie.

— Je ne veux pas d'ennuis, dit-il dans un anglais un peu haché, en levant les mains à hauteur du visage.

Dirty Dave s'arrêta devant la table, s'empara d'un calamar dans l'assiette de l'Allemand et le fourra dans sa bouche.

— Délicieux, dit-il tout en mastiquant. Dirty Dave ne dit jamais non à un petit morceau de poulpe.

La jeune femme lâcha une phrase dans sa langue natale. James ne parlait pas un mot d'allemand, mais il n'était pas nécessaire d'être un génie pour comprendre ce qu'elle signifiait : *tirons-nous d'ici en vitesse.*

Dirty Dave glissa les pouces sous sa ceinture et baissa son jean.

— Mais vous n'avez pas goûté à la saucisse anglaise, ricana-t-il. Je vais vous montrer pourquoi nous avons gagné la guerre.

Horrifiée, la touriste quitta la table en hurlant. Son compagnon tira un billet de vingt livres de son portefeuille et le jeta sur la table. Enfin, il épaula son sac à dos, prit son amie par la main et la tira vers la sortie.

— Allez quoi, ma petite chérie, cria Dirty Dave en se dandinant derrière eux, le jean à hauteur des chevilles. Ne fais pas ta bêcheuse !

Rhino et le Führer se tordaient de rire.

James localisa le magnétoscope de surveillance placé verticalement entre un lave-vaisselle et un fût de bière. Il éjecta la cassette et la brandit au-dessus du comptoir.

— Je l'ai, patron, annonça-t-il.

— Ne la laisse pas traîner, ordonna le Führer avant de se tourner vers Kam, la bouche tordue par un sourire malveillant. Pourquoi tu fais cette tête d'enterrement, toi ?

— Comment pourrais-je te payer, alors que tu t'acharnes à terroriser la clientèle ?

— Tu crois vraiment que deux clients vont faire la différence ? Ce piège à touristes était bondé du matin au soir, cet été. Tu as trois semaines de retard, soit sept cents livres.

— Quatre cent cinquante, rectifia Kam.

— Tu oublies les intérêts, gronda le Führer en saisissant le petit homme par le col. Ne crois pas que je vais laisser les affaires filer sous prétexte que quelques-uns de mes associés sont derrière les barreaux.

— Je ne peux pas payer autant pendant la basse saison, gémit Kam. Tu vois bien qu'on ne reçoit presque personne, en ce moment.

— Ça doit cramer facilement, une vieille bicoque comme celle-là, dit le Führer avant de joindre les mains et de mimer une explosion. Poof !

— Tu es seul dans cette baraque ? demanda Rhino.

— Non. Ma femme et la traductrice que vous m'avez demandé de faire venir sont derrière.

— James, va les chercher.

Ce dernier fourra la cassette VHS dans la poche de son blouson puis poussa la porte battante s'ouvrant sur des cuisines spacieuses, d'une propreté irréprochable. Alison, l'épouse de Kam, portait des chaussures blanches à talons et une robe bleu ciel. À ses côtés se tenait Kerry Chang, agent de CHERUB et petite amie de James Adams. N'étant pas censés se connaître, les deux amoureux n'échangèrent qu'un bref regard.

— Sortez d'ici, bande de connasses, ordonna James.

Alison s'exécuta la première. En passant devant son petit ami, Kerry esquissa un sourire puis articula silencieusement trois mots : *tout va bien*.

— Eh, regardez-moi cette beauté, s'exclama Dave en la considérant d'un œil libidineux. Un peu plate, mais je ne dirais pas non !

James brûlait de lui faire ravaler ses propos à grands coups de poing dans les dents.

— C'est toi, la traductrice ? demanda Dave en posant une main sur l'épaule de Kerry.

Ses doigts glissèrent lentement vers la taille de la jeune fille.

— Tu veux mon numéro de téléphone, chérie ? J'adore les nanas dans ton genre.

Kerry avait la nausée. Dave empestait la sueur et le tabac froid. En outre, elle avait consulté des rapports de police décrivant les violences infligées aux employées de ses clubs de strip-tease. Craignant de subir les représailles des Vandales, aucune d'elles n'avait jamais osé déposer plainte.

Kerry aurait aisément pu le mettre hors d'état de nuire, mais elle recula d'un pas, l'air terrifié.

— Elle paraît un peu jeune, fit observer Rhino avant de se tourner vers Kam. Vous êtes certain qu'elle sera capable de traduire ?

— Pourquoi tu ne t'en charges pas, toi ? lança Dave à l'adresse de Kam.

— Parce que je ne parle pas un mot de mandarin, répliqua-t-il. J'ai grandi à Exeter, et ma mère vient des Philippines, pas de Chine.

Dirty Dave saisit Kerry par la taille et tenta de l'embrasser sur les lèvres.

— Lâche-la, abruti, avertit le Führer. Il te les faut toutes, ma parole ! Nous avons besoin d'elle pour la réunion.

Dave était furieux, mais il était hors de question de s'en prendre à son chef. Il marcha vers Kam et lui porta un violent coup de poing à l'estomac.

— En plein dans le mille ! s'exclama Rhino, tandis que le petit homme se pliait en deux sous l'effet de la douleur.

— Où est notre fric ? demanda le Führer. Saloperie de niakoué, je parie que tu planques un paquet de pognon sous ton matelas, je me trompe ?

— Je vous paierai dès que possible, gémit Kam.

— Tu vois ce garçon ? poursuivit le criminel en pointant l'index vers James.

Sa victime se redressa en toussant puis opina du chef. James ignorait ce que le Führer avait en tête.

— Il est en pleine ascension, expliqua ce dernier. Il est jeune, mais c'est un vrai dur et j'ai décidé de le laisser régler ton cas. Il te rendra régulièrement visite pour récupérer ce que tu nous dois. Si tu ne remplis pas tes obligations, attends-toi à souffrir.

— Foutez-lui la paix ! protesta Alison.

— James, montre à ce minable de quoi tu es capable, dit le Führer.

Deux raisons l'avaient conduit à intégrer James à son proche entourage : d'une part, c'était un combattant hors pair, une qualité indispensable en cette période d'affrontements entre gangs de bikers ; d'autre part, compte tenu de son âge, il ne pouvait pas être un policier infiltré.

James n'éprouvait aucune culpabilité à corriger les membres des groupes rivaux, mais s'en prendre à un innocent restaurateur lui posait un sérieux cas de conscience.

— Qu'est-ce que je fais ? demanda-t-il.

— Démonte-le, gronda Dirty Dave. Fais comme tu le sens. Je ne sais pas, moi, casse-lui les doigts…

James n'avait que quelques secondes pour définir une stratégie. La plupart des jeunes bikers auraient fait n'importe quoi pour impressionner le Führer. Il ne voulait pas faire souffrir Kam, mais il ne pouvait pas désobéir sous peine de ruiner sa crédibilité.

— Je ne vais quand même pas lui casser les doigts, fit-il remarquer afin de gagner du temps. S'il ne peut plus travailler, comment remboursera-t-il ce qu'il nous doit ?

Soudain, une idée brillante traversa son esprit. Il prit Kam par la nuque et saisit son bras droit. Le cuisinier, solide et râblé, était sans doute aussi fort que lui, mais il n'avait aucune expérience du combat. James tordit son bras derrière son dos sans qu'il puisse rien faire pour l'en empêcher.

Dans cette position, ce dernier aurait aisément pu lui briser le poignet, mais il se contenta de lui déboîter l'épaule en tirant un coup sec.

James avait été victime d'une telle blessure à l'entraînement, quelques années plus tôt. La luxation faisait peur à voir et entraînait une douleur atroce, mais elle était infiniment moins grave qu'une fracture. Lorsque le médecin l'aurait réduite, Kam éprouverait une simple raideur au bras droit pendant quelques jours, et retrouverait toute sa motricité en moins d'une semaine.

Mais Kam, inconscient des précautions prise par son bourreau, s'effondra sur le sol.

Alison se rua sur James en hurlant. Rhino, Dirty Dave et le Führer se tordaient de rire. Soucieux d'épargner la jeune femme, James intercepta sa main aux ongles vernis, et la repoussa de toutes ses forces. Elle tituba en arrière et bouscula une table, dispersant couverts, assiettes et présentoir à condiments sur le parquet.

Kerry se précipita aussitôt pour la réconforter. James acheva sa démonstration de force en crachant sur le sol, à quelques centimètres du visage de Kam.

— Si j'étais toi, j'obéirais gentiment, gronda-t-il, le poing brandi. Et la prochaine fois qu'on se reverra, tu ferais mieux d'avoir notre fric, ou je te plongerai les mains dans la friteuse.

2. Trente couches de Kevlar

Kam était assis sur un seau retourné dans la cuisine du *Surf Club*. Il tenait un sac rempli de glaçons contre son épaule meurtrie. Des larmes roulaient sur ses joues. Dave montait la garde près du comptoir. Ses trois complices se trouvaient à l'étage.

— Ce n'est qu'une simple luxation, chuchota Kerry à l'oreille du restaurateur. Lorsque la réunion sera terminée, nous vous conduirons à l'hôpital.

Alison n'appréciait ni la présence des Vandales dans son établissement, ni celle d'une jolie Asiatique de seize ans aux côtés de son mari.

— Qu'est-ce que tu en sais ? grinça-t-elle. Tu as fait des études de médecine, à ton âge ?

— J'ai suivi des leçons de secourisme, dit-elle. Je ne suis pas experte, mais je sais distinguer une luxation d'une fracture.

Alison se tourna vers son époux.

— Où est-ce que tu as rencontré cette fille, toi ?

— Tu comprendras quand ce sera terminé, répondit Kam sans desserrer les dents. Reste calme et fais-moi confiance.

— Te faire confiance ? Tu viens de te faire tabasser. Tu dois de l'argent aux Vandales, et maintenant, ces malades organisent des réunions dans notre restaurant. Et tu me demandes de rester calme ? Ça fait des mois que je te demande d'aller trouver la police.

— Moins fort, l'avertit Kerry en levant les yeux vers le plafond. S'ils nous entendent parler de la police, ils sont capables de nous tuer.

— Fais-moi confiance, Alison, répéta Kam. Sur la tête de nos filles, si ça tourne mal, je t'accorderai le divorce et tu pourras tout récupérer.

— Mon Dieu, ce doit être une blague… Et je récupérerai quoi ? L'hypothèque de la maison ? Les dettes du restaurant ? Tu es *tellement* stupide. Je ne veux plus te voir !

Sur ces mots, elle tourna les talons et franchit rageusement la porte menant à la salle principale de l'établissement. Accoudé au bar, Dirty Dave se soûlait au bourbon Wild Turkey.

— Très sexy, cette petite robe bleue, dit-il en levant son verre.

Alison lui adressa un doigt d'honneur, se laissa tomber sur la chaise la plus proche puis enfouit son visage entre ses mains.

— Je vois, gloussa Dave. Je suppose que Madame est indisposée…

Dans la cuisine, Kerry fusilla Kam du regard.

— Vous auriez pu lui expliquer ce qui allait se passer, chuchota-t-elle.

— Elle n'était pas censée travailler aujourd'hui, mais ma serveuse est tombée malade.

— Il *faut* trouver un moyen de la calmer.

— Je n'arrive pas à croire ce que cette petite ordure a fait à mon épaule, grogna Kam. J'espère qu'il pourrira en prison pour un bon bout de temps.

Kam avait accepté de collaborer avec la police pour faire cesser les manœuvres d'extorsion des Vandales. On l'avait assuré que Kerry était un sergent âgé de dix-neuf ans au physique particulièrement juvénile. Il ignorait que James était un agent infiltré, et qu'il avait personnellement pris part à la préparation de l'opération.

Une Lexus se gara devant le restaurant, puis deux Chinois en descendirent. Le plus vieux d'entre eux, le dos courbé, se déplaça à petits pas vers la porte d'entrée, considéra l'écriteau *fermé pour cause de panne d'électricité*, puis frappa discrètement à la vitre dépolie. Son fils ouvrit le coffre du véhicule et en sortit deux sacs Vuitton.

Le Führer dévala l'escalier.

— Mr Xu, lança-t-il en serrant la main du vieil homme. Suivez-moi en haut, je vous prie. Vous n'avez pas eu trop d'embouteillages?

Mr Xu resta silencieux. Il ne connaissait que quelques mots d'anglais. Il se contenta de soupirer en découvrant les deux volées de marches menant à l'étage.

Son fils Liam avait environ quarante-cinq ans. Il ressemblait à un gangster de cinéma, avec son costume de marque, ses lunettes de soleil et sa montre Breitling incrustée de diamants.

— Comment va, Ralph ? dit-il en déposant les sacs à ses pieds.

Les deux hommes échangèrent une chaleureuse accolade, sourirent et s'esclaffèrent sans la moindre raison.

Kerry se planta près d'eux, les pieds joints et les bras sur la couture du pantalon.

— Je suis la traductrice, dit-elle. Je me tiens à votre disposition pour pallier toute difficulté de compréhension.

Elle fit une discrète révérence et répéta cette phrase en mandarin.

James tendit son bras à Mr Xu pour l'aider à gravir l'escalier. L'activité du *Surf Club* étant réduite en basse saison, la salle du premier étage n'était pas ouverte à la clientèle. La pièce en forme de L avait un aspect désolé. De fins rais de lumière filtraient entre les lattes des volets clos. Le bar était recouvert d'une bâche en matière plastique.

Rhino se tenait au centre de la pièce, près des deux tables placées l'une contre l'autre. Des armes automatiques, des boîtes de munitions et des chargeurs y étaient alignés. Les autres meubles avaient été repoussés contre le mur afin de créer un espace dégagé au bout duquel avait été placé un porte-cible équipé d'un réceptacle métallique de récupération des balles.

James aida Mr Xu à s'asseoir sur une chaise. Liam considéra l'arsenal.

— Du matériel dernier cri, dit-il.

Rhino lui confia une paire de gants blancs afin d'éviter qu'il n'y dépose ses empreintes digitales.

— Vous avez l'œil, sourit-il.

Liam saisit un pistolet-mitrailleur compact.

— C'est le MP7 que vous avez demandé. Il est équipé d'une crosse rétractable et de plusieurs systèmes de visée qui permettent trois modes d'utilisation : fusil d'assaut, mitrailleuse et arme de poing. Le calibre 4,6 mm est plutôt réduit, mais redoutablement efficace jusqu'à cinquante mètres. Les munitions traversent trente couches de Kevlar. En plus, un type costaud dans votre genre n'aura aucun mal à dissimuler ce flingue sous sa veste.

Kerry traduisit fidèlement cet exposé.

— Magnifique, soupira Liam. Je connais pas mal de revendeurs, mais vous êtes les seuls à proposer ces petites merveilles.

— Nous avons la meilleure filière, l'assura Rhino. Aux États-Unis, les Vandales fourguaient des armes avant même de devenir bikers. La plupart des trafiquants ne disposent que d'un contact. Nous, nous en avons des *dizaines*, et nous travaillons avec eux depuis des années.

Liam retourna l'arme dans sa main.

— Et les munitions spéciales, elles ne sont pas trop difficiles à trouver ?

Le Führer prit la parole.

— Vous croyez que je vous proposerais un flingue qui ne peut pas tirer ? sourit-il. Je ne dis pas que le 4,6 est aussi facile à dénicher que le 9 mm, mais vous n'avez pas à vous inquiéter. Le MP7 équipe l'armée allemande, et nous avons quelqu'un dans ses rangs...

— En plus, chaque arme est livrée avec mille cartouches, ajouta Rhino. Largement de quoi voir venir.

Liam pointa le canon du pistolet-mitrailleur vers la cible. Il aurait aimé disposer d'un miroir pour se voir prendre la pose comme le héros d'un film d'action coréen.

Son père se pencha vers Kerry et lui parla en mandarin.

— Mr Xu voudrait en savoir davantage sur vos récentes difficultés avec la police, annonça-t-elle. Il souhaite comprendre comment vous avez pu continuer vos activités après toutes ces arrestations. Il s'inquiète pour sa propre sécurité.

— Je suis dans ce business depuis trente ans, répondit le Führer, et je suis toujours passé entre les gouttes. J'ai vu pas mal de rivaux et de collègues tomber aux mains des flics, mais la condamnation la plus lourde dont j'ai écopé, c'est une amende de cinquante-cinq livres pour stationnement interdit. La prison, c'est pour les jeunes. À mon âge, je n'ai aucune intention de me faire boucler.

Il faisait tout pour paraître confiant, mais James savait qu'il mentait. Avant la guerre qui avait suivi la Rebel Tea Party, il s'était toujours tenu prudemment à l'écart de la marchandise. Désormais, il était contraint de mener personnellement les transactions. Privé d'un grand nombre de ses lieutenants, il jouait les camelots devant une collection d'armes, en présence de deux étrangers et de sacs remplis de billets de banque.

— Alors, qu'en dites-vous ? demanda Rhino en faisant glisser un chargeur vers son client. Essayez-le, je vous en prie. Ne vous en faites pas pour le bruit. Nous avons choisi ce bâtiment parce qu'il se trouve à presque un kilomètre de toute habitation.

Frémissant d'excitation, Liam s'empara des munitions, mais son père, qui n'approuvait pas son comportement immature, s'adressa à Kerry d'une voix ferme.

— Mr Xu dit que la marchandise est parfaite, traduisit-elle. Il souhaiterait achever la transaction au plus vite et rentrer à Londres. Il espère que le reste de la cargaison sera à la hauteur, et vous demande de commencer à compter l'argent.

Rhino se pencha pour saisir la poignée de l'un des sacs.

— Non, lança le Führer. J'ai toute confiance en ces messieurs.

— Je vous remercie, Mr Donnington, sourit Liam.

Depuis qu'il travaillait pour le gang, James avait découvert que les criminels de haut rang entretenaient des relations plus courtoises que les petits trafiquants du coin de la rue. Les Vandales et le syndicat du crime chinois pour lequel œuvraient Liam et son père venaient de conclure une transaction s'élevant à un demi-million de dollars. Compte tenu de cet enjeu, les deux parties s'efforçaient d'éviter toute tension.

— Voici la clé, et une carte indiquant l'endroit où le reste est entreposé, expliqua le Führer en remettant à Liam une enveloppe. Souhaitez-vous récupérer les sacs ?

Le vieil homme sourit puis s'adressa à Kerry en mandarin.

— Ce sont d'excellentes contrefaçons, un produit très lucratif, expliqua cette dernière. Il dit qu'ils plairont beaucoup à votre femme, et qu'il est pratiquement impossible de découvrir la supercherie.

— C'est très aimable à vous, répondit le Führer tandis que Kerry aidait Mr Xu à se lever.

James sentit son cœur s'emballer. Tout se déroulait conformément au plan établi, mais la partie n'était pas gagnée. Les experts de la police avaient installé des caméras et des micros dans tout l'établissement. Ils avaient suivi et enregistré toute la rencontre, et se réjouissaient sans doute d'avoir entendu le Führer se vanter d'être passé entre les mailles du filet pendant trente ans, un discours qui constituait des aveux en bonne et due forme.

Mais le plus dur restait à accomplir. Les autorités redoutaient que les preuves ne soient détruites, ou que leurs cibles n'opposent une résistance farouche. Elles souhaitaient mener un assaut rapide puis procéder à l'arrestation de tous les participants ainsi qu'à la saisie de l'argent et de l'enveloppe remise à Mr Xu.

Les officiers qui patientaient arme au poing aux abords du bâtiment ignoraient que James Adams était un agent infiltré. Ce dernier s'attendait à être sévèrement malmené. En outre, compte tenu du nombre d'armes et de boîtes de munitions exposées sur la table, la situation tournerait au bain de sang à la moindre maladresse.

3. Il faut bien mourir un jour

Kerry, Mr Xu, Liam et le Führer se trouvaient dans l'escalier lorsque les deux échelles en aluminium claquèrent contre la rambarde du balcon. Quelques secondes plus tard, deux officiers caparaçonnés de protections pare-balles et coiffés de casques en Kevlar s'attaquèrent aux volets à l'aide d'énormes paires de pinces.

Contre toute attente, les panneaux de bois renforcés par des planches de contreplaqué leur donnèrent du fil à retordre. Tandis qu'ils s'escrimaient, Rhino saisit un MP7 et y fit glisser un chargeur contenant vingt balles.

Au même instant, un homme et une femme en tenue de combat investirent le rez-de-chaussée.

Une voix résonna dans un mégaphone à l'extérieur du bâtiment.

— Police ! tout le monde à terre !

— Merde ! gronda le Führer avant de pousser Mr Xu de toutes ses forces dans l'escalier.

Kerry, qui tenait fermement l'un des bras du vieil homme, tenta vainement de s'agripper à la rambarde. Ils perdirent tous deux l'équilibre et roulèrent sept marches plus bas.

L'un des policiers qui avaient investi le rez-de-chaussée avait reçu l'ordre de se précipiter dans la cuisine et de neutraliser Dirty Dave. Sa collègue, elle, devait se poster au pied de l'escalier afin de tenir en joue les criminels qui tenteraient de prendre la fuite. Kerry et Mr Xu les fauchèrent tous deux de plein fouet, les précipitant dans l'alcôve qui abritait un téléphone à pièces inutilisé depuis des années.

La résistance des volets et la chute inattendue des deux suspects retardèrent l'intervention de quelques secondes, mais cet infime contretemps suffisait à transformer un coup de filet éclair en un chaos absolu.

Redoutant de se trouver pris entre des tirs croisés au moment où Rhino et les membres de l'équipe d'assaut ouvriraient le feu, James plongea derrière le bar. Un volet céda enfin, et une vive lumière illumina la salle.

Rhino braqua nerveusement le MP7 vers l'un des agents des forces spéciales puis il enfonça la détente. Il vida son chargeur en deux rafales. Loin d'être un tireur d'élite, il cribla le sol, le mur et le plafond sans atteindre sa cible. L'officier riposta aussitôt, abattant son adversaire de deux balles en pleine poitrine.

De sa cachette, James n'avait pas assisté à la scène. Seuls des bruits confus parvenaient à ses oreilles, sans qu'il puisse estimer la gravité de la situation.

— Je ne suis pas armé ! cria-t-il en se redressant lentement, les mains levées en signe de reddition.

Alors, il découvrit le corps de Rhino. Les deux balles de gros calibre l'avaient projeté contre le mur. Une mare de sang s'était déjà formée sur le parquet. Son visage figé traduisait une extrême stupeur.

Les policiers n'avaient pas investi la pièce. À la différence des soldats, ils agissaient avec une extrême prudence. Ils n'entreraient que lorsqu'ils connaîtraient précisément les dangers encourus. De fait, la fusillade à peine achevée, ils avaient sauté du balcon afin de se mettre à l'abri.

— Police ! reprit la voix dans le mégaphone. Vous êtes cernés !

— Allez vous faire foutre ! hurla le Führer, qui venait de débouler sur le palier.

Son regard se posa sur le corps de Rhino.

— Oh, le con… murmura-t-il. Ça va, James ?

— Disons que j'ai déjà connu mieux.

Le Führer progressa vers les tables jambes fléchies, se saisit d'un MP7 et de deux chargeurs, puis piocha une liasse de billets de vingt livres dans l'un des sacs.

— Qu'est-ce que vous faites ? s'étrangla James. Vous n'avez aucune chance contre les tireurs des forces spéciales !

Il ne s'inquiétait guère du sort du biker. Il redoutait que la situation n'échappe à tout contrôle et d'être pris entre deux feux.

— La mort ou la gloire, cracha le Führer. Adolf ne s'est jamais rendu, que je sache. S'ils me coincent, je n'ai aucune chance d'échapper à la prison. Attrape un flingue et aide-moi à sortir d'ici.

Des pas précipités résonnèrent dans l'escalier. Il braqua son arme vers le palier et hurla :

— Reculez !

Sur ces mots, il lâcha une courte rafale.

— Ne reste pas planté là ! gronda-t-il. Trouve-toi de quoi te défendre, nom de Dieu.

En dépit de sa longue expérience d'agent, James avait raté l'occasion de mettre le Führer hors d'état de nuire avant qu'il ne fasse main basse sur le redoutable pistolet-mitrailleur.

— Je préfère rester ici, bafouilla James. Au pire, je passerai quelques années dans une prison pour mineurs.

Le Führer pointa le canon du MP7 dans sa direction et esquissa un sourire maléfique.

— C'était un ordre, pas une suggestion. Bats-toi ou je te crève, espèce de lâche.

James sentit un frisson glacé courir le long de sa colonne vertébrale. Il avait souvent été menacé d'une arme mais, pour la première fois, il savait son adversaire prêt à tuer sans le moindre scrupule tous ceux qui s'opposeraient à sa volonté.

James entendit Kerry hurler au rez-de-chaussée. Il marcha prudemment vers la table et s'empara du dernier MP7. Un objet roula sur le parquet, puis une épaisse fumée commença à envahir la salle.

— Lacrymo ! cria-t-il.

— Bande d'enfoirés ! hurla le Führer avant de lâcher une volée de balles par la fenêtre.

À mesure que les volutes de gaz incapacitant tournoyaient autour de lui, James sentit les yeux et la gorge lui brûler. Il avait l'impression d'inhaler de la soupe bouillante, mais le Führer l'attrapa par le col de son blouson et le tira vers un angle de la pièce encore épargné par la fumée.

D'un puissant coup de botte, il poussa une porte coupe-feu, la franchit et trouva refuge sur une terrasse de bois perchée au-dessus de l'océan. Par temps clément, elle offrait aux clients du *Kam's Surf Club* une vue imprenable, mais ce jour-là, le vent était déchaîné et les vagues qui s'écrasaient sur les rochers déchiquetés propulsaient des embruns à plus de trente mètres de hauteur.

Estimant que nul n'aurait l'idée insensée de sauter du haut de la falaise, les forces spéciales avaient négligé la face du bâtiment donnant sur la mer. En outre, le nuage qui s'était formé dans la salle du premier étage ne leur permettait pas d'observer le comportement des suspects.

— Ce n'est pas si haut que ça, dit le Führer en esquissant un sourire dément. À toi l'honneur, James. Saute, et vite.

Kerry percuta de plein fouet les deux officiers en arme et se cogna violemment le menton contre le téléphone à pièces.

— Ne tirez pas ! cria-t-elle.

Plongé dans la confusion la plus totale, le policier battit en retraite à l'extérieur du bâtiment. Sa collègue se releva d'un bond puis, conformément au plan établi par ses supérieurs, braqua son arme vers la plus haute marche de l'escalier. Liam était figé sur place, les mains levées au-dessus de la tête.

Lorsque Kerry fut parvenue à se redresser, elle se tourna vers les cuisines et aperçut Dirty Dave, une main serrée sur la gorge d'Alison. Il lui porta un coup de poing en plein visage.

— C'est toi qui as monté ce traquenard, pas vrai ? rugit-il avant de la frapper à nouveau. Tu ne t'en tireras pas comme ça. On t'aura. On massacrera tes filles.

Malmenée par le colosse, Alison, les membres ballants, n'était plus qu'une poupée de chiffon.

— Arrête ! hurla Kam en déboulant dans la salle du restaurant, une main serrée sur son épaule blessée.

Kerry jeta un œil à l'extérieur. Le policier qui avait pris la fuite avait reculé jusqu'à la route. À l'évidence, il attendait que ses collègues aient nettoyé le premier étage pour retenter sa chance.

— Eh, ducon! lança-t-elle en marchant vers Dirty Dave.

Une fusillade éclata au premier étage, suivi du choc sourd provoqué par la chute du corps de Rhino.

Dave considéra l'expression déterminée de Kerry et éclata de rire. Il tenait Alison par les cheveux, comme un trophée.

— Toi aussi, tu étais dans le coup? s'étonna le biker. Approche, je vais te montrer comment je traite les petites balances dans ton genre.

Kerry ne se le fit pas dire deux fois. Elle fit un bond en avant puis pivota vivement sur le talon gauche. Son pied droit décrivit une large courbe et toucha Dave à la tempe, le projetant contre le bar. Alison s'effondra sur le sol.

— Tu fais moins le malin, pas vrai? gronda Kerry avant de porter le coup de poing le plus puissant de sa carrière d'agent.

Il atteignit la mâchoire de Dave avec une telle violence que l'une de ses vertèbres sortit de son logement.

Il gisait sur le parquet, le souffle court, les yeux exorbités de terreur. À cet instant, le policier qui avait décampé franchit à nouveau la double porte du restaurant.

— Les mains en l'air! ordonna-t-il en brandissant son fusil d'assaut.

— Tout le monde va bien, dit Kerry en levant lentement les bras.

— Je ne sens plus mes jambes, gémit Dirty Dave.

Trois autres membres des forces spéciales accoururent pour sécuriser la pièce.

Kerry leva les yeux vers le plafond. Elle ignorait si James était encore en vie.

...

James se laissa tomber trois mètres plus bas, sur une étroite corniche rocheuse qui bordait l'abîme. Le cuir épais de son blouson protégea ses bras, mais son jean se déchira en de multiples endroits. Sourd à la douleur que lui causaient ses jambes écorchées, il se pencha pour observer les flots tumultueux, vingt-cinq mètres en dessous.

L'escalade faisait partie de l'entraînement des agents de CHERUB, mais cette falaise constituait un véritable cauchemar. L'écume soulevée par les vagues avait créé un environnement favorable à la prolifération d'algues vertes et visqueuses qui se transformaient en une bouillie huileuse au contact des doigts et rendaient toute prise incertaine.

Le Führer glissa son arme dans sa ceinture puis enjamba la rambarde.

— Il faut bien mourir un jour, lâcha-t-il avant de se jeter dans le vide.

James n'avait que dix-sept ans, et il était en excellente condition physique. Le Führer, lui, en avait presque soixante, et souffrait d'une importante surcharge pondérale. Son ventre heurta la paroi verticale.

Il tenta de se rattraper à une saillie naturelle, mais il avait déjà pris tant d'élan qu'il lui fut impossible de s'y retenir. Au contraire, il bascula sur le flanc et poursuivit sa chute.

Craignant d'être écrasé par la masse du chef biker, James roula sur le côté. Il était convaincu que le Führer avait raté son saut, et que sa trajectoire le menait droit vers l'océan. En effet, ce dernier manqua la corniche, mais son genou gauche se coinça solidement dans une anfractuosité de la falaise, deux mètres plus bas.

L'os de sa cuisse encaissa tout son poids. Il se brisa net tandis que la partie inférieure de sa jambe s'enfonçait plus profondément dans la faille. Le Führer resta suspendu, la tête en bas, l'écusson aux couleurs des Vandales qui ornait son blouson claquant au vent comme une bannière.

James avait observé de graves blessures au cours des opérations auxquelles il avait pris part, mais celle-là dépassait toute mesure.

— À l'aide, gémit le criminel. Que quelqu'un me sorte de là !

James envisagea de lui porter secours, mais il souffrait toujours des effets du gaz lacrymogène, et les algues qui recouvraient la roche rendaient l'opération beaucoup trop risquée. De plus, même s'il parvenait à descendre à hauteur du Führer, il serait incapable de le hisser jusqu'à la corniche. Il leva les yeux vers le haut de la falaise et étudia une voie lui permettant de rejoindre le *Surf Club*.

Il dut se suspendre d'une seule main pour franchir un léger surplomb, puis il gravit sans difficulté les deux mètres qui le séparaient du sommet de l'obstacle, où l'attendaient trois policiers. Il leva ses mains aux paumes ensanglantées puis se laissa docilement passer les menottes. Avec un peu de chance, John Jones le ferait libérer avant même qu'on ne le conduise au poste de police.

Il aperçut le visage souriant de Kerry alors qu'on le traînait jusqu'à un fourgon, sans égard pour ses cuisses blessées.

— Il va falloir faire venir un hélico pour remonter Donnington, annonça l'un des coordinateurs de l'opération, adossé à la Mercedes du Führer.

— Laissez-le crever sur place, répliqua un vétéran des forces spéciales. C'est tout ce qu'il mérite.

James pensa aux innombrables crimes commis par le chef des Vandales et à la façon dont il avait massacré la famille de Dante Welsh, son camarade de CHERUB. En dépit de la situation terrible dans laquelle se trouvait le Führer, il ne lui inspirait aucune compassion. De son point de vue, l'équipe de secours pouvait bien prendre tout son temps.

4. L'heure des visites

À la nuit tombée, Kerry franchit les portes automatiques de l'hôpital du South Devon. Le stress de la mission s'étant dissipé, elle était épuisée mais radieuse. Elle traversa le hall tapissé de linoléum bleu ciel puis s'adressa à l'infirmière qui feuilletait un magazine *people,* accoudée au comptoir.

— Je viens voir James Raven, chambre seize J, annonça-t-elle.

La jeune femme fronça les sourcils, puis ses lèvres se serrèrent.

— Les visites sont autorisées de quinze heures à dix-huit heures trente.

— Mais j'ai dû prendre deux bus pour venir ici, mentit Kerry.

Elle agissait toujours dans le cadre de la mission, et elle avait emprunté un taxi aux frais de CHERUB.

— Ce n'est pas moi qui ai établi le règlement. Les patients ont besoin de se reposer.

— Mais on m'a dit que je pouvais rendre visite à James à tout moment, puisqu'il se trouve dans une chambre individuelle.

— Qui t'a raconté une chose pareille? En tout cas, c'est parfaitement faux. Aucune visite ne peut être autorisée après dix-huit heures trente.

Kerry serra les dents.

— J'ai consulté le site Internet de l'hôpital avant de venir.

— Oh, *le site Internet*, soupira l'infirmière en esquissant un sourire entendu. Il ne faut pas s'y fier. Il n'a pas été mis à jour depuis trois ans.

Kerry laissa échapper un grognement puis s'écarta du comptoir.

— Merci *beaucoup* pour votre aide, lança-t-elle sur un ton aigre.

Son interlocutrice, qui passait le plus clair de son temps à dompter des visiteurs mécontents, n'en prit pas ombrage. Kerry quitta le bâtiment, s'assit sur une borne d'incendie puis sortit son téléphone, lorsqu'une ambulance descendit à vive allure la rampe menant à l'entrée des urgences.

Les secouristes en sortirent une femme étendue sur un brancard équipé d'une bouteille d'oxygène et la conduisirent en toute hâte à l'intérieur. Kerry jeta un œil à la salle d'attente bondée, puis, après avoir reculé pour examiner le bâtiment, constata qu'il était relié par une passerelle couverte à celui où James était hospitalisé.

Elle resta hésitante. Elle répugnait par nature à violer les règles, mais elle souhaitait ardemment retrouver son petit ami afin de lui présenter un extrait tiré du dernier flash d'informations concernant l'arrestation du Führer, un film qu'elle avait eu du mal à importer sur son mobile. Après tout, elle ne risquait pas grandchose. Au pire, elle serait raccompagnée à la sortie par un employé de sécurité.

Il régnait dans la salle d'attente des urgences une chaleur étouffante. Des drogués en état de manque et des ivrognes titubaient près de l'entrée ; des enfants malades braillaient à pleins poumons ; des personnes âgées au regard perdu s'entassaient sur les chaises en plastique.

Kerry se remémora les principes enseignés par les instructeurs de CHERUB. Avant de pénétrer clandestinement dans un bâtiment, il convenait de reconnaître les lieux. Elle trouva un siège libre, entre un petit garçon au genou entaillé et un homme obèse qui éprouvait des difficultés à respirer, puis elle examina la salle.

Un distributeur de tickets était à la disposition des visiteurs dont le cas n'était pas jugé urgent, mais l'écran fixé au plafond semblait figé. Les réceptionnistes croulaient sous la paperasse et les appels téléphoniques. Les haut-parleurs diffusaient des messages destinés aux médecins, aux employés de nettoyage et aux brancardiers.

Kerry s'était faite belle pour rencontrer James : sandalettes, jupe courte en coton noir, T-shirt étroit et veste en jean. Hélas, ce look provoquant semblait être au goût de l'individu aux bras couverts de tatouages assis face à elle.

— Si tu continues à me mater de cette façon, tes yeux vont finir par te sortir de la tête, lança-t-elle sur un ton peu amène avant de se lever puis de marcher d'un pas décidé vers le comptoir.

Elle se glissa entre les deux rangées de cabines où les urgentistes examinaient les patients et emprunta un large couloir jusqu'à une porte équipée d'un lecteur de cartes magnétiques. Elle s'empara d'une brochure intitulée *La Vaccination contre la grippe : êtes-vous concerné ?* exposée sur un présentoir et fit semblant de la consulter. Elle emboîta le pas d'un brancardier en prenant soin de conserver quelques mètres de distance. Dès qu'il eut franchi la porte, elle sprinta afin de refaire son retard et en saisit la poignée un instant avant qu'elle ne se referme.

Elle resta immobile une dizaine de secondes avant de la pousser, puis déboucha dans le bâtiment où se trouvait James, devant un ascenseur situé à moins de cinq mètres de la réceptionniste avec qui elle avait eu maille à partir, quelques minutes plus tôt. Par chance, la femme semblait entièrement absorbée par son magazine à scandale.

La cabine d'ascenseur était assez large pour accueillir deux brancards. Après avoir consulté le plan du bâtiment affiché au-dessus du panneau de commande, Kerry sélectionna le cinquième étage, puis s'engagea dans un couloir dont les larges baies vitrées dominaient le parking et la campagne environnante.

James occupait la chambre individuelle 16J. Les cuisses profondément entaillées par sa chute sur la corniche, il avait perdu beaucoup de sang, et s'était évanoui à bord du fourgon de police. Transféré dans une ambulance, il avait été hospitalisé sous l'identité de James Raven. Formellement, il était toujours en garde à vue. Un policier en uniforme surveillait les allées et venues devant la porte, assis sur un tabouret.

— Le patron m'a averti de ta visite, dit ce dernier en reluquant les jambes de Kerry. Mais je vais devoir te fouiller avant que tu n'entres.

— Faites-vous plaisir, répliqua-t-elle en levant les bras de mauvaise grâce.

— Ce petit salaud ne mérite pas de sortir avec une jolie fille comme toi, grogna l'officier de police.

Elle le laissa examiner son téléphone mobile puis inspecter le contenu de son sac à main.

— Les bikers ont peut-être l'air cool, sur leurs motos, mais ce sont de vrais connards.

— Épargnez-moi votre leçon de morale, grand-père, l'interrompit Kerry. Je peux entrer ou pas ?

Sur ces mots, elle fit pivoter la poignée et pénétra dans la chambre.

— Tu peux croire une chose pareille ? gronda James dès qu'il l'aperçut.

Il secoua nerveusement une main menottée au cadre du lit.

Kerry réprima un éclat de rire puis haussa les épaules.

— Vois le bon côté des choses. On t'a posé des points de suture avant que tu ne te vides de ton sang. John m'a dit qu'il avait réservé un hélico pour te reconduire au campus. Dès demain matin, tu redeviendras James Adams.

— Le pire, c'est que je ne peux même pas aller pisser sans être obligé de demander à ce crétin d'ouvrir mes menottes. Tout à l'heure, il s'est endormi, et j'ai dû gueuler pendant trente minutes avant qu'il ne se bouge. Ensuite, dans les toilettes, ce vieux pervers ne m'a pas quitté des yeux.

— Oh, je vois la scène. Franchement, je crois que j'aurais préféré ne rien savoir.

James portait un caleçon et un haut de pyjama fourni par l'hôpital. Lorsqu'il s'assit au bord du lit, Kerry aperçut les bandages qui recouvraient ses blessures.

— Tu es vachement belle, dit-il en laissant courir sa main libre sur les jambes de sa petite amie.

— Je sais que tu adores quand je me déguise en fille perdue, gloussa Kerry. Mais profites-en, car c'est la dernière fois. Tous les mecs me matent comme des malades, et c'est carrément flippant.

— Tu devrais te sentir flattée. Allez, approche, tu me rends dingue.

Kerry saisit la main de James et la reposa sur le lit.

— Tu es un maniaque, ricana-t-elle. Je te rendrais dingue même si je portais un costume traditionnel eskimo.

— Exact. Mais pas à ce point-là.

— Lauren t'a envoyé un SMS, mais il paraît que tu n'as pas répondu. Dante est super content. Il dit qu'il a une dette envers toi.

— Les flics ont saisi mon portable, expliqua James.

Kerry glissa une main dans la poche de sa veste.

— Justement, j'ai quelque chose pour toi, dit-elle.

— Des préservatifs ?

— Non, répondit-elle en levant les yeux au ciel. Est-ce que tu peux penser à autre chose une minute ?

— J'arrive à penser au foot de temps en temps, mais là, faut comprendre, je ne t'ai pas touchée depuis une semaine.

Kerry navigua dans les menus de son mobile, sélectionna la vidéo de l'arrestation du Führer puis tourna l'écran vers son petit ami.

Un hélicoptère survolant le *Surf Club*. Une voix off expliquant comment Ralph Donnington, leader des Vandales, avait essayé d'échapper à la police.

— C'est hyperpixelisé, se plaignit James.

— J'aurais pu obtenir une meilleure définition, mais j'ai dû faire vite, expliqua Kerry.

Un zoom avant sur le corps du Führer, suspendu à la falaise par sa jambe brisée.

— Oh mon Dieu, s'étrangla James avant de détourner le regard. C'est *absolument* horrible. C'est passé sur quelle chaîne ?

— Ça a commencé sur le réseau régional, mais les autres médias ont repris les images. La BBC, Sky, ITN.

James prêta l'oreille à la voix métallique qui jaillissait du petit haut-parleur.

« *Donnington est demeuré dans cette position pendant près de trois heures avant que l'hélicoptère de la Royal Air Force et le chalutier réquisitionné par les autorités ne puissent lui porter secours. Sur les lieux, les enquêteurs ont découvert quatre cent mille livres en espèces et des indices qui ont permis la saisie d'un important stock d'armes automatiques dans une cache aux environs de Bath.* »

Kerry laissa tomber ses sandales sur le lino, puis se pencha au-dessus de James, si bien que ses longs cheveux noirs formèrent un rideau parfumé flottant devant son visage.

— Je savais que tu ne pourrais pas résister très longtemps, sourit-il.

— Tu as bien mérité un petit câlin, mais n'oublie pas le flic qui monte la garde devant la porte…

5. L'ampleur du scandale

Une semaine après la fusillade du *Surf Club*, James Adams fit son retour au campus. Handicapé par ses points de suture, il était contraint de se déplacer à petits pas et condamné à porter un short ou un ample pantalon de survêtement. C'était un chaud vendredi de mai. La plupart des portes du sixième étage étaient ouvertes afin d'en favoriser l'aération.

Seule la chambre de Bruce Norris était restée close. James, persuadé que son camarade était en train de se changer, y débouila sans crier gare. Une fille entièrement nue bondit sur le lit et s'enveloppa précipitamment dans la couette.

Bethany Parker.

Il mit quelques secondes à prendre la mesure du scandale exposé sous ses yeux. Bruce, seize ans, n'était pas un grand séducteur, et James se réjouissait qu'il ait enfin trouvé chaussure à son pied. Hélas, Bethany n'avait que quatorze ans, et il n'avait jamais pu la voir en peinture.

Il observa quelques secondes de silence, frissonna de la tête aux pieds, puis lâcha :

— Beurk !

— Comment ça, *beurk* ? gronda la jeune fille avant de lui jeter un oreiller au visage. On ne t'a jamais appris à frapper avant d'entrer ? Dégage de là !

— Et toi, on ne t'a jamais appris à fermer la porte à clé ?

La tête de Bruce apparut dans l'encadrement de la porte de la salle de bains. Il avait l'air un peu coupable, mais un discret sourire de satisfaction flottait sur ses lèvres.

— Tu m'as amené le corrigé que je t'ai demandé ? demanda-t-il.

Son camarade brandit une feuille de cahier froissée. Bruce, engoncé dans un peignoir vert orné d'un trèfle et du mot *Irlande*, fit un pas en avant.

— Tu es magnifique, ironisa James.

Bethany lâcha un grognement méprisant.

— Bruce, pourquoi tu copies toujours sur James ? Sorti des maths, c'est un gros nul.

— On se rend des petits services. Si je recopiais les devoirs d'un premier de la classe, les gens commenceraient à se poser des questions. L'astuce, quand tu n'as pas bossé, c'est de t'inspirer du travail d'un pote presque aussi nul que toi.

— Bruce ! Je suis à poil ! Tu ne pourrais pas demander à cet abruti de foutre le camp ?

— Bon, je ne vais pas m'éterniser, ricana James. Je préfère ne pas rester trop longtemps dans la même pièce que cette traînée. J'ai peur d'attraper des poux.

— Va te faire foutre! explosa Bethany, toujours enroulée dans la couette, avant de se ruer vers son interlocuteur et de le repousser vers le couloir.

Lorsqu'elle lui eut claqué la porte au nez, James l'entendit gronder à l'adresse de Bruce.

— Tu aurais pu prendre ma défense! Ça ne te dérange pas, toi, qu'il me parle sur ce ton?

James se traîna jusqu'à sa chambre. Il redoutait que cette relation inattendue ne ruine l'amitié qui l'unissait à Bruce. Il s'assit sur le lit et posa son ordinateur portable sur ses genoux, impatient de consulter un site de vente *online* proposant des baskets de marque à des prix imbattables, mais son ami le rejoignit avant même qu'il n'ait pu cliquer sur l'onglet correspondant.

Il avait enfilé à la hâte un jean baggy et un T-shirt CHERUB noir. James rabattit l'écran de l'ordinateur, souleva un sourcil puis éclata de rire.

— Mais tu les prends au berceau, ma parole! s'exclama-t-il. Espèce de vieux cochon!

— Sérieusement... pas mal de gens savent qu'on sort ensemble, mais tu ne dois dire à personne que tu l'as trouvée nue dans ma chambre.

— Ah, tu crois ça? s'esclaffa James. Mais dans ce cas, comment pourrais-je te débarrasser d'elle? Je ne t'avais jamais entendu lui adresser la parole, et là, tout à coup, le grand jeu...

— On est partis en mission ensemble, début janvier. Une petite opération de trois semaines pour démanteler un réseau de dealers. On était logés dans un appart minable, et il faisait un froid de canard. Chocolat chaud, câlins, une chose en entraînant une autre...

— Alors ce que j'ai vu tout à l'heure n'était pas qu'un flirt un peu poussé. Tu couches vraiment avec Bethany ?

— Oui, confessa Bruce. Mais je ne suis même pas le premier, et tu dois admettre qu'elle est drôlement bien roulée.

— Elle a *quatorze ans*, mec ! Tu devrais vraiment faire gaffe, je te jure. Si la direction apprend ça, vous serez mis à la porte tous les deux. Tu connais la règle : en dessous de seize ans, ceinture.

— Eh bien justement, on fait super gaffe.

— Bien sûr que non, pauvre idiot. Faire gaffe, c'est *au minimum* fermer la porte à clé avant de se lancer dans une partie de galipettes.

— Ouais, je sais... mais j'avais l'impression d'être le dernier puceau du campus, plaida Bruce. Que tout le monde s'envoyait joyeusement en l'air, sauf moi. En plus, elle ne peut pas tomber enceinte, vu qu'on lui a prescrit la pilule pour stabiliser ses règles.

James se boucha les oreilles et ferma les yeux.

— Parlons d'autre chose, je t'en supplie.

— Selon Bethany, Lauren ment quand elle jure qu'il ne se passe rien de sérieux entre elle et Rat. Un jour, idem, elle est entrée sans frapper dans sa chambre.

Ils venaient de prendre une douche, et ils ont rougi quand elle leur a demandé des explications.

— La ferme ! supplia James. À partir de maintenant, je ne veux plus rien savoir de la vie des autres.

— Ben, c'est toi qui m'as demandé de changer de sujet, sourit Bruce.

— Plus un mot sur les filles, par pitié. Et Bethany n'a aucune preuve. Elle dit ça pour justifier son comportement. Tu peux me croire, Rat n'a jamais rien fait de sérieux avec ma sœur.

— Il paraît qu'ils vont poser une nouvelle moquette, dans quelques jours. La moquette. Voilà un sujet de conversation sans la moindre connotation sexuelle.

— Je me souviens du bon vieux temps où nous étions innocents, l'époque où le moindre smack constituait le scandale de la semaine. Quand est-ce qu'on a grandi ? Je n'ai rien vu venir. Dans cinq ans, la moitié d'entre nous seront mariés. Tout ce qui nous intéressera, c'est de dénicher la tondeuse de nos rêves dans le catalogue Argos.

— Le bon vieux temps ? Je te rappelle qu'on était petits, stupides et incapables de parler à une fille. Je suis plutôt satisfait d'avoir grandi. L'enfance, c'est nul.

James se frotta les yeux puis lâcha un long bâillement.

— Ouais, t'as raison, je suis en train de tourner vieux con nostalgique. Mais t'as vu ce que je suis devenu ? Une espèce de brute couverte de poils. Tu te rappelles ce que tu as ressenti, au centième jour du programme d'entraînement, quand on t'a remis ton T-shirt gris ? Tu étais le roi du monde, pas vrai ? On est tous passés par là. Ensuite, la première mission. On ne savait pas vraiment ce qu'on attendait de nous, on crevait de trouille, mais tout était nouveau et incroyablement excitant.

Bruce hocha la tête en signe d'assentiment.

— Je comprends ce que tu veux dire. Quand je vois Kevin, Jake, et tous ces gamins qui cavalent dans les couloirs, j'ai l'impression d'avoir cent ans.

— Eh, déprime pas, mon vieux ! Demain, on assiste au mariage, je te le rappelle.

Bruce considéra James d'un œil sombre.

— Ouais, super. On va passer une heure assis à écouter le prêtre débiter son sermon.

— C'est sûr, ça, ça ne va pas être une partie de plaisir, mais on va retrouver plein de vieilles connaissances. Kyle sera là.

— Dana aussi, avec un peu de chance, sourit Bruce.

— Ah, ne parle pas de malheur… grimaça James. Mais le campus est immense. Je devrais pouvoir l'éviter. On va s'empiffrer, s'envoyer autant de bières qu'on pourra en faucher et faire la fête jusqu'à ce qu'on tombe de sommeil.

— Tu as toujours su rester très classe en t'amusant, gloussa Bruce.

6. Rivalité féminine

En cinq ans de carrière à CHERUB, c'était la première fois que James assistait à la célébration d'un
mariage dans la chapelle du campus. Seuls les agents
et les membres du personnel à la retraite ou en activité
étaient autorisés à franchir le périmètre de sécurité.
Conjoints, camarades d'université et collègues ne pouvant y être conviés, ces cérémonies unissaient géné-
ralement des anciens de l'organisation.

Chloé Blake, contrôleuse de mission de vingt-huit
ans, avait collaboré avec James à plusieurs reprises.
Isaac Cole, son futur époux, était de quatre ans son
aîné. Après avoir quitté CHERUB, il avait connu une
brève carrière de rugbyman professionnel avant de
poursuivre des études de psychologie en pédiatrie
puis d'accepter un poste au bloc junior. Sa spécialité
consistait à aider les plus jeunes résidents à tirer un
trait sur un passé douloureux et à s'accoutumer à leur
nouvelle vie.

James s'était rendu à plusieurs reprises au campus lors de la mission Vandales, mais il avait manqué les préparatifs du mariage. Les filles ne parlaient que de cet événement, et leur comportement l'agaçait souverainement.

La cérémonie devait se tenir à midi, mais James fut tiré du sommeil à sept heures du matin par deux gamines tout juste sorties du programme d'entraînement initial, qui échangeaient des noms d'oiseaux dans le couloir du sixième étage.

— Vous ne pouvez pas la fermer? grogna-t-il en passant la tête par la porte. Il y a des gens qui essayent de dormir!

— Va te faire voir, Vanessa! hurla l'une des fillettes, encore vêtue de sa chemise de nuit, ignorant délibérément la remarque de James. C'est *moi* qui ai demandé à Kevin la première.

— Tu mens, Rhiannon, répliqua sa camarade, une jeune résidente d'origine indienne. Tu ne lui avais jamais adressé la parole avant que je ne travaille avec lui sur ce projet d'arts plastiques. C'est *mon* ami. Toi, tu ne craques sur lui que depuis deux jours.

Malgré son esprit embrumé, James comprit qu'elles se disputaient au sujet de Kevin Sumner, qui occupait la chambre située en face de la sienne.

— Eh, les filles, essayez de vous calmer…

À nouveau, elles continuèrent à se chamailler comme s'il n'existait pas.

— Tu n'as qu'à inviter Ronan, suggéra Rhiannon. Il est dingue de toi.

— Ronan est immonde, répliqua Vanessa. S'il te plaît tant que ça, je te le laisse.

— Allons voir Kevin, et demandons-lui avec qui il préfère se rendre au mariage. Je te parie un million qu'il me choisira. Non mais tu t'es regardée, avec tes joues de hamster ?

— Mes joues de hamster ? Tu peux parler, avec ta tronche de babouin !

Vanessa approcha la main de la porte de Kevin, mais Rhiannon l'en écarta sans ménagement. À ce point de la dispute, deux fillettes ordinaires se seraient sans doute crêpé le chignon de façon désordonnée, mais elles avaient toutes deux obtenu le statut d'agent opérationnel. Elles enchaînèrent une série de coups aussi précis que fulgurants. À l'issue de ce bref combat, elles se figèrent : Vanessa était parvenue à immobiliser Rhiannon à l'aide d'une solide clé de bras ; Rhiannon, elle, tordait douloureusement les doigts de Vanessa.

— Arrêtez ça immédiatement ! ordonna James.

Las de ne pas être entendu, il saisit les deux filles par le col et les plaqua contre la porte de Kevin. Il attrapa le poignet de Vanessa, libéra Rhiannon puis maintint les deux belligérantes à distance.

La plupart des résidents de l'étage observaient désormais la scène depuis le seuil de leur chambre.

— James, laisse-les tranquilles ! cria Kerry.

— Moi ? s'indigna-t-il. J'essaye juste de les empê-cher de s'entre-tuer.

À cet instant, Kevin ouvrit sa porte et considéra les filles avec stupéfaction. À dire vrai, il n'avait rien d'un séducteur justifiant une rivalité féminine. Il portait un pantalon de pyjama Spiderman trop petit, un T-shirt CHERUB déchiré et maculé de taches, et une seule chaussette à la propreté douteuse.

— Kevin ! brailla Rhiannon, Vanessa ne veut pas croire que tu as accepté qu'on aille au mariage ensemble !

— J'ai dit ça, moi ? Ah bon. Oui, peut-être.

— Salaud ! explosa Vanessa. Tu m'as promis la même chose en cours de dessin !

Kevin nageait en pleine confusion.

— Vous m'avez demandé si j'allais au mariage, et j'ai répondu oui.

Les filles restèrent estomaquées.

— Mais tu ne peux pas y aller avec nous deux ! fit observer Vanessa.

Kevin se gratta pensivement la nuque.

— Mais je croyais que vous me demandiez *simplement* si je comptais m'y rendre, pas avec qui. En fait, les copains et moi, on n'est pas très chauds pour la cérémonie religieuse, alors avec Jake, on pensait aller à la piscine, avant de profiter du banquet et de la fête.

— Siobhan a dit que Jake l'accompagnerait, pleur-nicha Vanessa.

Kevin s'esclaffa.

— Mais oui, bien sûr. Comme si Jake allait passer une heure assis dans la chapelle à côté de *Siobhan* ! Mais il ne peut pas la saquer, ma pauvre. Je te parie n'importe quoi qu'il s'est payé sa poire. C'est lui qui a proposé d'aller nager pendant que tous les autres assisteront à l'office.

Vanessa et Rhiannon étaient sous le choc.

— Alors aucun garçon ne sera là ?

— En tout cas, on fera tout pour y échapper. Quel est l'intérêt de se déguiser en pingouin pour assister à une messe ?

À la surprise générale, Rhiannon lui flanqua une claque retentissante.

— Eh, qu'est-ce que tu fous ? s'étrangla Kevin.

Pour toute réponse, il récolta une seconde gifle de la part de Vanessa.

— Pauvre type ! cracha-t-elle. Et tu peux conseiller à Jake de surveiller ses arrières. Quand Siobhan apprendra qu'il a préféré aller à la piscine avec ses potes, il va déguster, je peux te le garantir.

— Laisse tomber, lança Rhiannon à l'adresse de sa rivale. Ces mecs sont totalement immatures.

Sur ces mots, les deux filles tournèrent les talons et se dirigèrent vers la cage d'escalier. Elles semblaient de nouveau en excellents termes. Kevin frotta sa joue écarlate avec perplexité.

— Est-ce que quelqu'un peut m'expliquer ce qui vient de se passer ? demanda-t-il.

— Ne te fatigue pas, soupira James, il n'y a rien à comprendre. Toutes les filles sont folles, voilà tout.

∴

Âgé de dix-sept ans, James possédait désormais un permis de conduire officiel, et il était autorisé à emprunter les véhicules du campus. En échange, la direction exigeait qu'il serve de chauffeur aux agents plus jeunes qui souhaitaient se rendre au bowling, au restaurant ou au centre commercial de la ville voisine.

Ce jour-là, il faisait partie des résidents réquisitionnés pour transporter les invités de la gare la plus proche jusqu'au campus à bord d'une flotte de minibus Volkswagen. Il effectua une première rotation pour embarquer un couple de coéquipiers d'Isaac et Chloé dont il n'avait jamais entendu parler. Une heure plus tard, une vingtaine de passagers débarquèrent sur le quai. Parmi eux, il repéra de vieilles connaissances.

Il savait que Kyle se trouvait à bord, mais il eut la surprise de découvrir la chevelure bonde d'Amy Collins, qui l'avait pris sous son aile à son arrivée à CHERUB et qu'il n'avait pas vue depuis près de trois ans.

— J'y crois pas ! s'exclama-t-il en la serrant dans ses bras avant même d'avoir salué son meilleur ami.

John, le grand frère d'Amy, se tenait à ses côtés.

— Eh, quel beau gosse ! gloussa-t-elle avant de prendre quelques pas de recul pour observer James sous toutes les coutures. Il y a eu pas mal de progrès, par rapport au petit blond grassouillet que j'ai vu débarquer il y a cinq ans. Mais l'apparence ne fait pas tout.

Sur ces mots, elle tenta de lui porter une attaque. James esquiva le coup sans difficulté, mais il percuta une poubelle publique et s'égratigna le coude. Kyle, Amy et John éclatèrent de rire.

— Oh, ça fait un mal de chien...

— Réflexes insuffisants, mauvaise appréciation de l'environnement, ricana Amy. Tu ne m'arrives toujours pas à la cheville.

— Je ne savais même pas que tu étais en Angleterre !

— Chloé Blake est une amie de longue date, expliqua John. On a passé le programme d'entraînement ensemble, et on a été coéquipiers sur plusieurs missions. Depuis, on ne s'est jamais perdus de vue.

— Et ton école de plongée, ça marche comme tu veux ? demanda James en guidant ses hôtes vers le minibus stationné sur le parking.

— Comme ci, comme ça, répondit John en haussant les épaules. J'ai pas mal de clients japonais parce que je parle leur langue, mais la compétition est rude. J'ai du mal à boucler les fins de mois.

— Je travaille à Brisbane depuis que j'ai fini l'université, dit Amy. Interprétariat et sécurité rapprochée.

— Pour quels clients ?

— Hommes d'affaires, pop stars, sportifs professionnels. Ce n'est pas très intéressant, mais je suis bien payée. Les femmes gardes du corps ne courent pas les rues.

— Tu as déjà pensé à revenir travailler au campus ? demanda Kyle.

— Il fait beaucoup trop froid, ici, répondit Amy en frissonnant au seul souvenir des hivers passés dans la campagne anglaise. Moi, j'ai besoin de soleil. On vit dans une chouette baraque sur la plage, à deux pas des discothèques et des restaurants, et on surfe tous les week-ends. Je ne me vois pas patauger dans la gadoue du camp d'entraînement en plein mois de janvier.

— J'aimerais bien changer de climat, quand je quitterai l'organisation, dit James. Avec mon niveau en maths, je pourrai sans doute être reçu dans une université américaine, en Californie ou en Floride.

— Et qu'est-ce que tu fais de Kerry ? s'étonna Kyle.

— C'est un problème, vu qu'elle a un an de moins que moi. Mais là-bas, le système universitaire est plutôt souple. Il est possible de suivre une première année, puis de prendre une année sabbatique. Ça me permettrait de revenir chercher Kerry, et de passer quelques mois à voyager.

— Et elle, ça lui plaît, l'idée de vivre aux États-Unis ? demanda Amy.

— Oui, elle est partante.

— Encore faudrait-il que vous soyez ensemble à ce moment-là... sourit Kyle. Combien de fois vous vous êtes séparés, déjà ? Cinq ? Six ?

D'un geste, James lui intima le silence.

— Cette fois, c'est différent. On est plus mûrs. On a connu pas mal d'aventures, mais la boucle est bouclée. On sait maintenant qu'on est faits l'un pour l'autre.

James actionna le biper commandant l'ouverture des portes du minibus. John posa les bagages dans le coffre. Deux autres véhicules identiques et un 4x4 Mercedes chargés d'invités s'engagèrent sur la route de campagne menant au campus.

— Je suis impatiente de revoir tous ces visages connus, se réjouit Amy. Ils ont construit de nouveaux bâtiments ?

— Oui, une chouette bibliothèque, répondit James. Et le vieux gymnase a été entièrement rénové.

— Et tout fonctionne enfin à peu près dans le centre de contrôle des missions, ajouta Kyle.

— Ah non. Le système de reconnaissance rétinienne a recommencé à déconner, et le toit fuit toujours les jours de pluie.

James tourna la clé de contact et relâchait le frein à main lorsqu'un homme frappa nerveusement à sa vitre.

— Il ne vous resterait pas une petite place ? sourit Norman Large.

L'instructeur en disgrâce avait perdu les rares cheveux qui lui restaient au temps de son licenciement, mais sa moustache semblait avoir épaissi en proportion. Elle évoquait plus que jamais la queue d'un écureuil.

— Et merde, chuchota Kyle. Qui a eu l'idée de génie d'inviter ce connard ?

James envisagea d'écraser la pédale d'accélérateur et de le laisser en plan, mais il avait reçu une mission précise, et il risquait de perdre le droit d'utiliser la flotte du campus à des fins personnelles.

Tous les passagers du minibus détestaient Norman Large. Vingt minutes durant, tandis que le véhicule roulait dans la campagne anglaise, ils observèrent un silence tendu.

Aux abords du périmètre de sécurité, Kyle se décida à briser la glace.

— Alors, Norman, dans quelle branche vous êtes-vous reconverti ?

— Sécurité, répondit Large.

— Oh, comme moi, s'exclama Amy. Vous protégez qui ? Politiciens, célébrités ?

— Supermarchés, lâcha l'ancienne terreur des recrues. Ce n'est pas très prestigieux, mais le travail est facile et les horaires réguliers.

James ne put réprimer un éclat de rire.

— Malheur aux gamins qui piquent des bonbons dans votre rayon !

7. Marche nuptiale

Vers onze heures vingt-cinq, l'excitation atteignit son paroxysme. Accoudé à la fenêtre de sa chambre, James observait la foule de filles vêtues de robes élégantes et chaussées d'escarpins vernis qui se pressait vers la chapelle sous un soleil radieux. C'était un spectacle inhabituel, en ces lieux où, d'ordinaire, l'uniforme était de rigueur. James, lui, ne s'était pas mis sur son trente et un : il portait une paire de baskets, un pantalon de survêtement noir et un polo blanc.

Rassemblées dans la chambre de Kerry, Gabrielle, Amy, Lauren, Bethany et trois de leurs amies n'en finissaient pas de se préparer. Elles jouaient des coudes pour accéder au miroir de la salle de bains et apporter la dernière touche à leur maquillage. L'air embaumait le déodorant. Rat, Bruce, Andy Lagan et Dante Welsh, tous costumés et cravatés, patientaient sur le canapé.

— C'est quand tu veux, Kerry, dit James en passant la tête à l'intérieur de la pièce.

Les filles observèrent un silence consterné.

— Tu ne comptes pas y aller dans cette tenue ? s'étrangla Kerry. Où est ton costume ?

— J'ai des points de suture aux cuisses, je te le rappelle. Je suis obligé de porter un pantalon ample.

— Mets au moins une veste, une chemise et une cravate, suggéra Lauren.

— J'ai essayé, mais ça me donne un look d'évadé de l'asile. Ça ne va pas *du tout* ensemble.

— Tu aurais pu acheter un pantalon de ville un peu large quand on est allés faire du shopping, soupira Kerry.

James leva les yeux au ciel.

— Contrairement à vous, je ne pense pas à ce mariage depuis trois mois, et puis franchement, je ne suis pas prêt à dépenser du fric pour un pantalon que je ne mettrai qu'une seule fois dans ma vie. Oh, cette robe te va super bien, au fait. Tu es tellement jolie que tu attireras tous les regards, et personne ne me remarquera.

Désarmée par ce compliment, Kerry lui adressa un sourire lumineux.

— Au moins, les couleurs de ta tenue sont coordonnées, dit-elle.

Rat tira sur sa cravate.

— Si James n'est pas obligé de porter ce bout de tissu, je ne vois pas pourquoi je…

D'un soufflet à l'arrière de la tête, Lauren brisa les velléités de mutinerie de son petit ami.

— Oh si, je te garantis que tu vas mettre ta cravate. Je suis obligée de porter cette tenue ridicule toute la journée, alors tu vas me faire le plaisir de fournir un petit effort.

— Mais qu'est-ce que tu racontes ? s'étonna Amy. Tu es magnifique.

Lauren posa un chapeau sur son crâne puis enfila une paire de ballerines.

— Et là ?

— C'est de circonstance, sourit James. Ce chapeau ressemble étrangement à une pièce montée.

Les garçons installés sur le canapé lâchèrent un concert de ricanements. Furieuse, Lauren se tourna vers Bethany.

— Je t'avais bien dit qu'il ne m'allait pas. C'est décidé, j'irai tête nue.

Bethany fusilla James du regard.

— Il est super, Lauren. Tu vas vraiment laisser un type en Nike et en survêt te donner des conseils vestimentaires ?

— Si on veut être bien placés, il vaudrait mieux ne pas tarder, dit Gabrielle en consultant sa montre.

Les filles ramassèrent leur couvre-chef à la hâte. Dans sa précipitation, Kerry chaussa par mégarde l'un des escarpins de Bethany, provoquant l'affolement de sa camarade.

— Une seconde, il faut que j'aille aux toilettes, dit Bruce avant de pousser la porte de la salle de bains.

Il se retrouva nez à nez avec une inconnue assise sur la cuvette, robe rassemblée sur les genoux et culotte à mi-mollets.

— Dehors ! hurla-t-elle.

Le visage écarlate, Bruce battit en retraite, puis chercha en vain une façon courtoise de présenter ses excuses.

Kyle quitta son ancienne chambre et rejoignit ses ex-coéquipiers dans le couloir. Il portait un costume bleu composé d'une veste parfaitement ajustée et d'un pantalon à pattes d'éléphant. Il était coiffé d'un feutre coordonné, marchait avec une élégante canne et masquait son regard derrière d'énormes lunettes Aviator à la Elvis.

— Kyle, tu es superbe ! s'exclama Kerry en lui prenant le bras. James, garde tes distances. J'ai trouvé un cavalier à ma mesure.

— Quel style, soupira Gabrielle.

Elle saisit l'autre bras du dandy puis pointa un doigt accusateur en direction des autres garçons.

— Voilà ce à quoi vous devriez *tous* ressembler ! déclara-t-elle.

James et Dante se dirigèrent vers l'escalier.

— Tu dis que Kyle est ton meilleur ami, chuchota ce dernier, mais c'est sans doute le costume le plus gay que j'aie jamais vu.

À peine sorti du programme d'entraînement initial, Dante avait participé à l'une des plus longues missions de l'histoire de CHERUB. Il avait passé peu de temps sur le campus et connaissait à peine Kyle.

— Mais il *est* gay, expliqua James. Tu crois que je le laisserais marcher bras dessus bras dessous avec ma copine, s'il y avait le moindre risque qu'il me la pique ?

Kerry considéra la foule qui se pressait devant l'ascenseur, ôta ses chaussures et emprunta l'escalier jusqu'au rez-de-chaussée. Tous ses camarades lui emboîtèrent le pas, puis le petit groupe se mêla au cortège qui se dirigeait vers la chapelle.

James remarqua de nombreux visages inconnus. Plus de trois cents agents et membres du personnel à la retraite avaient rejoint le campus pour assister au mariage de Chloé Blake et Isaac Cole.

— Tu crois qu'on se mariera ici, un jour ? lança-t-il à l'adresse de Kerry, qui le devançait de plusieurs mètres.

— Qu'est-ce qui te fait penser que j'ai envie de t'épouser ?

Des rires fusèrent. Sur la bande de gazon qui bordait la chaussée, James remarqua des traces noirâtres. C'est là que son buggy accidenté avait brûlé, après une sortie de route, dix-huit mois plus tôt. Juste à côté, deux femmes d'une quarantaine d'années pointaient l'index en direction des étages les plus élevés du bâtiment principal.

— Ma chambre était au sixième, au bout du couloir. Les garçons vivaient au septième, et le centre de préparation des missions se trouvait au huitième.

Nostalgie, quand tu nous tiens, pensa James en se tournant vers Amy. Âgée de vingt et un ans, elle était éblouissante dans sa robe dépourvue de bretelles. Pourtant, elle n'était plus à ses yeux l'être quasi surnaturel, la déesse en T-shirt noir qui l'avait pris sous son aile, cinq ans plus tôt.

Désormais, elle exerçait la profession de garde du corps. Kyle poursuivait des études universitaires et travaillait à temps partiel dans un night-club. Le redoutable instructeur en chef Norman Large surveillait des poulets congelés dans une grande surface. James secoua tristement la tête. Jamais la perspective de la vie après CHERUB ne lui était apparue aussi déprimante.

La chapelle ne disposant que de cent cinquante places assises, des chaises en plastique blanc avaient été disposées sur la pelouse afin que chacun puisse assister à la cérémonie sur un écran géant.

Avant même que James ne pénètre dans la nef, Meryl Spencer vint à sa rencontre. Son ancienne responsable de formation venait d'être nommée à la tête de son service, si bien qu'elle veillait désormais sur tous les agents opérationnels de CHERUB.

— Je ne sais pas ce que tu me reproches, mais je suis innocent, sourit James.

— Comment vont tes cuisses ?

— On me retire les fils lundi. Avec un peu de chance, je pourrai enfin porter des vêtements décents.

— J'ai un service à te demander. Plusieurs éducateurs du bloc junior qui ont travaillé avec Isaac pendant des années aimeraient bien assister à la cérémonie depuis les premiers rangs. Seulement, ils doivent surveiller les T-shirts rouges, à l'extérieur. Ça te dérangerait de les remplacer ?

— Il n'y a que des garçons, fit observer James.

— Toutes les filles âgées de trois à huit ans sont demoiselles d'honneur. Ça fait treize en tout.

Les cinq petits garçons étaient si remuants qu'ils avaient été volontairement placés hors de la chapelle. James les trouvait craquants, avec leur costume gris et leurs souliers vernis. Le plus jeune d'entre eux, qui venait de fêter ses trois ans, s'était déjà débarrassé de sa cravate et de ses chaussures.

Joshua Asker, cinq ans, se faufila jusqu'à James, le visage éclairé d'un large sourire.

— Tu es revenu ? se réjouit-il. Tu m'emmèneras à la piscine, dis ?

— Bien sûr. Je ne vais pas me priver d'une occasion de te faire boire la tasse, petit monstre.

— C'est toi le monstre ! s'esclaffa Joshua.

Plusieurs convives, dont Zara, sa mère, tournèrent la tête dans sa direction. En tant que directrice, elle était chargée de conduire la mariée jusqu'à l'autel.

— Tiens-toi tranquille, Joshua, dit-elle.

— C'est lui qui a commencé ! protesta le petit garçon.

Zara fronça les sourcils et posa un index sur ses lèvres.

Une Rolls-Royce blanche apparut au bout de l'allée. L'organiste joua quelques notes retransmises par les haut-parleurs, puis les invités placés à l'extérieur se levèrent pour saluer l'arrivée des futurs mariés.

— Je ne vois rien, gémit l'un des petits garçons.

Chloé Blake descendit du véhicule. Une armée de demoiselles d'honneur portant des robes jaune clair s'aligna derrière elle. Joshua plaqua ses lèvres sur le bras de James, gonfla ses joues et produisit un concert de bruits inconvenants.

— Arrête ça immédiatement, l'avertit ce dernier. Ta mère va t'*étrangler*.

Joshua le considéra d'un air pensif puis se redressa sagement sur sa chaise. Isaac, qui, l'air anxieux, patientait devant l'autel, apparut sur l'écran géant. Chloé était trop maquillée. Elle semblait un peu perdue, comme si elle craignait de commettre la plus lourde erreur de son existence.

— Veuillez vous lever pour accueillir la mariée ! s'exclama le prêtre, à l'intérieur de la chapelle.

Zara offrit son bras à Chloé, puis les deux femmes avancèrent solennellement entre les rangées de chaises aux accents de *La Marche nuptiale*.

8. Une vieille connaissance

La cérémonie achevée, James joua au cricket avec les garçons pendant que les époux et leurs proches posaient devant l'objectif du photographe, puis il rejoignit Kerry afin d'offrir à sept anciens agents une visite guidée des nouveaux bâtiments.

Ils échangèrent une foule d'anecdotes liées à leurs missions et à la vie quotidienne du campus. James interrogea longuement ses hôtes, âgés de trente à quarante ans, sur leur nouvelle existence. Tous admirent avoir connu des difficultés d'adaptation au monde extérieur. L'un d'eux, un quadragénaire barbu, confessa qu'il s'était ennuyé à mourir à l'université, était devenu cocaïnomane et avait frôlé la prison dans une affaire de trafic de drogue. Il assura que tout était progressivement rentré dans l'ordre, et souligna cette affirmation en exhibant une photo de famille où apparaissaient ses trois filles, ses cinq chats et sa délicieuse épouse danoise.

Tout compte fait, le témoignage des anciens était plutôt encourageant. Ils étaient sympathiques et ouverts d'esprit, exerçaient des professions passionnantes et avaient fondé des foyers.

— Seule un ou deux pour cent de la population peut être admise à CHERUB, expliqua le barbu. Le niveau scolaire est remarquable, et les agents en fin de carrière sont placés dans les meilleures universités. De plus, la direction les soutient psychologiquement et financièrement aussi longtemps que nécessaire. Tu n'as pas de souci à te faire, mon garçon.

James fit la grimace.

— Oh, ça se voit tant que ça que je m'inquiète pour mon avenir ?

— Comme le nez au milieu de la figure, sourit son interlocuteur. N'oublie jamais l'immense majorité des jeunes de ton âge qui ne bénéficient pas de tous ces avantages.

La visite terminée, les amoureux, main dans la main, se dirigèrent tranquillement vers le bâtiment principal.

— Si je pars étudier aux États-Unis, tu me rejoindras ? demanda James.

Une ombre voila le regard de Kerry.

— J'y réfléchirai sérieusement, c'est promis, mais…

— Mais quoi ? Tu m'as toujours dit que tu aimerais bien vivre en Amérique.

— Tu ne crois pas que tu précipites un peu les choses ? Ça ne fait pas si longtemps qu'on est de nouveau ensemble, et depuis, tu as à peine remis les pieds au campus à cause de la mission de Salcombe.

— Kerry, le moment est venu pour moi de prendre des décisions. Je rêve depuis longtemps de vivre en Californie. L'Intelligence Service a des accords avec une quantité de pays. Quand je quitterai CHERUB, je pourrai choisir entre les nationalités anglaise, australienne, américaine et canadienne.

— Eh bien, comme tu dis, c'est à *toi* de prendre tes décisions, dit calmement Kerry. Moi, je ne sais vraiment pas ce que je ferai dans le futur, alors choisis la vie qui te plaît, c'est le plus important. Si on est encore ensemble dans un an, on trouvera une solution.

— Bon, d'accord, soupira James. Kerry Chang, tu es la voix de la raison, comme d'habitude.

...

— Je t'adore, bébééé! hurlait Kerry, en se déhanchant frénétiquement au centre de la salle de bal.

Il était minuit passé, et les lieux grouillaient toujours de convives. Les plus jeunes résidents, qui avaient passé la journée à cavaler aux quatre coins du campus, dormaient profondément, roulés en boule au pied des murs. Leurs aînés, eux, étaient dans une forme éblouissante. Garçons et filles venaient de s'affronter lors d'une épique bataille de bombes à eau. Adolescents et adultes discutaient avec animation ou se trémoussaient sur la piste au son d'une programmation rétro.

— Lève-toi, James ! lança Kerry en tirant énergiquement sur le bras de son petit ami.

Elle lâcha accidentellement prise, tituba en arrière et glissa sur une flaque de bière. Les agents réunis autour de la table éclatèrent de rire.

— Tu as bu trop de champagne, sourit James. Laisse-moi une minute pour reprendre mon souffle. Je viens de danser avec Amy.

Kerry posa les mains sur les hanches.

— Ah, c'est comme ça ? Tu danses avec elle, et pas avec moi ? Bon, dans ce cas, je suis libre comme l'air. Shak, ça te dit ?

Shakeel, assis à l'autre bout de la table, un bras autour de la taille de Gabrielle, ne détourna même pas le regard.

— C'est ça, ignore-moi, espèce de goujat ! cria Kerry. Kyle ?

— Pourquoi tu ne t'assieds pas une minute ? suggéra James. Tiens, prends un peu d'eau. Tu as pensé à la gueule de bois que tu vas te payer, demain matin ?

— PEUH ! hoqueta sa petite amie. Je ne suis pas soûle. Kyle, bouge tes fesses.

Ce dernier adressa à James un regard impuissant et laissa Kerry le traîner jusqu'à la piste de danse au moment où les premières notes de *Dancing Queen* d'Abba jaillissaient des enceintes.

— Ma chanson préférée ! s'écria Gabrielle en tirant Shakeel par le bras.

Bethany et Bruce les rejoignirent en tortillant furieusement du bassin.

— Il faut que j'aille aux toilettes, dit Amy en quittant la table à son tour.

Livré à lui-même, James but quelques verres d'eau en regardant, derrière la baie vitrée, Jake Parker, Kevin Sumner et deux garçons de leur bande traverser furtivement la pelouse armés de ballons de baudruche remplis d'eau. Enfin, accablé par l'ennui et la chaleur, il décida d'aller prendre l'air.

Alors qu'il contournait la piste de danse, il tomba nez à nez avec son ex-petite amie Dana Smith. Elle portait un jean déchiré et une veste informe. Elle était accompagnée de deux individus aux cheveux en bataille que James se souvenait avoir aperçus au cours des premières années de sa carrière à CHERUB.

— Mais qui voilà ? s'exclama-t-elle.

James esquissa un sourire forcé.

— Salut… ça fait plaisir de te revoir. Comment ça marche, les études d'arts plastiques ?

— C'est génial.

Elle se pencha à son oreille et chuchota :

— Ça te dirait d'aller faire un tour dans les buissons, en souvenir du bon vieux temps ? J'ai de l'herbe dans mon sac.

— Ce serait avec plaisir, répondit James, mais Kerry me massacrerait, et euh… je dois retrouver quelqu'un.

Il réprima un frisson de dégoût et tourna les talons. Il ne comprenait pas comment il avait pu sortir onze mois avec cette garce et en demeurer amoureux pendant un trimestre. Elle ne s'était jamais entendue avec ses amis, s'habillait comme un épouvantail et portait de vieilles Converse malodorantes. Seul son corps, à bien y réfléchir, lui inspirait une profonde nostalgie.

James franchit la porte coupe-feu donnant sur le parc. Il fendit la foule des fumeurs rassemblés autour d'une jardinière remplie de sable, puis aperçut Dante et une fille inconnue étroitement enlacés sur le gazon.

— Trouve-toi une chambre, espèce d'obsédé, sourit-il en s'emparant de la canette de Budweiser posée près du couple. Et je te signale que tu es trop jeune pour boire de la bière. Confisqué.

Son camarade lui lança un regard noir puis, estimant qu'il avait mieux à faire que de se disputer, le laissa s'éloigner sans protester.

En cette nuit de printemps, un vent frais s'était levé. James continua à marcher sans but précis, s'enfonçant dans le parc jusqu'à ce que ne parviennent plus de la salle de bal que des sons sourds et indistincts. Des filles tombées dans le guet-apens tendu par Jake et Kevin poussèrent des hurlements perçants. Deux T-shirts rouges raccompagnés vers le bloc junior par un éducateur juraient leurs grands dieux qu'ils n'étaient pas fatigués.

James s'assit sur une souche d'arbre pour siffler la bière dérobée à Dante. Dix minutes plus tard, il vit

Kerry, solidement agrippée aux épaules de Kyle, franchir la porte coupe-feu. Elle avait ôté ses chaussures, et semblait avoir perdu tout sens de l'équilibre.

— Qu'est-ce qui ne va pas ? demanda James en trottinant dans sa direction.

— Elle dit qu'elle ne se sent pas bien, expliqua Kyle.

— Je crois que j'ai trop mangé, bredouilla Kerry.

— Les quatre verres de champagne et la Smirnoff Ice que tu t'es envoyée en douce dans la salle de bains y sont peut-être pour quelque chose, ricana James.

— On ferait mieux de te raccompagner jusqu'à ta chambre, suggéra Kyle.

— Je suis déshydratée, c'est tout, assura Kerry en secouant mollement la tête. Laissez-moi juste une... oh, mon Dieu...

Elle se courba en deux et rendit son dîner entre ses pieds. James recula vivement, mais Kyle, qui n'avait rien vu venir, contempla avec horreur ses chaussures souillées de vomissures.

— Je vais chercher de l'eau pour qu'elle se rince la bouche, dit-il avant de s'engouffrer dans le bâtiment.

— Je suis désolée, gémit Kerry en se laissant tomber dans les bras de James.

— Ça va aller, murmura ce dernier en lui caressant tendrement le dos.

Kyle réapparut quelques secondes plus tard, une bouteille d'eau minérale à la main.

— Il faut te mettre au lit, maintenant, dit James.

Kerry lui lança un regard désarmant. Quitter ses amis au plus fort de la fête lui brisait le cœur, mais elle était pâle comme un linge et tremblait de la tête aux pieds.

— Kyle, pars en éclaireur, et assure-toi qu'on ne croisera pas de membres du personnel. Si on la voit dans cet état, elle va récolter une de ces punitions...

— Mais puisque je te dis que c'est le dîner qui n'est pas passé... protesta Kerry.

James la saisit par la taille et la hissa sur son épaule.

— Préviens-moi s'il y a urgence, dit-il. Si tu me vomis dessus, tu me le paieras.

— Oh là là, qu'est-ce que tu es fort, gloussa-t-elle. J'adore tes gros muscles.

Kyle franchit les portes vitrées du bâtiment principal, traversa le hall et enfonça le bouton de l'ascenseur. James patienta à l'extérieur jusqu'à ce que son complice lui fasse signe que la voie était libre. En temps normal, il n'aurait eu aucune difficulté à supporter longuement le poids de Kerry, mais ses cuisses convalescentes rendaient l'exercice plus éprouvant. Lorsqu'il eut atteint la cabine, il la plaqua sans ménagement contre le miroir.

— Tu m'as sauvé la vie, mon amour, bégaya-t-elle. Toi aussi, Kyle. Je vous revaudrai ça, un de ces jours.

Sur ces mots, elle hoqueta, se plia en deux et cracha un filet de bile. Une odeur effroyable se répandit aussitôt dans l'espace confiné. Horrifiés, James et Kyle se précipitèrent dans le couloir dès que l'ascenseur atteignit le sixième étage.

Kerry, qui semblait désormais capable de se tenir debout sans l'aide de son petit ami, tituba derrière eux en s'appuyant contre le mur chaque fois que le sens de l'équilibre lui faisait défaut.

— Eh, tu as dépassé ta chambre, l'avertit James.

— Je ne veux pas salir ma moquette, bredouilla-t-elle avant de pousser la porte du jeune homme.

— Et ça ne te dérange pas de massacrer la mienne, si je comprends bien ? s'indigna James.

Les deux garçons la suivirent à l'intérieur. Kyle actionna l'interrupteur.

— Où sont mes chaussures ? demanda Kerry.

Elle partit à la renverse sur le lit.

— Quelqu'un les ramènera, dit James, ou on les retrouvera demain matin.

— Toute la pièce tourne autour de moi, gémit Kerry en essayant vainement de s'asseoir. Je vais prendre un bain. Bon sang, qu'est-ce qui m'a pris de boire autant ?

— Je croyais que c'était la nourriture qui ne passait pas ? ironisa Kyle.

James aida Kerry à se redresser puis la traîna jusqu'à la salle de bains.

Il ouvrit le robinet de la baignoire et fit glisser la fermeture Éclair de sa robe. En d'autres circonstances, il aurait pris plaisir à dévêtir sa petite amie, mais elle titubait en marmonnant des paroles inintelligibles, sa peau embaumait l'alcool et son haleine était irrespirable.

Sans prendre la peine d'ôter ses sous-vêtements, Kerry se glissa maladroitement dans la baignoire. James déplaça le sélecteur du robinet en position douche. Assise sous la pluie tiède, elle s'agrippa d'une main au rebord de la baignoire et inspecta attentivement ses pieds.

— Oh, j'ai de la boue entre les orteils ! s'exclamat-elle sur un ton enfantin.

Elle bascula la tête en arrière, se remplit la bouche puis aspergea généreusement la braguette de James.

— Je t'ai eu !

— Oh, comme c'est charmant, grogna James avant de tourner le robinet de façon à interrompre la distribution d'eau chaude.

— Salaud ! couina Kerry.

Elle roula sur le ventre et replaça le mitigeur dans sa position initiale.

— Appelle-moi si tu as besoin de quoi que ce soit, dit James en regagnant la chambre.

Assis sur le lit, Kyle nettoyait ses chaussures souillées de vomissures à l'aide d'une poignée de Kleenex.

— Dis donc, elle s'est drôlement lâchée, ce soir, dit-il. Oh, qu'est-ce qui t'est arrivé ? Un malheureux accident de braguette ?

— Les filles ne savent pas boire, soupira James. Lauren, c'est exactement pareil. Trois bières, et elle se met à courir toute nue dans la rue en embrassant les réverbères.

Kerry lâcha une exclamation inintelligible.

— Qu'est-ce qu'il y a encore ? grommela James en passant la tête dans l'entrebâillement de la porte.

— Tu es un mec génial, dit-elle, les pouces levés vers le plafond, avant de se mettre à sangloter. Je ne te traite pas aussi bien que tu le mériterais...

— Merci, répondit James, guère convaincu par cette grande déclaration. Mais je ne fais que mon métier, Votre Altesse.

— Tiens, tu as reçu un ordre de mission ? s'étonna Kyle en désigna un dossier posé sur le bureau. Je croyais que tu en avais terminé avec les opérations de terrain.

James secoua la tête.

— Mission, c'est un bien grand mot. Deux jours de baby-sitting, dans deux semaines. Le ministre de la Défense malaisien vient signer un énorme contrat concernant l'achat de véhicules blindés, de turbines d'avion, et autres joujoux pour militaires. Kevin, Lauren et moi sommes censés nous occuper de ses enfants. Les divertir et leur faire visiter la ville tout en évitant qu'ils soient importunés par des militants pacifistes.

Kyle était estomaqué.

— Le ministre de la Défense malaisien ? Tu veux parler de Tan Abdullah ?

James haussa les sourcils.

— Comment es-tu au courant ? Tu as consulté ce dossier pendant que j'étais dans la salle de bains ?

— Mr Abdullah est une vieille connaissance, dit Kyle sur un ton mystérieux. Ça te dérangerait que je jette un œil à cet ordre de mission ?

James haussa les épaules.

— Je ne comprends pas où tu veux en venir, mais fais comme chez toi.

QUATRE ANS PLUS TÔT
DÉCEMBRE 2004 – MARS 2005

9. Un supplice digne de ce nom

Kyle Blueman, quinze ans, était allongé sur le pont étroit d'une barque motorisée. La tête posée sur son sac à dos, il semblait parfaitement détendu. C'était le petit matin, mais déjà, les rayons du soleil lui brûlaient la peau. Le ciel était dégagé, la mer aussi lisse que la surface d'un étang.

On n'entendait que le ronronnement du moteur, tandis que la proue fendait les flots à proximité des plages vierges et verdoyantes de l'île de Langkawi, située à une quinzaine de kilomètres des côtes malaises. Kyle, qui venait de passer treize heures à bord d'un 747, était impatient de prendre une douche et de se changer.

— Il y en a encore pour combien de temps? demanda-t-il.

— Quinze, vingt minutes, répondit Aizat, le jeune Malaisien aux cheveux longs qui manœuvrait l'embarcation.

Les deux adolescents avaient à peu près le même âge. Aizat portait un short déchiré et un T-shirt taché à l'effigie de Jimmy Hendrix. Il évoluait avec agilité sur le pont encombré de cordes, de bidons de carburant et de matériel de pêche.

Une sonnerie de téléphone portable retentit. Kyle se redressa, fit glisser la fermeture Éclair de la poche étanche d'une veste roulée entre ses pieds, puis en sortit un petit mobile Nokia.

— Allô ? lança-t-il.

Dès qu'il entendit la voix de son interlocutrice, il regretta de ne pas avoir examiné l'écran de l'appareil avant de décrocher.

— Espèce de sale traître ! rugit Lauren Adams. Je croyais qu'on formait une équipe.

Lauren, dix ans, reconnue coupable d'avoir frappé l'instructeur Norman Large à coups de pelle, avait été condamnée à curer le réseau de tranchées d'évacuation des eaux usées du campus. Kyle avait écopé d'une peine identique pour avoir fumé de la marijuana lors de sa dernière mission.

— Écoute, Lauren…

Elle ne lui permit pas d'ajouter un mot.

— Je n'arrive pas à croire que tu te sois défilé. Je suis toute seule, maintenant, à patauger dans cette boue puante toute la journée, sans personne à qui parler.

Kyle se sentait un peu coupable.

— Laisse-moi t'expliquer… C'était le matin de Noël, après la distribution des cadeaux. Meryl Spencer cherchait un volontaire pour se rendre d'urgence en Malaisie afin de remplacer un instructeur blessé.

Personne d'autre ne s'est désigné, à cause des fêtes et tout ça… Elle m'a proposé d'annuler les deux semaines de punition qu'il me restait à tirer.

— Je suis ravie pour toi, mon *ami*, lâcha Lauren d'une voix aigre.

Dans sa bouche, le mot *ami* sonnait comme une accusation.

— Je sais que j'aurais dû te prévenir, mais on ne m'a pas laissé une seconde. J'ai fait mes bagages, j'ai sauté dans une voiture et on m'a conduit à Heathrow. J'imaginais bien que ça te mettrait en colère et je ne voulais pas gâcher tes fêtes de Noël, mais je suis convaincu que tu aurais fait la même chose si tu avais été à ma place.

— Peut-être, mais je t'en aurais parlé avant de prendre ma décision.

— Je comprends. On s'est tenu les coudes, je sais, mais sache que ta punition ne sera pas prolongée sous prétexte que j'ai quitté le campus.

— Je suis tellement crevée, gémit Lauren. On se marrait bien, tous les deux, et c'était la seule chose qui me faisait tenir.

— Écoute, je te ramènerai un super cadeau, d'accord ? Oh, et dis à James que mes notes de lecture de l'année dernière se trouvent dans la boîte en métal gris, sous mon bureau.

— Très bien. Mais je t'en supplie, fais en sorte de ne *pas trop* t'amuser.

La conversation achevée, Kyle contempla le rivage et remarqua un hôtel luxueux bâti sur une plage de sable blanc, un établissement composé d'une dizaine de bungalows reliés par des passerelles de planches. Depuis la terrasse de ces chambres somptueuses, les clients n'avaient que quelques pas à faire pour piquer une tête dans l'océan.

— Ça a l'air génial, dit-il.

Les yeux d'Aizat lancèrent des éclairs.

— Si on laisse faire le gouverneur, toute l'île ressemblera bientôt à ce repaire pour milliardaires.

Frappé par la réaction inattendue du jeune homme, Kyle préféra garder le silence.

Aizat dirigea l'embarcation vers une plage située à la pointe nord-ouest de Langkawi, sur une langue de sable désolée jonchée d'algues en putréfaction. La terrasse de l'hôtel *Starfish*, un bâtiment de deux étages aux murs barbouillés de peinture blanche écaillée, était meublée de chaises et de tables en plastique jauni abritées sous des parasols aux couleurs défraîchies.

Vêtue d'un short et d'un débardeur, une fille aux pieds nus patientait sur le rivage. Aizat coupa le moteur, laissa la barque glisser jusqu'en eaux peu profondes, l'amarra à un poteau de bois qui émergeait des flots puis sauta de l'embarcation. Kyle l'imita, plongea sous une vague et prit plaisir à sentir l'eau tiède imprégner ses vêtements.

— Tu as fait bon voyage ? demanda la jeune fille lorsqu'il eut rejoint la plage.

Elle s'exprimait avec un fort accent écossais. Son front était perlé de sueur, son visage écarlate. Elle venait de subir une éprouvante séance d'entraînement.

— C'était interminable, sourit Kyle.

Il considéra son interlocutrice de la tête aux pieds. Elle avait onze ou douze ans. Ses cheveux blonds contrastaient avec sa peau bronzée. En quatre-vingt-dix-sept jours de programme d'entraînement initial, elle avait récolté une multitude de bleus et de coupures. Il l'avait déjà croisée sur le campus, mais il était incapable de se remémorer son nom.

— Iris, c'est ça ?

— Iona, rectifia-t-elle. Iona Hardy. Mr Large veut que tu débarques toutes tes affaires et que tu le rejoignes près de la piscine dès que possible.

Aizat confia à la jeune fille un sac contenant du matériel de camping. Incapable d'en soutenir le poids, elle le traîna sur le sable jusqu'à l'entrée de l'hôtel. Une employée hissa les bagages sur un chariot puis franchit la porte menant au hall d'accueil.

Kyle ignorait s'il pouvait s'exprimer en toute liberté.

— Il y a beaucoup de clients ?

— Rien que des gens de CHERUB, répondit Iona. Mr Large, Miss Speaks et les six recrues encore en course.

— Comment va Mr Pike ?

— Appendicite. Il a été conduit sur le continent en vedette rapide. Je n'en sais pas plus. Bon, il faut que j'y retourne avant que Large ne commence à me hurler dans les oreilles.

La piscine aux eaux verdâtres était située au centre d'une terrasse formée de dalles disjointes. Kyle repéra l'imposante silhouette de Norman Large, qui, posté derrière un grillage, observait les recrues rassemblées sur un court de tennis envahi par le sable.

La crise d'appendicite de Mr Pike avait rendu impossible la mise en place du test final conçu par l'instructeur en chef, mais il avait rapidement élaboré d'autres épreuves propres à faire souffrir Iona et ses cinq camarades en attendant de mettre en œuvre un nouveau supplice digne de ce nom.

— Vingt pompes claquées, gronda-t-il.

La température frôlait les trente degrés. Les élèves semblaient au bord de l'évanouissement.

— Bonjour, dit Kyle.

Large continua à compter en hochant discrètement la tête.

— C'était nul ! cria-t-il lorsque les recrues eurent achevé leur série. Quinze tours de court. Le dernier arrivé recommencera l'exercice en tenant un sac de sable mouillé au-dessus de la tête.

La course avait à peine débuté lorsqu'un garçon se traîna jusqu'à l'instructeur, une main crispée sur son ventre.

— Tu as un problème, Reece ? aboya Large.

— Il faut que je boive, gémit la recrue. Je vais tomber dans les pommes.

— Tu as de la chance, je suis d'humeur plutôt coulante, aujourd'hui, répondit l'instructeur en glissant une petite bouteille d'eau minérale entre les mailles du grillage. Mais ce rafraîchissement coûtera à tes camarades dix tours de plus.

Les élèves n'avaient même pas la force de protester. Large se tourna vers Kyle et le considéra d'un œil méprisant.

— Alors c'est *toi* qu'ils ont envoyé… soupira-t-il. Au moins, tu ne nages pas trop mal, si je me souviens bien.

— Oui, je me débrouille.

— L'épreuve finale devait durer quatre jours. J'ai demandé à Mac l'autorisation de prolonger le programme, mais il m'a ordonné de m'en tenir aux règles. Du coup, à cause de Pike et de son appendice défaillant, nous devrons nous contenter de deux jours. Chaque recrue transportera un canoë et un sac d'équipement standard jusqu'au point le plus élevé de l'île, puis descendra la rivière. Tu m'aideras pour la mise en place, et tu seras chargé d'assurer la sécurité des élèves.

Kyle hocha la tête. Il était consterné de ne pouvoir s'accorder une nuit de sommeil après le voyage harassant qu'il venait d'accomplir, mais le simple souvenir des journées passées dans les fossés putrides du campus suffit à lui redonner du courage.

— Miss Speaks est en repérage dans la jungle avec deux guides locaux. Elle prépare quelques surprises que nos recrues ne sont pas près d'oublier. Pour le moment, grimpe sur le quad et va chercher des vivres au village voisin. À ton retour…

Avant que Large n'ait pu achever sa phrase, le sol se mit à trembler, à tel point qu'il perdit l'équilibre et tituba vers le grillage. L'eau de la piscine clapota furieusement, puis une vague se forma, inonda la terrasse à hauteur de cheville et déferla sur le court de tennis.

— Tremblement de terre ? demanda Kyle.

Les recrues se figèrent, s'agenouillèrent puis s'aspergèrent généreusement le corps.

À ce spectacle, les yeux de Large jaillirent littéralement de leurs orbites.

— Vous ai-je donné l'autorisation d'interrompre l'exercice ? Un agent de CHERUB ne se laisse détourner de sa mission sous aucun prétexte, pas même par un séisme ! Allez, bougez-vous les fesses, bande de bons à rien !

— C'est la première fois que je ressens un tremblement de terre, dit Kyle.

— Ce n'est qu'une réplique, expliqua Large. Deux secousses beaucoup plus fortes se sont produites il y a environ une heure.

Il pointa l'index en direction de l'hôtel.

— Le quad est garé derrière. Va chercher les légumes et le poisson. Ensuite, tu m'aideras à préparer les canoës et l'équipement.

10. L'enfer au paradis

Kyle parcourut trois kilomètres le long du rivage, laissant dans le sable fin deux profondes traces parallèles. À deux reprises, il dut contourner la plage inondée en empruntant une piste étroite qui serpentait dans la jungle. Enfin, il aperçut la barque d'Aizat, qui reposait quille en l'air à l'ombre de la plus vaste construction du village.

Kyle dénombra onze huttes bâties sur pilotis afin de prévenir tout risque lié aux inondations. Des petits garçons tapaient dans un ballon dégonflé, des filets de pêche tendus sur des cadres de bois en guise de buts. Deux vieilles dames, assises en tailleur sur une bâche, regardaient un jeu télévisé sur un minuscule appareil Sony.

— Excusez-moi, dit Kyle.

— Pas anglais, dit l'une d'elles avant de crier : Aizat !

Le jeune Malaisien sortit de sa hutte. Il avait ôté son T-shirt, révélant un torse musculeux. Ses mains étaient tachées de cambouis. Kyle le trouvait très à son goût.

— Si je comprends bien, c'est toi qui t'occupes de tout, dans ce village, sourit-il.

— Il n'y a pratiquement que des vieux et des gamins. Les adultes vivent sur le continent. Ils travaillent dans des usines et des hôtels. Il ne reste que moi et deux anciens pour pêcher, cultiver la terre et veiller sur la communauté.

— Je suis venu chercher les vivres.

— Tout est prêt, dit Aizat. Légumes, riz cuisiné et poisson séché. Mais tu as l'air assoiffé. Ça te dirait qu'on trinque ? Ma grand-mère garde quelques bouteilles, pour les grandes occasions.

Kyle avait reçu l'ordre de regagner l'hôtel au plus vite pour préparer l'équipement des recrues, mais il saisit l'occasion qui se présentait de passer quelques minutes de plus en compagnie d'Aizat.

— Il est un peu tôt, mais j'imagine que ça ne peut pas nous faire de mal, répondit-il.

En se hissant sur la plate-forme sur laquelle était bâtie la hutte, il aperçut un échafaudage métallique qui s'élevait au-dessus de la végétation, à moins de cent mètres du village.

— Qu'est-ce qu'ils construisent ?

— Encore un hôtel. C'est presque terminé. Cinq étoiles, air conditionné, trois restaurants, deux piscines. Comme je parle bien anglais, avec un peu de chance, je pourrai y faire la plonge ou nettoyer les toilettes, un de ces jours. Le chantier a asséché notre puits, et les employés ont déversé les gravats dans l'océan, ce qui a fait fuir beaucoup de poissons.

— C'est dégueulasse, dit Kyle. Vous ne pouvez pas porter plainte auprès des autorités ?

Pour toute réponse, Aizat poussa un long soupir puis pénétra dans la maisonnette.

Dans la pièce obscure tapissée de photographies, Wati, sa petite sœur âgée de huit ans, était assise sur un épais coussin, un Walkman vissé sur les oreilles. Le moteur de la barque, démontée en une douzaine d'éléments, reposait sur le plancher. Un maillot de football écarlate était punaisé sur le mur du fond.

— Supporter d'Arsenal ? sourit Kyle.

— Les meilleurs, confirma Aizat. Champions d'Angleterre, invaincus en trente-huit rencontres. Tu t'intéresses au foot ?

— Pas vraiment. Mais mon meilleur ami James est un fan *hystérique* des Gunners. Vous vous entendriez bien, tous les deux.

Le jeune Malaisien déboucha une bouteille puis remplit deux gobelets d'une liqueur couleur crème.

Kyle porta l'un d'eux à ses lèvres — un récipient orné d'un dessin de Garfield — et but une minuscule gorgée. Il éprouva aussitôt une sensation évoquant une piqûre de frelon à l'arrière-gorge.

— Nom de Dieu, toussa-t-il, le visage violacé, en se tenant le ventre. C'est hyper fort...

Wati ôta ses écouteurs et éclata de rire.

— Ça arrache, pas vrai ? s'amusa Aizat. L'un de mes oncles a perdu la vue à cause de ce tord-boyaux.

— Pas étonnant, confirma Kyle. J'ai l'impression que mon cerveau est en feu.

Il posa son verre. Son ami, qui avait déjà sifflé le sien, s'en empara et le vida en trois gorgées.

— Tu vas encore être soûl comme un cochon, l'avertit Wati.

— Je ne t'ai pas sonnée, toi, répliqua Aizat. Tu pourrais faire le ménage, au lieu de rester toute la journée le cul vissé sur ton coussin.

La petite fille lui tira la langue, se dressa d'un bond puis traversa comme une furie le rideau de perles qui séparait la pièce principale de la chambre attenante. Kyle jeta un œil aux livres alignés sur les étagères et découvrit, entre autres, des œuvres de Marx, Freud et Kafka en langue anglaise.

— Ils sont à toi ?

— Oui. J'adore lire. J'ai des correspondants un peu partout dans le monde, en Chine, en Italie, aux États-Unis. Avec ce dernier, on s'écrit depuis la cinquième. Il m'envoie des CD gravés d'albums introuvables à Langkawi. Tu aimes les Foo Fighters ?

— Franchement, je n'ai pas vraiment d'avis, répondit Kyle en haussant les épaules.

Il consulta sa montre, puis il frémit à la perspective de la soufflante que lui infligerait Large lorsqu'il se présenterait à l'hôtel en retard et affligé d'une haleine suspecte.

— J'aimerais bien avoir un correspondant anglais, mais vous dites toujours non, dit Aizat.

— Comment ça, *nous* ?

— Mr Large se pointe ici une ou deux fois par an. À chaque visite, des enfants différents participent à l'expédition en jungle, mais ils refusent systématiquement qu'on échange nos adresses.

Kyle connaissait les raisons qui motivaient cette réaction. Les agents n'étaient pas autorisés à entretenir des contacts avec les civils rencontrés lors des missions. En outre, Large procédait à de fréquentes inspections, et toute recrue trouvée en possession des coordonnées d'un individu extérieur à CHERUB encourait de sévères sanctions disciplinaires.

Mais Kyle n'était pas une recrue et il trouvait Aizat irrésistible.

— Moi, ça me va. Je ne te promets pas que je t'écrirai très souvent, mais je ferai de mon mieux.

— Génial ! s'exclama le jeune Malaisien en se saisissant d'un crayon et d'un carnet. Les services postaux ne sont pas très efficaces, alors je préfère me rendre dans un web café, sur le continent.

— OK, pas de problème, dit Kyle en notant son adresse e-mail. Maintenant, dépêchons-nous de charger les vivres sur le quad. Large va m'étrangler, si je tarde trop.

...

La mer s'étant retirée à une vitesse inhabituelle, Kyle put effectuer le trajet retour sans s'écarter de la plage de sable humide. À l'approche de l'hôtel *Starfish*, il eut la surprise de voir Iona courir à sa rencontre.

— Magne-toi ! hurla-t-elle. On a un problème !

— Large a encore pété un plomb ? demanda Kyle en mettant pied à terre. J'ai fait aussi vite que possible.

— C'est plus grave que ça. Tu te rappelles quand la piscine a débordé ? Large a reçu un appel du campus sur son téléphone satellite. Ce n'était pas un tremblement de terre ordinaire, mais la réplique d'un séisme exceptionnel qui a touché les côtes indonésiennes. Ils ont été frappés par un tsunami monstrueux, là-bas. Maintenant, il est possible qu'il se dirige dans notre direction.

Kyle sentit son sang se glacer dans ses veines. Lors des cours dispensés à CHERUB, il avait observé des documents vidéo concernant les raz de marée. Il réalisa que rien ne pourrait le sauver si la vague le fauchait sur la plage.

— C'est pour ça que la marée n'a duré que quelques minutes, dit-il. J'ai étudié ce phénomène en classe de géographie. Les séismes soulèvent la mer, ce qui provoque le retrait rapide des eaux sur les côtes. Lorsque les flots retrouvent leur position normale, ils forment un raz de marée qui se déplace à plus de huit cents kilomètres heure.

— Tu es certain ? Le cycle des marées est toujours assez bref, dans le coin.

— Pour être honnête, je n'ai eu qu'un C à ce contrôle, mais je suis à peu près sûr de moi. Et les habitants, personne ne les a avertis de ce qui les menaçait ?

— On a essayé de te joindre quand tu étais au village, mais...

— Une seule barre, constata Kyle en examinant l'écran de son téléphone portable. Sans doute aucune chez eux, vu leur position géographique.

— Les employés de l'hôtel ont tenté de prévenir leur famille. Ceux qui n'y sont pas parvenus s'efforcent en ce moment même de se rendre sur les lieux. Nous, on a mis les bagages et l'équipement à l'abri sur le toit.

En levant les yeux, Kyle vit la tête de Large apparaître derrière le parapet qui ceignait le sommet du bâtiment.

— Montez la bouffe, lança ce dernier. On pourrait bien en avoir besoin.

Pour la première fois, Kyle l'entendait s'exprimer sans volonté de blesser ou d'humilier.

Avec l'aide de Iona et de Dante, l'une des recrues encore en course, il transporta les caisses jusqu'à la terrasse. Tous trois trouvèrent dans cette activité le moyen d'oublier la peur qui les tenaillait.

Large était assis devant une table en tek, un ordinateur portable et un téléphone satellite à portée de main, en compagnie de Mrs Leung, la propriétaire de l'hôtel.

Deux recrues armées de jumelles scrutaient l'océan, prêtes à donner l'alerte. Deux autres élèves étaient étendus sur des transats, éreintés par l'épreuve subie sur le court de tennis.

— Kyle, qu'est-ce que tu connais aux tsunamis ? demanda Large en désignant la carte de l'Asie du Sud-Est affichée sur l'écran de l'ordinateur.

— Juste ce que j'ai appris en cours de géographie.

L'instructeur posa un doigt sur la partie ouest de l'Indonésie et s'exprima avec une franchise inhabituelle.

— La situation est sérieuse. Je dois rapidement prendre des décisions cruciales, et tu es le seul agent opérationnel sur lequel je puisse me reposer. Speaks se trouve dans la jungle, alors je vais être obligé de faire de toi mon assistant. Je ne suis pas infaillible. Je veux que tu répondes franchement à toutes mes questions. N'hésite pas à me contredire si nécessaire.

— C'est compris, répondit le jeune homme, soudainement écrasé par le poids des responsabilités.

Le paradis s'était brutalement changé en enfer. Kyle, désireux de faire bonne figure, enfonça ses mains tremblantes dans les poches de son short.

— Si j'en crois la cellule de crise du campus, le séisme s'est produit il y a deux heures. Son épicentre est situé en mer, au nord-ouest de l'Indonésie. Il a déclenché un raz de marée qui a atteint les côtes il y a trente minutes. Selon les témoignages, il a provoqué des dommages inimaginables. À l'heure qu'il est, personne ne peut estimer le nombre des victimes, mais elles se comptent déjà par centaines, voire par milliers. L'onde de choc forme un cercle dont l'emplacement du tremblement de terre constitue le centre. La côte ouest de la Thaïlande est en état d'alerte. Les premières vagues observées mesuraient vingt-cinq mètres, mais elles sont censées s'affaiblir au fur et à mesure qu'elles progressent. Il est possible que nous nous en tirions sans trop de dégâts.

Kyle plissa les yeux et examina la carte affichée à l'écran.

— Si je comprends bien, dit-il, l'Indonésie se trouve entre nous et l'épicentre.

Large hocha la tête.

— Nous ne sommes pas sur la trajectoire directe du tsunami, mais les informations qu'on m'a communiquées ne sont pas très claires. La cellule de crise était censée contacter le département météorologique de Londres pour obtenir des précisions, mais je n'ai pas de nouvelles.

— Le raz de marée sera peut-être moins important qu'en Indonésie, fit observer Mrs Leung en ôtant ses lunettes de soleil démesurées, mais une vague de deux ou trois mètres de haut suffirait à envahir ma piscine et à dévaster le rez-de-chaussée. Quant aux villages environnants…

— Y aurait-il une hauteur pas trop loin d'ici où nous pourrions nous réfugier ? demanda Kyle.

— Oui, confirma Large, mais la forêt y est extrêmement dense, et nous n'avons aucune certitude de pouvoir nous y mettre à l'abri avant que le tsunami n'atteigne la côte.

— Mais cet hôtel pourrait être purement et simplement rasé, si la vague a conservé toute sa puissance !

— Je sais, mais entre deux maux, il faut choisir le moindre.

— Je suis d'accord, conclut Kyle. Il vaut mieux ne pas se trouver à découvert. Regroupons-nous à l'endroit le plus élevé, dans une pièce dépourvue de fenêtres, si possible. Ainsi, nous minimiserons les risques d'être emportés par les flots ou frappés par des débris.

— Excellent raisonnement, approuva Large.

— La remise devrait faire l'affaire, dit Mrs Leung en désignant le bar situé sur la terrasse et sa cuisine attenante. On devrait tous pouvoir y prendre place.

L'instructeur frappa dans ses mains.

— OK, les enfants, suivez Mrs Leung.

— Prenez les coussins en mousse des banquettes, ajouta Kyle. Ils vous protégeront des chocs et feront office de bouées si la vague dépasse le sommet de l'hôtel.

— Parfait, dit Large, impressionné par la vivacité d'esprit de son assistant. Allez, tout le monde à l'intérieur. Je reste ici pour surveiller la mer.

Les recrues dépouillèrent les transats et les balancelles, puis suivirent la propriétaire et l'unique femme de chambre de l'établissement à l'intérieur des cuisines.

— Toi aussi, Kyle, ordonna l'instructeur, jumelles vissées sur les yeux. Je vous avertirai dès que je verrai quelque chose.

Il régnait dans la remise une chaleur étouffante. Une ampoule nue pendait au plafond. Des sacs de riz et de légumes secs étaient empilés contre le mur du fond. Les recrues s'installèrent sur les coussins.

Lorsque Kyle entra dans le refuge, huit paires d'yeux apeurés se tournèrent dans sa direction. Il était lui-même loin d'être rassuré. Des images aperçues dans des films catastrophe se bousculaient dans son esprit, mais tout le monde, y compris les adultes présents dans la pièce, semblait s'en remettre à lui. Large en personne n'avait-il pas requis son avis et approuvé ses suggestions ?

— Dante, passe-moi un coussin.

Il s'assit en tailleur, adossé à de grandes boîtes de curry en poudre. En l'absence d'air conditionné, la température s'élevait à plus de quarante degrés. Les recrues, qui n'avaient pu prendre une douche après les exercices accomplis sur le cours de tennis, dégageaient une puissante odeur de sueur. Les quatre filles se tenaient la main. Elles semblaient si anxieuses, si vulnérables, totalement dépassées par l'ampleur du phénomène qui les menaçait.

— Alors comme ça, dit Dante, un sourire sinistre sur les lèvres, c'est ici qu'on trouvera nos corps tout bleus et tout gonflés, dans quelques semaines.

Iona n'appréciait pas l'humour noir de son coéquipier. Elle gifla violemment sa cuisse nue.

— Ne dis pas des choses pareilles, gronda-t-elle. Il faut rester positifs.

— On pourrait chanter pour se donner du courage, suggéra l'une de ses camarades.

Dante grimaça.

— Si vous commencez à chanter, je me tire, tsunami ou pas tsunami.

— Calmez-vous, dit fermement Kyle. On risque de passer pas mal de temps dans cet abri, alors je vous interdis de vous disputer.

Les occupants de la remise observèrent quelques minutes de silence, puis la femme de ménage s'exprima dans un anglais approximatif.

— Ils disent que la vague a touché Phuket. Grande, très mauvaise.

Jusqu'alors, Kyle n'avait pas remarqué qu'elle portait une oreillette reliée à son téléphone portable et restait à l'écoute de la station de radio locale.

— C'est loin d'ici ? demanda Iona.

— Moins de cent kilomètres au nord, répondit Mrs Leung. Compte tenu de sa vitesse, le tsunami devrait frapper dans quelques minutes.

— Tin tin tiiin ! s'exclama Dante, sourire aux lèvres, en écarquillant les yeux.

11. Un être délicieux

Après quatre-vingt-dix minutes passées dans la remise obscure, Kyle, ébloui par l'éclat du soleil, parvenait à peine à garder les yeux ouverts. L'instructeur, jumelles suspendues autour du cou, n'avait pas quitté son poste d'observation.

— La femme de ménage écoute la radio sur son portable, annonça Kyle, une main placée en visière au-dessus de son front. La vague a frappé la côte thaïlandaise il y a plus d'une heure. Si elle s'était dirigée vers nous, on aurait déjà été touchés.

— Exact, répondit Large en se grattant pensivement la moustache. J'ai consulté les nouvelles sur Internet. La Malaisie et le sud de la Thaïlande ont été épargnés. Le continent indonésien a fait office de brise-lames. J'attends confirmation de la cellule d'urgence du campus.

— Formidable. Deux filles ont besoin d'aller aux toilettes. Qu'est-ce que je leur dis ?

— Laisse-les sortir, mais qu'elles regagnent l'abri dès qu'elles auront terminé.

Deux minutes plus tard, Large reçut l'appel confirmant que tout danger était écarté. Lorsqu'il eut donné le feu vert, les recrues quittèrent la remise puis échangèrent des embrassades.

S'il était une chose que l'instructeur détestait plus que tout, c'était de voir ses élèves heureux et souriants. Il rabattit l'écran de son ordinateur puis s'exclama :

— Nous sommes *très* en retard ! Nous devrions nous être mis en route depuis longtemps, et vous n'avez ni préparé votre équipement, ni même lu vos ordres de mission. Pour commencer, vous allez redescendre le matériel, puis vous vous rassemblerez sur le court de tennis pour inspection des paquetages et briefing de l'épreuve finale. Vous avez vingt minutes et pas une de plus, alors je vous conseille de ne pas perdre de temps.

Les six recrues s'emparèrent des paquets entreposés sur la terrasse avant de se ruer dans l'escalier. Kyle se tourna vers Large et lâcha un soupir de soulagement.

— On a eu de la veine, dit-il.

Son interlocuteur émit un grognement. À l'évidence, l'individu responsable, presque humain, qui, face au péril, avait pris des décisions pragmatiques et écouté les conseils de son assistant, s'était volatilisé aussi vite qu'il était apparu. L'instructeur retors et sadique était de retour, et il comptait bien reprendre fermement le contrôle des opérations.

— Peux-tu m'expliquer pourquoi tu as mis tant de temps à ramener la bouffe ? hurla-t-il. Il y a six canoës en bois à l'arrière du Land Cruiser, sur le parking. Transporte-les jusqu'au court de tennis, avec les rames, les gilets de sauvetage et le reste de l'équipement. Pendant ce temps, je vais imprimer les nouveaux ordres de mission de ces petits cons.

— OK, patron.

Large fronça les sourcils.

— Pardon ? rugit-il.

Kyle s'étonna de sa réaction.

— Ben quoi, qu'est-ce qu'il y a ?

— Tu n'es pas l'une de mes recrues, Blueman, mais j'entends bien que mes subordonnés s'adressent à moi avec respect. Lorsque je te donne un ordre, je te prie de répondre *oui, Mr Large*, pas *OK, patron*.

Kyle envisagea de faire observer qu'il s'était porté volontaire, qu'il venait de l'autre bout de la terre et qu'il avait sacrifié ses fêtes de Noël pour lui prêter assistance, mais il craignait qu'il ne lui fasse payer chèrement cette insolence à la première occasion.

— Oui, Mr Large ! lança-t-il.

Il lui adressa un salut militaire des plus formels — un geste qui, n'étant pas de rigueur à CHERUB, constituait une subtile provocation —, tourna les talons puis dévala l'escalier menant au rez-de-chaussée.

Les canoës étaient étonnamment légers, mais les recrues, âgées de dix à douze ans, devraient les porter sur plusieurs kilomètres de terrain accidenté envahi par la végétation, le dos chargé d'un sac contenant rations de survie et équipement.

À chaque aller-retour, Kyle remarqua que la jeune femme de chambre, qui avait été chargée de remettre d'aplomb les meubles en plastique renversés par le séisme près de la piscine, lui lançait des œillades enamourées. Lorsqu'il eut aligné les six canoës sur le court de tennis, il s'assura que Large n'était pas dans les parages avant d'aider les recrues à disposer leur équipement comme le prévoyait le règlement.

— Garde à vous, bande de merdeux ! tonna l'instructeur en jaillissant de l'hôtel, une liasse de documents à la main. Compte tenu des circonstances, l'exercice ne sera pas aussi long que prévu, mais vous pouvez me faire confiance : vous recevrez la dose de souffrance et de désespoir que vous méritez.

Les enfants affichaient une expression blasée. Ils avaient survécu à quatre-vingt-dix-sept jours de programme d'entraînement, aussi étaient-ils désormais vaccinés contre les insultes et les menaces de Large.

Kyle, qui se trouvait face au soleil, chercha vainement ses lunettes avant de réaliser qu'il les avait laissées dans la remise.

— Norman aime taquiner ses élèves, sourit Mrs Leung lorsqu'il la croisa au pied de l'escalier menant à la terrasse. Mais au fond, c'est un homme charmant.

— Oui, c'est ça, un être délicieux, ironisa Kyle.

À l'évidence, la propriétaire appréciait Norman Large au seul motif qu'il lui permettait de remplir son hôtel délabré chaque année, l'espace de quelques jours.

Kyle trouva ses lunettes où il les avait oubliées. Au moment où il les posa sur son nez, un son étrange, comparable au sifflement d'un avion à réaction, parvint à ses oreilles. En se tournant vers la mer, il aperçut une barre blanchâtre, à environ un kilomètre. Elle n'était pas très haute, mais elle se déplaçait à une vitesse stupéfiante.

— Mr Large ! cria-t-il en se penchant par-dessus le parapet. Le raz de marée ! Vite, mettez tout le monde à…

La vague frappa la plage avant qu'il n'ait pu achever sa phrase. Elle ne s'élevait pas à plus d'un mètre, mais les recrues réunies sur le court de tennis furent littéralement soulevées de terre, les canoës et les sacs alignés à leurs pieds emportés par le déluge. En un éclair, le cadre métallique du grillage fut arraché à ses fondations.

La terre se mit à gronder, puis la lame percuta la façade de l'hôtel dans un fracas de verre brisé. Au-delà du bâtiment, des milliers d'oiseaux prirent leur envol. La masse d'eau salée mêlée de sable engloutit la route et poursuivit sa trajectoire à travers la jungle.

Une minute s'écoula avant qu'elle ne ralentisse sa course et ne forme un immense étang brunâtre, puis elle se retira lentement, la gravité s'étant substituée à l'énergie colossale produite par le séisme.

Kyle, qui ne quittait pas des yeux le court de tennis, constata avec soulagement que les six recrues, bien vivantes, étaient empêtrées dans un entrelacs de fil de fer. Large était resté debout, fermement accroché à un pylône tordu. Une fillette se plaignait d'avoir été percutée par un canoë, mais la blessure, une éraflure courant de l'épaule à la nuque, semblait sans gravité.

Kyle observa les abords de l'hôtel et découvrit la femme de chambre, qui flottait à plat ventre à l'emplacement de la piscine dont les contours avaient disparu sous les flots opaques. Il dévala les marches quatre à quatre.

Le rez-de-chaussée était inondé à hauteur de genou par le torrent de boue qui avait repris de la vitesse en s'écoulant vers le rivage. Les vitres avaient été pulvérisées et l'électricité avait cessé de fonctionner. Mrs Leung, visiblement sous le choc, se tenait derrière le comptoir de l'accueil, ses cheveux d'ordinaire impeccablement coiffés pointant dans toutes les directions.

Après avoir dégagé les meubles qui encombraient le cadre de la baie vitrée donnant sur le bassin, Kyle avança à pas prudents, de peur de trébucher contre l'un des innombrables débris charriés par le courant. Soudain, le sol se déroba sous ses pas. Il coula à pic, avala une gorgée d'eau de mer mêlée de sable, puis remonta à la surface. En trois mouvements de brasse, il se porta au secours de la femme de chambre, la saisit doucement par le cou et se laissa dériver vers l'extrémité opposée de la piscine.

La femme, le nez brisé et le visage ensanglanté, avait perdu connaissance. Dante et l'un de ses coéquipiers, qui avaient assisté au sauvetage, se portèrent péniblement à hauteur de Kyle. Ils hissèrent la victime hors du bassin puis la déposèrent sur un four de briques qui émergeait du chaos boueux.

Tous les agents de CHERUB recevaient des cours de secourisme, mais Kyle mesurait pour la première fois de sa carrière la différence entre un mannequin en matière plastique étendu sur une pelouse du campus et un véritable être humain dont la vie ne tenait qu'à un fil.

Il posa les deux mains sur la poitrine de la jeune femme et appuya régulièrement, jusqu'à ce qu'un filet d'eau brune s'écoule sur son menton. Lorsqu'il renouvela la manœuvre, sa patiente, soudainement ressuscitée, lui cracha un déluge de boue au visage et s'abandonna à une impressionnante quinte de toux.

— Vous allez bien ? demandez Kyle.

Pour toute réponse, elle s'assit avec une telle soudaineté que son crâne heurta violemment le menton de son sauveteur.

— Nom de Dieu, gémit ce dernier en titubant en arrière, les mains plaquées sur son visage.

Constatant que son camarade était provisoirement hors d'état d'agir, Dante donna une grande claque dans le dos de la femme de chambre afin de l'aider à vider ses poumons.

Lorsque Kyle eut repris ses esprits, il se tourna vers le rivage et resta saisi de stupeur. La vague s'étant retirée, la plage de sable blanc n'était plus qu'une mare de boue jonchée d'éclats de verre, de meubles brisés, de branchages et de poissons à l'agonie.

Large examina son téléphone satellite et constata qu'il était sec et en bon état de marche. Il composa le numéro de la cellule d'urgence du campus.

— Bande d'incapables ! rugit-il. Vous m'avez certifié que notre position serait épargnée par le tsunami. Eh bien, je vous conseille de réviser vos fiches. Cette saleté de vague vient d'emporter tout notre équipement et… Non, les recrues vont bien. Quelques petits bobos, mais rien de grave. J'*exige* des explications. Je veux connaître la situation réelle dans la région. Et je veux savoir qui nous a donné le feu vert. Dites à ce crétin incompétent que je lui réserve un chien de ma chienne, dès mon retour en Angleterre.

12. La vague fantôme

Les deux pieds dans la vase qui recouvrait le court de tennis, Norman Large contemplait avec accablement l'étendue du désastre. Les pièces d'équipement que les recrues avaient disposées à leurs pieds avaient été emportées. Deux canoës manquaient à l'appel.

Les six enfants exhumèrent de la gangue de boue quelques objets – gourdes, vêtements et allume-feu –, puis l'instructeur, redoutant qu'une nouvelle vague ne frappe le rivage, leur donna l'ordre de se rassembler sur le toit.

Une lueur d'espoir brillait dans leurs yeux. Mac avait formellement refusé de prolonger le programme d'entraînement au-delà de cent jours. Désormais, la quasi-totalité du matériel ayant disparu, l'exercice final semblait avoir du plomb dans l'aile.

— Qu'est-ce que tu en penses, Kyle ? demanda Iona. Tu crois que l'épreuve va être annulée ?

— Si j'étais toi, je ne me ferais pas trop d'illusions. Je connais bien Large. Quelles que soient les circonstances, il trouvera un moyen de vous en faire baver.

Un Land Cruiser s'immobilisa devant l'hôtel. Miss Speaks, l'imposante assistante de Norman Large, se trouvait au volant. L'un des pneus avant souffrait d'une crevaison lente, et la carrosserie avait été endommagée par les débris projetés par la vague.

— Eh bien, on a eu chaud, les guides et moi, dit-elle d'une voix étranglée, lorsqu'elle eut rejoint Kyle et les recrues sur la terrasse. On était sur la route côtière quand le raz de marée s'est produit. Il a failli retourner la voiture, mais la végétation était telle-ment dense sur le bas-côté qu'on a rebondi vers le centre de la chaussée. Après avoir percuté la colline, la vague a fait demi-tour et nous a emportés. À ce moment-là, elle mesurait plus de deux mètres de haut... J'ai bien cru qu'elle allait nous rejeter dans l'océan, mais par chance, le coffre était tellement chargé que les roues arrière se sont enfoncées dans le sable.

— Mr Large a essayé de vous contacter, mais vous ne répondiez pas.

Kyle n'éprouvait pas beaucoup de sympathie pour l'instructrice, mais son état de nervosité lui sem-blait alarmant. Ses mains tremblaient comme des feuilles.

— Un petit remontant? proposa-t-il.

— Oui. Quelque chose de costaud. Scotch ou vodka. Double dose.

Tandis que Kyle contournait le bar pour lui remplir un grand verre de whisky japonais, Speaks poursuivit son récit.

— Lorsque la vague s'est retirée, la voiture était enlisée dans cinquante centimètres de vase. On a dû creuser comme des dingues pour placer des planches sous les roues arrière. La route était encombrée par des débris et des troncs d'arbre. Heureusement qu'on roulait en 4x4, sinon, on ne serait jamais passés.

Elle siffla son verre en trois gorgées.

— Ouh, ça va déjà mieux, soupira-t-elle. Garçon, la même chose !

Large déboula de la cage d'escalier, la moustache frémissante de colère.

— Vague fantôme ! s'exclama-t-il avant de réaliser que sa collègue se trouvait sur la terrasse. Oh, Speaks. Je suis bien content de te revoir. Comment vas-tu ?

— Mieux, répondit l'instructrice en saisissant le verre que lui tendait Kyle.

— Comment ça, *vague fantôme* ? demanda ce dernier.

— Je viens de m'entretenir avec la cellule de permanence du campus, expliqua Large. Ils ont interrogé les services météorologiques. Pour comprendre le comportement d'un tsunami, imaginez que vous laissez tomber une grosse pierre dans une mare : les ondes se diffusent uniformément vers l'extérieur mais lorsqu'elles rencontrent un obstacle, elles changent de direction. Nous avons été victimes d'une vague fantôme, un écho de celle qui a frappé les côtes thaïlandaises. C'était terrifiant, mais sachez que le phénomène qui a ravagé la côte indonésienne était mille fois plus dévastateur.

Kyle venait de vivre l'une des expériences les plus éprouvantes de son existence. Il ne parvenait même pas à concevoir ce qu'avaient pu endurer les victimes de la première onde de choc.

— Et nous, où en est-on sur le plan des vivres et du matériel ? demanda Speaks.

Large secoua tristement la tête.

— Les recrues avaient sorti leur équipement pour l'inspection. Tout est perdu. Nous n'avons plus qu'une solution : les emmener dans la jungle pour une épreuve de survie en milieu hostile.

En entendant ces mots, les six élèves attablés sur la terrasse s'affaissèrent dans leur chaise.

— Avec tout le respect que je te dois, Norman, je pense que ce serait irresponsable, déclara Miss Speaks. Vu l'ampleur de la catastrophe, tous les services d'urgence seront mobilisés. On ne peut pas prendre le risque de laisser ces gamins évoluer dans la jungle. Que se passera-t-il si l'un d'eux se blesse ? Il sera sans doute impossible de trouver un hélico ou un bateau disponible pour l'évacuer. Et je te laisse imaginer la situation dans les hôpitaux.

Large s'accorda quelques secondes de réflexion.

— Tu as raison, soupira-t-il. Alors distribuons-leur des pelles et faisons-leur creuser des tranchées pendant les deux jours qui nous restent.

— Savons-nous seulement de quoi est composée la vase qui a tout recouvert ? objecta Speaks. Je ne tiens pas plus que toi à ce qu'ils se tournent les pouces, mais ces boues pourraient très bien provenir d'une station d'épuration ou d'une usine de produits chimiques thaïlandaise.

— En plus, le sol est truffé d'éclats de verre, ajouta Kyle.

Les recrues échangèrent des regards pleins d'espoir, mais s'abstinrent de sourire, de peur de déchaîner la colère de l'instructeur. En ces circonstances, la plus petite étincelle pouvait mettre le feu aux poudres.

— Mais alors qu'est-ce que je peux faire ? hurla Large, à bout de nerfs, en agitant les bras dans tous les sens. Mac refuse de prolonger le programme. Si je vous écoutais, il ne me resterait plus qu'à distribuer les T-shirts gris !

Le whisky ayant produit son effet, Miss Speaks avait cessé de trembler. Elle haussa ses larges épaules et lança sur un ton dégagé :

— Nous nous trouvons au beau milieu d'une catastrophe naturelle. Des milliers de pauvres gens ont sans doute perdu la vie. Il faut que tu regardes les choses en face, Norman. Le programme d'entraînement n'est plus une priorité.

— Tout ce travail foutu en l'air… soupira Large.

Le regard de Iona croisa celui de Dante. La petite fille sourit de toutes ses dents.

— *Yes* ! s'exclama Reece en boxant triomphalement les airs.

Les élèves se jetèrent les uns sur les autres dans une joyeuse et vigoureuse embrassade, à tel point que Dante perdit l'équilibre et roula les quatre fers en l'air sur les dalles de la terrasse.

— Vous pensez vraiment que je vais vous laisser vous en tirer comme ça ? tempêta Large. Vous n'êtes encore que *des gamins*. Je n'ai pas pu achever le programme, mais attendez-vous à en baver, sur le campus, dès que nous nous retrouverons sur le terrain d'exercice.

Sourds aux menaces de leur instructeur, les enfants n'avaient plus qu'une idée en tête : ils avaient obtenu le statut d'agent opérationnel et étaient désormais autorisés à porter le T-shirt gris. Kyle se souvint du soulagement qu'il avait éprouvé, au dernier jour de son programme d'entraînement.

— Cependant, fit-il observer sur un ton amusé, vous n'avez pas été au bout des cent jours. Pour moi, vous ne serez jamais de *vrais* agents.

— Cause toujours, répliqua Dante.

— On peut avoir les T-shirts *tout de suite* ? supplia Iona.

Kyle crut que Large allait exploser. Contre toute attente, ce dernier se laissa tomber sur une chaise puis se tourna vers son assistante.

— Oh ! et puis merde... dit-il en lui adressant un geste vague de la main. Pour ma part, je vais m'accorder une petite sieste. Avec tout ce qui s'est passé durant cette matinée, je crois que je l'ai bien mérité.

— Iona, dit Miss Speaks, les T-shirts se trouvent dans ma chambre, dans le grand sac bleu. Récupérez ma clé à la réception. Ne touchez pas à mes affaires, et mettez les emballages à la poubelle.

La petite fille posa les mains sur ses joues et lâcha un cri perçant.

— Merci, mademoiselle ! Merci, merci beaucoup !

En se retournant, elle constata que ses camarades s'étaient déjà engouffrés dans la cage d'escalier.

— Ça fait plaisir de les voir aussi contents, sourit Kyle, qui semblait avoir oublié qu'il se trouvait en présence des deux instructeurs les plus sévères du campus.

— Ils forment une super équipe, dit Speaks. Je suis convaincue qu'ils feront du bon travail, sur le terrain.

La mine sombre, Large désigna le verre vide de sa collègue.

— Kyle, sers-m'en un, ordonna-t-il. Et tâche de trouver de la glace.

En se dirigeant vers le bar, Kyle aperçut une fillette qui se traînait en direction de l'hôtel, de la boue jusqu'à mi-mollet. Ses vêtements étaient souillés de taches brunes, preuve qu'elle avait chuté à plusieurs reprises. Elle titubait d'épuisement.

— Qu'est-ce qui t'arrive, petite ? cria Kyle, en se penchant par-dessus le parapet.

Alors il reconnut Wati, la sœur d'Aizat.

— Viens vite, on a besoin d'aide ! implora-t-elle en agitant les bras au-dessus de sa tête.

13. Un piège mortel

Le soleil de midi se reflétait dans les mares qui s'étaient formées à la surface de l'épaisse couche de boue. Ébloui par ces taches de lumière vive, Kyle roulait vers le village à bord du Land Cruiser. Speaks, qui avait préféré lui céder le volant en raison de son taux d'alcoolémie élevé, occupait le siège passager.

Sur la banquette centrale, Wati était assise sur les genoux de Mrs Leung. Iona, Dante et deux autres recrues se serraient à l'arrière. Le coffre contenait les trousses de premiers soins et le matériel médical d'urgence dont les instructeurs avaient prévu de s'équiper lors de l'expédition en canoë.

La vague avait frappé cette partie de la côte selon un angle oblique, ravageant le site en construction avant de balayer le village. Les habitations traditionnelles étaient bâties sur pilotis. Leur structure légère et flexible les rendait beaucoup plus résistantes aux tempêtes et aux raz de marée que les bâtiments d'inspiration occidentale faits de briques et de métal. Hélas, pour les mêmes raisons, elles avaient souffert des projections de débris, d'outils et de matériaux arrachés au chantier par le tsunami.

Des onze huttes qui composaient le village, les quatre plus proches de l'hôtel en construction avaient subi des dégâts irréversibles. Les autres avaient toutes été plus ou moins endommagées par des planches et des pièces de métal.

— Quelle est la situation ? demanda Kyle après avoir immobilisé la voiture devant la maison de son camarade.

L'épave de la barque d'Aizat gisait entre deux palmiers. Une bétonneuse avait détruit plusieurs pilotis de sa hutte puis terminé sa course sous la plate-forme.

Le jeune homme était couvert de boue des pieds à la tête. Il avait secouru deux vieilles dames prisonnières de leur demeure croulante et les avait étendues sur une plaque de contreplaqué déposée par la vague au centre du village. Toutes deux souffraient de nombreuses coupures, et l'une d'elles se plaignait d'une douleur aiguë au bras droit, sans doute consécutive à une fracture. Les garçons que Kyle avait vus jouer au football dans la matinée semblaient désorientés. Ils se précipitèrent vers la voiture et adressèrent à ses occupants des regards implorants.

Aizat désigna les huttes les plus gravement touchées.

— Je n'ose pas encore m'aventurer dans cette partie du village. Vous pensez qu'il y aura d'autres vagues ?

— Selon la radio, c'est peu probable, répondit Kyle. Mais comme personne ne nous a avertis de l'arrivée de la première, on ne peut être sûrs de rien.

Speaks, que la vue du village dévasté avait sortie de sa torpeur, examina les blessures des vieilles dames. S'étant assurée que leur vie n'était pas en danger, elle se tourna vers les recrues.

— Sortez les trousses de premiers soins, ordonna-t-elle. Nettoyez les plaies. Placez des bandages compressifs sur les plus profondes. Posez une attelle à la femme au bras cassé. Administrez-lui un analgésique si nécessaire.

Tandis que les jeunes agents se mettaient à l'ouvrage, Kyle et Speaks suivirent deux adolescentes qui semblaient singulièrement impatientes de leur faire examiner l'une des huttes effondrées. Elles ne parlaient pas l'anglais, mais n'eurent aucun mal à leur faire comprendre qu'elles redoutaient que des victimes ne soient restées prisonnières des décombres.

L'échafaudage avait percuté l'habitation de plein fouet, à tel point que ses pilotis étaient désormais penchés à plus de quarante degrés. L'habitation elle-même n'était plus qu'un tas de planches recouvert par un toit métallique. Par miracle, l'ensemble tenait encore debout, car la plate-forme sur laquelle était bâtie la hutte était soutenue par la charpente de métal tordu.

Kyle s'approcha de la construction puis, d'une main, en éprouva la stabilité. La charpente émit un grincement alarmant. L'une des jeunes filles poussa un hurlement d'effroi.

— Pas de panique, je ne fais que jeter un coup d'œil, dit Kyle en lui adressant un geste rassurant.

— Combien de personnes ? demanda Miss Speaks en comptant sur ses doigts.

L'une des sinistrées tendit l'index et le majeur, puis elle joignit les mains et imprima à ses bras un mouvement de balancier, comme si elle berçait un nourrisson.

Kyle se tourna vers Speaks.

— On ne peut pas s'aventurer sous le toit, dit-il. Il faut d'abord stabiliser la structure.

Il espérait que l'instructrice suggérerait une autre option, mais elle garda le silence et s'accroupit pour examiner les pilotis.

— L'échafaudage fait office de cale à l'un des angles, mais il suffirait qu'il se déplace de quelques centimètres pour que tout s'effondre. Et si on plaçait le Land Cruiser en opposition, le temps d'évacuer les rescapés ?

— Vous pensez vraiment qu'il tiendra le coup ?

— Cette bagnole en a sous le capot. Mais il faudra que tu y ailles tout doucement.

— Moi ? s'étrangla Kyle.

Speaks fit jouer ses biceps.

— Oui, toi. Il faut que je soulève le toit pour permettre à Dante d'entrer. C'est plutôt mon rayon, tu ne crois pas ?

Speaks n'était pas seulement exagérément musclée. C'était aussi une ancienne championne d'haltérophilie qui avait remporté de nombreuses compétitions internationales.

Kyle rejoignit le Land Cruiser au pas de course et en profita pour exposer la situation à Aizat.

— Ce sont des jumeaux de onze mois, précisa ce dernier. Ces filles sont leurs tantes. Selon elles, ils se trouveraient dans leur lit, à peu près au centre de la hutte.

— Ce qui est inquiétant, c'est qu'on ne les entend pas pleurer, dit Kyle. On va tenter notre chance, mais je ne suis pas très optimiste.

Il effectua une manœuvre complexe en marche arrière dans l'allée jonchée de débris qui séparait deux habitations entièrement détruites. Par chance, elles n'étaient pas occupées, car leurs propriétaires travaillaient sur le continent.

Le temps que Kyle positionne la voiture dans l'axe de la hutte instable, un grand nombre de villageois et d'ouvriers accourus depuis le chantier voisin s'étaient rassemblés pour assister à l'opération.

Kyle se pencha à la vitre du Land Cruiser.

— Prêts ? cria-t-il.

Miss Speaks lança un regard interrogateur à Dante, qui s'était coiffé d'un casque de chantier équipé d'une puissante lampe frontale.

— Prêt, dit-il.

— Vas-y, ordonna l'instructrice.

Kyle empoigna le levier de vitesse et sélectionna un régime de marche arrière propre au 4x4 qui permettait en théorie de venir à bout des pentes les plus raides et les moins stabilisées. Il lâcha le frein à main et exerça une infime pression sur la pédale d'accélérateur.

Aussitôt, on entendit craquer la structure de la hutte. La lunette arrière se brisa sous la pression, puis le capot s'enfonça à mesure que le pare-chocs exerçait une poussée sur la plate-forme. C'était le moment de vérité. Le véhicule parviendrait-il à stabiliser l'habitation, ou entraînerait-il sa ruine définitive ?

— Stop ! ordonna Miss Speaks.

Au grand soulagement de Kyle, le 4x4 semblait en mesure de prévenir l'effondrement de la hutte, mais le sol était glissant, et il devait équilibrer les pédales au millimètre près pour soutenir la structure.

De l'autre côté de la construction, Speaks grimpa sur la plate-forme, passa les mains sous le toit de métal rouillé puis le souleva au prix d'un effort surhumain. Dante se faufila à quatre pattes dans l'espace d'à peine un mètre de hauteur. Le sol était jonché de débris, de vêtements et d'objets hétéroclites. Il écarta une paire de sandales, puis regarda sous un lit. Dans le faisceau de sa lampe, il ne découvrit que des paquets de cigarettes vides et des cafards morts.

— Qu'est-ce que tu vois ? demanda Speaks, tous les muscles tendus par l'effort.

Soudain, Kyle relâcha dangereusement la pédale d'embrayage, et tout l'édifice se mit à osciller. Au même instant, une odeur de gaz emplit les narines de Dante. Ignorant cette nouvelle menace, il rampa plus avant vers le centre de la hutte. Seule une cinquantaine de centimètres séparait désormais le toit du plancher. La lumière du jour filtrait à travers de larges fissures qui s'étaient ouvertes dans les parois.

— Je les vois, annonça-t-il en contournant un sofa pour atteindre le petit lit à barreaux miraculeusement épargné par l'effondrement de la maisonnette.

— Ils sont indemnes ? demanda Speaks.

L'atmosphère était étouffante. Les bébés reposaient côte à côte, couverts d'une fine couche de poussière. Dante passa un bras entre les barreaux, toucha la main de l'un d'eux et constata avec soulagement qu'elle était tiède. Les petits doigts frémirent sous sa paume.

— Oui, ils sont en vie ! cria-t-il.

Mais les deux enfants étaient écarlates. Sans doute avaient-ils pleuré toutes les larmes de leur corps avant de s'endormir, vaincus par la chaleur et l'épuisement.

— Sors-les de là, ordonna l'instructrice.

— Impossible, gronda Dante avant de ramper vers la sortie. Le toit repose sur la tête du lit. Amenez-moi une scie, vite.

Deux ouvriers avaient posé des étais de fortune afin de soulager Miss Speaks, mais Kyle, les muscles des jambes tétanisés, effectua une nouvelle fausse manœuvre, si bien que toute la construction se remit à tanguer dangereusement.

Deux minutes s'écoulèrent avant qu'Aizat ne déniche une scie parmi les outils charriés par le torrent de boue. Dante regagna le centre de la hutte et entreprit de découper l'un des barreaux. Alertés par ce son lancinant, les jumeaux ouvrirent de grands yeux étonnés puis se mirent à hurler.

Dante ôta la pièce de bois, épongea son front ruisselant de sueur, estima l'espace ainsi dégagé et réalisa qu'il devrait répéter l'opération à deux reprises avant de pouvoir extraire les enfants de leur piège mortel. Il redoutait que la manœuvre ne fragilise la structure du lit qui soutenait une partie du toit et n'entraîne l'effondrement complet de l'édifice.

Kyle manipulait les pédales depuis plus de cinq minutes. Ses genoux le faisaient atrocement souffrir, et il ne sentait plus son mollet droit. Comble de malchance, un énorme frelon pénétra dans le Land Cruiser et le heurta en plein front.

D'instinct, il baissa la tête et actionna accidentellement l'accélérateur. Sous les yeux de l'assistance horrifiée, le véhicule bondit brusquement vers l'arrière, ébranlant une nouvelle fois la structure. L'une des barres métalliques dont l'échafaudage était constitué se tordit de façon inquiétante.

— Qu'est-ce que tu fous, espèce d'abruti ? hurla Speaks.

Le frelon continuait à bourdonner autour de la tête de Kyle. Après avoir vainement tenté de le chasser, il ouvrit la portière dans l'espoir que l'insecte le laisse enfin tranquille.

Au-dessus de la tête de Dante, la masse de bois et de métal fut secouée de tremblements puis commença à se mouvoir lentement. Il envisagea de se précipiter vers la sortie, mais son opération de secours touchait à sa fin, et il ne pouvait pas se résoudre à abandonner les petits jumeaux. Soudain, les étais placés à l'entrée de la hutte se brisèrent. Le toit s'affaissa, condamnant l'unique accès et réduisant dramatiquement l'espace dont disposaient les rescapés et leur sauveteur.

Dante leva les yeux et découvrit un faisceau de lumière vertical qui, provenant d'une large brèche dans la toiture, illuminait le lit des enfants désormais libéré de son piège de métal. Il posa son outil, se hissa sur le matelas en prenant soin de ne pas piétiner ses protégés, puis passa la tête par l'ouverture. Au même instant, les villageois lâchèrent un hurlement épouvanté : la maisonnette tout entière venait de s'ébranler, les pilotis ployant dangereusement sous son poids.

Dante se baissa pour attraper les jumeaux par la couche-culotte et s'écria :

— Attrapez-les !

Consciente que son poids risquait d'aggraver la situation, Speaks poussa Iona vers l'amas de débris et descendit de la plate-forme. Cette dernière escalada fébrilement le toit affaissé, se saisit des enfants puis les déposa dans les bras de l'instructrice. Enfin, sans qu'on lui en donne l'ordre, elle se porta au secours de son coéquipier.

Elle était plus petite que Dante, mais les quatre-vingt-dix-sept jours d'entraînement intensif qu'elle venait de subir avaient considérablement développé sa musculature. Elle attrapa ses avant-bras et le hissa hors de l'ouverture. Les deux agents sautèrent aussitôt de la plate-forme.

Le frelon s'était enfin décidé à quitter la voiture, mais Kyle ignorait tout du sort de ses camarades. Il resta figé, le regard braqué sur la lunette arrière, en proie à une profonde angoisse. Soudain, l'une des recrues se posta devant le capot, les deux pouces levés.

— C'est bon, ils sont sortis ! s'exclama l'adolescent. Tu peux dégager.

Aussitôt, Kyle enclencha la marche avant et fila droit vers la plage. Dans son empressement, il oublia de refermer la portière. Un tronc de palmier s'en chargea, laissant une profonde empreinte dans la tôle.

À peine eut-il roulé vingt mètres que la hutte se cassa en deux, puis se désagrégea. Planches, plaques de métal, meubles brisés et vêtements formèrent un amas informe dans la boue.

Le souffle court, Dante s'approcha des deux jeunes filles qui berçaient les jumeaux éplorés dans leurs bras. Une vieille dame essuyait leur visage à l'aide de boules de coton imbibées d'eau minérale.

— Tu t'en es tiré comme un chef, dit Miss Speaks en lui adressant une claque des plus viriles entre les omoplates. Tu viens d'obtenir le statut d'agent, mais s'il s'était agi d'une mission officielle, tu aurais sans aucun doute obtenu le T-shirt bleu marine le plus rapide de toute l'histoire de CHERUB.

14. Une excuse idéale

Dans l'après-midi, à la faveur d'un orage tropical, une pluie de grêlons aussi gros que des balles de ping-pong s'abattit sur le village, transformant les allées en ruisseaux de boue. À l'exception de la femme au bras cassé et d'un vieillard touché au dos par une barre de métal, on ne déplorait parmi les habitants aucune blessure grave. Une petite fille emportée par la vague sur plusieurs centaines de mètres s'en était tirée sans une égratignure. Les autres enfants avaient eu le temps de quitter la plage avant que le tsunami ne frappe.

Seul un peintre en bâtiment, victime d'une chute de vingt mètres du sommet de l'échafaudage, n'avait pas survécu. Son corps avait été retrouvé dans la jungle, à plusieurs centaines de mètres du lieu du drame.

La route côtière étant impraticable, la dépouille du malheureux et les deux blessés furent évacués vers le continent à bord d'une embarcation appartenant à l'un des entrepreneurs responsables du chantier.

Les membres de CHERUB demeurèrent auprès des rescapés. Soupçonnant le puits d'avoir été contaminé par le ruissellement de boue, les recrues établirent un large feu de camp afin d'y faire bouillir de l'eau.

Coupée du reste de l'île par une épaisse forêt, la zone côtière où se trouvait le village connaissait un développement immobilier et touristique moins important que les autres plages de Langkawi. Le sort des habitants reposait sur la barque motorisée d'Aizat. Elle seule leur permettait de s'approvisionner en produits de première nécessité et en carburant, et de transporter le produit de la pêche au marché le plus proche, deux fois par semaine. Sa réparation constituait une priorité absolue.

En moins de trois heures, Kyle, assisté de deux villageois, parvint à remplacer les sections de coque endommagée par des planches récupérées parmi les ruines. Par chance, le moteur était resté intact et sec à l'intérieur de la hutte d'Aizat.

Trois des quatre habitations frappées par l'échafaudage étaient condamnées à la démolition. Avec l'aide de Large, qui avait rejoint les lieux du sinistre, Speaks entreprit d'en trier les matériaux de construction afin de renforcer les autres habitations.

Les vieux du village avaient bâti la plupart des huttes de leurs mains. Ils s'y entendaient en plomberie et en électricité. Les instructeurs et les recrues s'émerveillèrent de leur capacité à rétablir le fonctionnement normal de leurs habitations. Dans des circonstances comparables, les Anglais ne savaient que se rassembler dans les gymnases et les églises en attendant passivement le chèque de leur compagnie d'assurance.

À mesure que le temps passait, les réparations prioritaires ayant été achevées, la nature humaine ne tarda pas à refaire surface. Les rescapés commencèrent à se chicaner à propos de détails de moindre importance : à quelle tâche devait-on désormais s'atteler ? Qui hébergerait les réfugiés dont la hutte n'était plus habitable ? Devait-on dresser une liste des matériaux piochés dans les ruines afin de dédommager leurs propriétaires ? Deux femmes se disputèrent âprement un lecteur DVD et un réchaud à gaz.

Mais dans l'ensemble, la petite communauté restait soudée. Lorsque la nuit tomba, le soleil avait solidifié la boue. Déjà, la vie semblait avoir repris un cours presque normal. Trois femmes préparaient un copieux curry de poisson sur le feu de camp.

L'approvisionnement en électricité demeurant intermittent, Aizat installa son générateur de secours personnel au centre du village et y brancha une guirlande d'ampoules électriques.

Brisés de fatigue, membres de CHERUB et villageois se rassemblèrent près du foyer, devant un poste de télévision équipé d'une antenne amplifiée. Bouche bée, ils découvrirent l'ampleur de la catastrophe sans précédent qui avait frappé la Thaïlande et l'Indonésie.

Kyle caressa les cheveux de la petite fille d'environ cinq ans qui dormait paisiblement, la tête posée sur ses cuisses. Des images effroyables défilaient devant ses yeux. Des huttes en tout point comparables à celles du village, jonchées de cadavres. Le rivage le plus gravement touché se trouvait à moins de cent kilomètres de Langkawi.

La présentatrice s'exprimait en malais, mais Aizat traduisait en anglais les informations les plus importantes.

— Elle dit que la Malaisie n'a souffert que de dégâts mineurs dus à des vagues fantômes. Pour le moment, les autorités ont dénombré moins d'une centaine de victimes. Plusieurs ensembles hôteliers ont subi de graves dommages sur la côte nord de Langkawi. Tous les touristes ont été évacués sur le continent. Qu'ils aillent au diable. J'espère bien qu'on ne les reverra jamais.

— Tu as vraiment une dent contre eux, sourit Kyle.

— Le gouvernement estime que les villages comme le nôtre constituent un obstacle au progrès, expliqua Aizat.

Constatant que sa petite sœur papillonnait des yeux, il la secoua par l'épaule.

— Ne t'endors pas avant d'avoir dîné, dit-il. Tu vas te réveiller morte de faim, et il faudra encore que je me lève pour te préparer à manger.

Wati frotta ses paupières gonflées et bâilla à s'en décrocher la mâchoire. Kyle étudia les infographies affichées à l'écran. Il n'était pas nécessaire de comprendre le malais pour en saisir la teneur. On estimait le nombre de morts à plus de deux cent mille en Indonésie, trente mille en Thaïlande, dix mille en Birmanie. De nombreuses îles du Pacifique avaient payé un tribut comparable. C'était comme si les spectateurs de six stades de Highbury, où James l'avait traîné un jour pour assister à un match d'Arsenal, avaient disparu dans le néant.

Une femme distribua des bols de poisson au curry accompagné de riz. Kyle n'avait pas l'habitude de manger avec les mains. Il en laissa tomber une bouchée brûlante sur sa cuisse puis se secoua vivement en poussant des petits cris perçants, suscitant l'hilarité générale.

Alertés par un bruit de moteur, les convives se tournèrent vers le large et distinguèrent les feux de position d'un bateau qui se dirigeait droit vers le rivage.

— C'est le chalutier qu'empruntent les travailleurs pour revenir du continent, s'exclama Aizat. Ils ont dû l'affréter en urgence, dès qu'ils ont entendu parler de la vague fantôme.

Les enfants posèrent leur bol et coururent jusqu'à l'océan, impatients d'embrasser leurs parents, qu'ils ne voyaient d'ordinaire pas plus d'une ou deux fois par mois.

La petite fille qui avait pris Kyle en affection sauta au cou d'une femme puis embrassa l'adolescent qui l'accompagnait. Wati, elle, rejoignit le feu de camp la tête basse.

— Notre mère est employée dans un bureau de Kuala Lumpur, expliqua Aizat. Ceux-là travaillent à l'usine.

Wati regarda avec tristesse les parents distribuer cadeaux et friandises à leurs petits, puis se laisser tirer par la main vers les huttes endommagées.

Les enfants décrivirent avec enthousiasme la façon dont les clients du *Starfish* leur étaient venus en aide au péril de leur vie. Dante fut bientôt hissé au statut de héros local. Un peu embarrassé, il dut prendre la pose devant l'objectif des téléphones portables, serrer des mains et distribuer des sourires amicaux.

Tandis que les cuisinières faisaient cuire du poisson pour les nouveaux venus, Kyle ne quittait pas les flammes des yeux. Exception faite des courtes siestes qu'il s'était accordées dans l'avion, il n'avait pas dormi depuis plus de trente heures. Il avait déblayé des débris et transporté de lourdes planches de bois. Cependant, le spectacle des villageois œuvrant de concert pour sauver leur village lui inspirait un sentiment exaltant et lui faisait oublier l'état d'épuisement dans lequel il se trouvait.

— Il est temps d'aller se coucher, déclara Norman Large à l'adresse des membres de CHERUB. Vu l'état de la route, mieux vaut ne pas trop traîner. Nous ne quitterons le pays que dans deux jours, alors nous reviendrons demain afin d'aider ces pauvres gens.

Mrs Leung s'adressa aux rescapés dans sa langue natale.

— Si certains d'entre vous ne savent pas où dormir, ajouta Mrs Leung en malais, ils sont les bienvenus dans mon hôtel.

L'équipe rejoignit le Land Cruiser stationné sur la plage. Il était en piteux état. Le hayon, dont le cadre s'était tordu sous le poids de la hutte, refusa obstinément de s'ouvrir. Trois des recrues durent enjamber la banquette arrière pour prendre place dans le coffre. Ils s'apprêtaient à se mettre en route lorsque les phares d'une colonne de véhicules menée par un bulldozer illuminèrent la cime des arbres qui encadraient la route.

— Ils ont déjà réussi à tout dégager, s'exclama Large sur un ton admiratif. Quelle efficacité !

Deux camionnettes de la police locale et un bus vide fermaient la colonne. Tous les membres de l'équipe descendirent de la voiture puis marchèrent vers la route, impatients d'en connaître davantage sur la situation.

Le convoi s'étant immobilisé, un officier râblé aux épaulettes ornées de quatre galons descendit de l'un des véhicules. Les villageois approchèrent à leur tour afin de le saluer, de l'assurer qu'ils étaient en bonne santé et qu'ils n'avaient pas besoin d'aide. À la surprise générale, le policier brandit un porte-voix et lança quelques phrases en malais.

— Il dit que tout le monde doit monter à bord du bus, traduisit la propriétaire du *Starfish*. Tous les villages sont évacués par mesure de prudence.

En quelques secondes, une violente dispute éclata entre les Malaisiens et le chef du détachement.

— Ils refusent de partir, mais la police ne leur donne pas le choix, expliqua Mrs Leung.

Quelques instants plus tard, une dizaine d'agents casqués, équipés de battes de base-ball, sautèrent des camionnettes. La plupart ne portaient pas l'uniforme réglementaire. Aux yeux de Kyle, ils ressemblaient davantage à des voyous qu'à des fonctionnaires asser- mentés.

Large fendit la foule des villageois et s'adressa au chef rondouillard.

— Vous parlez anglais ? demanda-t-il.

— Les touristes doivent regagner leur hôtel et attendre les instructions, dit le petit homme.

— Et les autres, pourquoi doivent-ils s'en aller ? Il n'y a plus rien à craindre, et ils s'en sortent très bien tout seuls, vous pouvez me croire.

— Mesure de sécurité, répondit le policier en toisant Large d'un œil méprisant. La décision a été prise par le gouverneur, en vertu des lois relatives aux catas- trophes naturelles. Ce terrain appartient à l'État. Tout le monde doit exécuter les ordres.

— Ce sont *nos* terres ! protesta énergiquement Aizat. Nos familles vivent ici depuis des siècles.

La foule manifesta bruyamment son assentiment. Toute la population du village faisait face aux forces de l'ordre.

Le chef se tourna vers ses hommes puis pointa l'index en direction de Large.

— Raccompagnez ces gens à leur hôtel.

Plusieurs membres des forces de sécurité firent un pas en direction de l'instructeur. Ce dernier n'était pas homme à se laisser intimider, mais certains d'entre eux portaient des armes à feu à la ceinture. Il considéra leurs visages fermés et comprit aussitôt qu'ils n'hésiteraient pas à s'en servir. Sur ordre de leur supérieur, les autres supplétifs de police formèrent un cordon autour des villageois.

— Vous avez cinq minutes pour rassembler vos affaires et monter dans le bus, annonça le petit homme. Tous ceux qui refuseront de se soumettre à l'ordre d'évacuation seront arrêtés et jugés pour acte de rébellion.

Large, qui devait assurer la sécurité de ses agents, estima que toute résistance était vaine.

— Retournez à la voiture, dit-il. On s'en va.

— Il n'en est pas question ! protesta Dante. Pourquoi veulent-ils chasser ces gens de leurs maisons ?

— Fais ce que je te demande, immédiatement, gronda l'instructeur.

Le chef de la police s'adressa à la foule en malais.

— Il dit qu'il rasera une maison si les habitants n'obéissent pas à ses ordres, traduisit Mrs Leung.

Deux policiers saisirent brutalement une vieille dame et l'entraînèrent en direction du bus. Aussitôt, les hommes du village, fous de rage, se précipitèrent vers le cordon de sécurité. Les gorilles firent tournoyer leurs battes de base-ball au-dessus de leur tête. La plupart des émeutiers battirent en retraite, mais l'un d'eux fut sévèrement battu à coups de pied.

Large raccompagna ses recrues jusqu'au Land Cruiser stationné sur la plage. Ivre de rage, Kyle réfléchissait à une stratégie lorsque Miss Speaks passa à l'action.

Regroupant toutes ses forces, elle saisit deux agresseurs par le col et les projeta sur les voyous qui accouraient à leur secours. Elle frappa le troisième à l'abdomen, lui arracha son arme et lui en flanqua un coup sec à l'arrière du crâne.

Enfin, consciente qu'elle ne pouvait empêcher la troupe de procéder à l'expulsion, elle aida le villageois blessé à se relever, le hissa sur son dos puis courut en direction de la plage. Aizat ramassa une grosse pierre et la lança au visage du chef de la police, lui brisant le nez et entaillant profondément son crâne chauve. L'homme s'effondra dans le sable, mais l'un de ses subordonnées assena au jeune Malaisien un coup de batte à l'estomac.

Les autres malfrats frappaient sans distinction femmes, enfants et vieillards. Ils leur passèrent des liens en plastique aux chevilles et aux poignets, puis les traînèrent jusqu'au bus.

S'étant redressé, le chef du détachement plaça le canon de son revolver dans la bouche d'Aizat.

— Donnez-lui une bonne correction, ordonna-t-il à ses hommes, puis jetez-le dans une camionnette.

L'équipe de CHERUB et l'homme que Speaks avait secouru avaient atteint le Land Cruiser.

— Qui c'est, celui-là ? rugit Large.

— Pourquoi les habitants ont-ils refusé de monter dans le bus ? demanda Iona.

— Tan Abdullah, lâcha Mrs Leung, gouverne cette île depuis vingt ans. Il est impossible d'y bâtir quoi que ce soit sans verser un pot-de-vin à son entreprise de construction.

— Il veut mettre la main sur ce terrain, c'est ça ? demanda Kyle.

— Tan a fait voter une loi stipulant que toutes les plages appartiennent au gouvernement. Les villages de pêcheurs sont ici depuis des générations, mais il n'existe aucun titre de propriété. Dès qu'il en a l'occasion, il s'arrange pour en expulser les habitants.

— Et cette alerte au tsunami constitue une excuse idéale.

— Ces considérations sont absolument passionnantes, maugréa Large, tandis que Speaks installait le villageois blessé sur le siège passager du Land Cruiser, mais il vaudrait mieux qu'on ne moisisse pas dans les parages.

Sur ces mots, il remit les clés du véhicule à Kyle.

— On ne tiendra pas tous là-dedans, dit-il. Ramène Mrs Leung et les enfants. Miss Speaks et moi, on rentrera à pied. Apparemment, le bulldozer a déblayé la route, alors rejoignez-la dès que vous aurez quitté le village.

— Compris, répondit Kyle avant de s'installer sur le siège du conducteur.

Il considéra l'individu sanguinolent assis à ses côtés puis s'assura que les six recrues avaient pris place sur les banquettes.

— Tout le monde est là ? demanda-t-il.

— Ouais, lança Dante en jetant un ultime regard en direction des huttes.

Tous les hommes en âge de se battre avaient été maîtrisés. Les voyous au service de la police inspectaient les moindres recoins du village. En raison du mouvement d'insurrection, les habitants n'avaient même pas eu le temps d'emporter leurs maigres possessions.

Large et Speaks, guère effrayés à la perspective de courir trois kilomètres, se mirent en route. Kyle tourna la clé de contact, roula quelques centaines de mètres sur la plage puis rejoignit la route côtière.

Profondément choquées par les scènes auxquelles elles venaient d'assister, Iona et l'une de ses camarades fondirent en larmes. Mrs Leung les prit dans ses bras. Dante, installé près de la lunette arrière, essayait de faire bonne figure, mais il éprouvait une profonde tristesse.

— Ce monde me dégoûte, grommela-t-il avant de donner un coup de pied rageur dans le hayon. Quand je vois des trucs comme ça, je regretterais presque de ne pas avoir été massacré en même temps que mes parents.

15. Cinq étoiles

Large remua ciel et terre pour anticiper la date de retour de l'équipe, mais tous les vols à destination du Royaume-Uni étaient complets jusqu'au matin du 29 décembre, un jour seulement avant la date initialement prévue. Désormais, le village de pêcheurs était désert, la piscine hors service et la plage recouverte d'une couche de boue potentiellement toxique. Dès leur réveil, les recrues furent condamnées à l'oisiveté.

En règle générale, les jeunes agents qui venaient d'obtenir le T-shirt gris passaient leur temps à jubiler, mais le sort qui avait été réservé aux villageois leur minait le moral. Ils demeurèrent cloîtrés dans leur chambre, passant leur temps à regarder la télévision et à pester contre les défaillances du réseau électrique et de l'air conditionné.

Au rez-de-chaussée, des employés déblayaient boue, éclats de verre et débris de meubles.

Norman Large loua une embarcation afin de rendre visite à Mr Pike sur le continent. Accablés d'ennui, les enfants émirent le souhait de visiter l'agglomération la plus proche. Miss Speaks leur confia un peu d'argent de poche. En théorie, les jeunes agents étaient censés acheter des souvenirs locaux, mais ils investirent leur pécule dans un stock de DVD et de jeux Playstation piratés.

Seul Kyle préféra demeurer à l'hôtel afin de s'accorder un peu de sommeil. Il se réveilla à midi, prit une douche froide, puis descendit au rez-de-chaussée. Il trouva Mrs Leung assise sur un tabouret, derrière le comptoir de l'accueil, en train de déguster une tasse de café noir.

— Vous avez travaillé dur, s'exclama-t-il, feignant l'enthousiasme, en examinant le carrelage propre et les murs où la silhouette des meubles emportés par le torrent de boue était encore parfaitement visible.

— L'eau n'a pas stagné, Dieu merci. Vu la chaleur, tout sera bientôt sec. Cependant, je ne sais pas si l'hôtel pourra rouvrir ses portes… Mais j'y pense, tu dois mourir de faim ! Je peux demander au chef de te préparer un sandwich.

— Non, ça ira. J'ai avalé des tonnes de poisson, hier soir, au village. Dites, vous n'allez quand même pas fermer l'hôtel à cause de cette inondation ?

— Non, pas pour cette raison-là. Mais comment pourrais-je espérer attirer les touristes, quand le complexe voisin aura ouvert ses portes ? Sans compter que Tan Abdullah construit une résidence encore plus moderne, en association avec une importante chaîne hôtelière américaine, à dix minutes de route.

Maintenant que les villages de pêcheurs ont été évacués, il ne lui reste plus qu'à faire fermer cet établissement pour contrôler dix kilomètres de côte.

— Les villages ? s'étonna Kyle. Il y en a plusieurs ?

Mrs Leung ôta ses lunettes de soleil et hocha la tête avec gravité.

— Celui de cette nuit était le quatrième. Les autorités essayent de les démanteler depuis des années. Pour eux, ce tsunami est une bénédiction.

— Mais les habitants, où se trouvent-ils, à présent ? Où pourrai-je retrouver Aizat et les siens ?

— Le gouvernement les a installés dans un camp. Ils se trouvent dans la jungle, à distance du rivage.

— Mais Abdullah ne peut quand même pas vous forcer à vendre votre hôtel !

Mrs Leung esquissa un sourire amer.

— Je ne suis pas dans la même situation que les pêcheurs et leurs familles. Je possède des titres de propriété en bonne et due forme, alors les autorités ne peuvent pas agir de façon aussi expéditive. Mais la société de Tan m'a déjà fait une offre... presque intéressante, et quand il veut vraiment quelque chose, il arrive toujours à ses fins. Je connais ses méthodes. Si je ne vends pas, les services sanitaires trouveront des cafards dans les cuisines, mes taxes s'envoleront, mes ordures ne seront plus ramassées et l'électricité fonctionnera par intermittence.

— Et les médias ? Savent-ils que le village a été évacué de force ?

— Ils sont habitués à de tels événements, répondit Mrs Leung en chassant une mouche qui voletait devant son visage. Depuis une dizaine d'années, des incidents éclatent à chaque fois que le gouvernement essaye de relocaliser un village. Mais Abdullah répète que le tourisme crée des emplois et améliore les conditions de vie. Que des communautés traditionnelles ne peuvent pas se dresser contre le progrès. Que les personnes déplacées sont traitées avec humanité. Qu'elles reçoivent de nouvelles terres, accompagnées d'authentiques titres de propriétés.

— Et c'est vrai ? demanda Kyle.

— On leur offre des parcelles de même superficie, mais que veux-tu que des pêcheurs fabriquent au beau milieu de la jungle ?

— Pas grand-chose, en effet.

— Personnellement, je baisse les bras, soupira Mrs Leung. J'ai soixante-sept ans, et je n'ai pas assez d'argent pour rivaliser avec l'hôtel de Mr Abdullah. Avec la somme qu'on m'offre, je pourrai acheter une jolie maison, rendre visite à mes petits-enfants, aménager un jardin et laisser de beaux garçons dans ton genre faire le ménage à ma place.

∴

Plutôt petit pour ses quinze ans, il était impossible à Kyle de faire croire qu'il était en âge de conduire. En outre, il ne disposait pas des papiers du Land Cruiser.

Il prenait le risque d'être interpellé à un barrage de police et, pire encore, d'être découvert par Norman Large. Mais le traitement infligé à la communauté de pêcheurs lui était insupportable. Il était désireux de leur venir en aide et, tout bien pesé, il estimait que le jeu en valait la chandelle.

La femme de chambre qu'il avait sauvée de la noyade lui avait remis un plan hâtivement griffonné indiquant l'emplacement du camp. En suivant la route côtière proprement dégagée par les bulldozers dépêchés par le gouvernement, il ne croisa que quelques livreurs à vélo et dut, à une occasion, reculer puis se ranger sur le bas-côté pour laisser passer un camion-benne chargé de gravats.

Il ralentit aux abords du village. Une longue bâche en plastique soutenue par des piquets de bois ceinturait toute la zone. Deux policiers équipés de fusils d'assaut montaient la garde.

Un troisième était chargé d'escorter les villageois qui, au compte-gouttes, étaient autorisés à regagner leur hutte pour récupérer leurs possessions. Kyle envisagea de faire halte pour leur proposer de les reconduire au campement, mais il craignait d'attirer l'attention des forces de l'ordre.

Il jeta un regard accablé à un couple de personnes âgées qui se dirigeaient vers la jungle, chargées d'une multitude d'objets divers. Il poursuivit droit devant lui sur quelques centaines de mètres, puis, à son grand étonnement, se retrouva sur une route goudronnée à deux voies disposant d'un marquage au sol flambant neuf. Au-delà des glissières de sécurité, il remarqua des allées étroites flanquées de panneaux rédigés en malais et en anglais : *Réservé aux voitures de golf.*

La chaussée avait été épargnée par les coulées de boue, mais les pelouses qui environnaient le bâtiment de neuf étages tout proche avaient gravement souffert du désastre. Des hectares de gazon fraîchement semé s'étaient changés en un marécage brunâtre.

Une large enseigne proclamait fièrement : *Regency Plaza, hôtel-golf cinq étoiles — ouverture mars 2005.* Suspendus à la façade de la résidence, une armée de peintres s'affairaient. Une équipe de manœuvres rassemblait des centaines de mètres de moquette saturée d'eau boueuse devant l'entrée de l'établissement.

La route à deux voies qui filait entre les bunkers et les greens saccagés ne s'étendait pas au-delà d'un kilomètre. Bientôt, la chaussée se rétrécit sur une voie unique qui serpentait entre deux murs de végétation.

S'étant assuré qu'aucun policier ne pouvait l'observer, Kyle se rangea sur la bande d'arrêt d'urgence pour porter assistance aux deux jeunes filles qui, la veille, avaient signalé la présence des jumeaux dans la hutte endommagée. Elles portaient des sacs en plastique bourrés de vêtements, un lecteur de CD, un énorme paquet de couches-culottes et un carton rempli d'objets hétéroclites et de photos de famille.

Lorsqu'elles eurent pris place à bord, Kyle emprunta une route étroite et escarpée, s'arrêtant en chemin pour embarquer les possessions de trois autres villageois, puis atteignit une clairière rectangulaire taillée au beau milieu de la jungle.

Le camp occupait une superficie équivalant à deux terrains de football. Plus de deux cents abris métalliques rigoureusement identiques y étaient alignés au cordeau. Aux yeux de Kyle, leurs couleurs criardes évoquaient des briques de Lego. Toutes les huit rangées, un bâtiment plus vaste offrait l'eau courante, des toilettes et des douches à ciel ouvert.

Les installations étaient propres et modernes. Le politicien qui avait ordonné leur construction pourrait se féliciter publiquement de l'amélioration des conditions de vie des populations déplacées, mais nul individu doué de raison n'aurait pu comparer les villages de pêcheurs bâtis sur les plages dorées de Langkawi à ce champ de boîtes de conserve perdu en pleine forêt vierge.

Les réfugiés accueillirent Kyle chaleureusement puis débarquèrent sacs et cartons. Il aida les jeunes tantes à transporter leurs affaires jusqu'à la baraque qui leur avait été attribuée. Il y régnait une chaleur étouffante. Les jumeaux ne cessaient de geindre. Il prit l'un d'eux dans ses bras et provoqua un concert de hurlements.

— Je crois qu'il ne m'aime pas beaucoup, dit-il en déposant l'enfant dans les bras d'une des adolescentes. Aizat est là ?

Ses interlocutrices ne parlaient pas un mot d'anglais, mais deux gamins qui jouaient devant l'abri le conduisirent vers une construction de couleur verte. En chemin, Kyle remarqua qu'un nuage de moustiques s'était formé autour de sa tête puis dénombra six insectes posés sur ses avant-bras.

Aizat était étendu sur le sol nu de la baraque numéro trois, rangée neuf, son T-shirt roulé en boule en guise d'oreiller.

Les policiers n'avaient pas jugé utile de procéder à son arrestation, mais ses jambes et son torse étaient couverts d'ecchymoses et d'égratignures. Il portait une attelle à la main gauche. Ses bras, qu'il avait placés devant son visage pendant son passage à tabac, étaient gonflés et violacés.

— Les ordures, gronda Kyle, lorsque ses yeux se furent accoutumés à la pénombre.

— Je ne m'en suis pas si mal sorti, par rapport à la raclée que j'ai flanquée au chef de la police, dit Aizat, avant de lâcher un éclat de rire sans joie.

— Il n'y a pas grand monde dans le camp. Mrs Leung prétend que quatre villages ont été évacués dans la nuit. La zone devrait grouiller de réfugiés.

— Tu resterais ici, toi, si tu avais le choix ? gémit le jeune Malaisien avant de rouler péniblement sur le flanc puis de s'adosser à la paroi métallique de l'abri. Les hommes d'Abdullah nous ont autorisés à récupérer nos affaires, tôt ce matin. La plupart des villageois expulsés ont aussitôt embarqué sur un ferry pour rejoindre le continent.

— Ils ont une solution de repli ?

— Ils sont partis retrouver des membres de leur famille. Dans une semaine, il ne restera ici que les vieillards et les personnes sans parents. Notre village existait depuis des centaines années, et il a disparu en une nuit. Reviens dans deux ans, et tu n'y trouveras plus que des loueurs de jet-skis et des bars de plage.

— C'est dégueulasse, dit Kyle en secouant tristement la tête, avant de considérer la baraque vide. Je vois que tu n'es pas en état de ramener tes affaires. Je peux te donner un coup de main, si tu veux.

— T'inquiète, Wati s'occupe de tout, et un charpentier de l'hôtel a gentiment accepté de déposer les meubles et les objets lourds en camionnette pendant sa pause déjeuner.

— Alors vous allez rejoindre votre mère à Kuala Lumpur ? Ça va te changer, la vie urbaine, mais comme tu es intelligent, je suis certain que…

— Je ne sais pas où elle se trouve, interrompit Aizat. Elle a quitté le village quand ma sœur était encore bébé. Elle a rencontré un type. Au début, elle disait qu'on la rejoindrait dès que possible, puis elle a cessé de nous appeler. On ne recevait plus qu'une lettre par mois, puis tous les six mois. Je n'ai pas de nouvelles depuis un an, mais je mens à Wati, car elle ne le supporterait pas.

— Et votre père ?

Aizat observa quelques secondes de silence.

— Ma mère est une prostituée. Dix dollars par nuit. Ça nous a permis d'acheter le moteur du bateau et de bâtir la plus belle hutte du village. Mais je n'ai jamais su qui était mon père.

Frappé par cette révélation, Kyle chercha vainement ses mots puis préféra s'abstenir de tout commentaire.

— C'est pour ça que le village était si important pour moi, poursuivit Aizat. Wati et ma grand-mère forment ma seule famille. J'étais quelqu'un, dans cette communauté. Je distribuais le courrier, je livrais le poisson au marché, je réparais les installations électriques. Qu'est-ce que je vais faire, maintenant ? Postuler pour un poste au *Regency Plaza* ? Enfiler un uniforme ridicule et faire des courbettes devant des touristes pleins aux as ?

— Les gens se reposaient sur toi parce que tu es instruit et intelligent, dit Kyle. J'ai jeté un œil à ta bibliothèque. Si tu étais recruté par le *Regency*, tu deviendrais manager avant d'avoir fêté tes vingt ans.

— Plutôt crever !

— Qu'est-ce que je peux faire pour toi, Aizat ? On ne se reverra pas avant mon départ. On doit prendre un avion demain, dans l'après-midi. On restera une journée à Kuala Lumpur avant de regagner Londres.

Le garçon secoua la tête.

— Tu es vraiment quelqu'un de bien mais, à moins que tu n'aies un lien de parenté avec le Premier ministre de Malaisie ou un milliard de dollars sur ton compte en banque, tu ne peux rien pour moi. Je vais tâcher de me remettre sur pied, puis je réfléchirai à mon avenir.

— Comme tu voudras. Bon, il faut que je te laisse. J'ai emprunté le Land Cruiser sans autorisation et je n'ai aucune intention de passer le mois de janvier à nettoyer les fossés de drainage.

— Nettoyer quoi ?

— Laisse tomber, c'est une longue histoire, sourit Kyle avant de se diriger vers la porte de l'abri. Prends soin de toi et évite les ennuis. Je suis convaincu que tu t'en sortiras...

16. Arsenal United

En ce mardi 1er février, Kyle avait regagné l'Angleterre depuis un mois. Un écran géant avait été installé dans la grande salle du campus. Une cinquantaine d'agents et une douzaine de membres du personnel hurlaient, sifflaient et braillaient des chants de supporters. À la cinquantième minute de jeu, Arsenal menait deux buts à un contre Manchester United.

James Adams, treize ans, était affalé dans un pouf emprunté dans la chambre de Kerry. Cette dernière, lovée tout contre lui, portait un vieux maillot de football rouge, un vêtement qu'elle avait accepté de revêtir par loyauté envers son petit ami, en dépit du peu d'intérêt qu'elle vouait à l'équipe d'Arsenal. Shakeel, un autre fanatique des Gunners, piaffait d'excitation à leurs côtés.

Non loin de là, Mo et Connor avaient pris place parmi les supporters de Manchester.

— United ! scandaient-ils en brandissant le poing en cadence.

— On est les champions ! répliquèrent leurs rivaux.

— On domine à mort, dit Mo. Ces enfoirés de Londoniens ont une chance pas possible.

James, qui avait entendu la remarque, se dressa d'un bond.

— Et Rooney, tu en fais quoi ? gronda-t-il. Il aurait dû se faire sortir avant la mi-temps, si l'arbitre n'avait pas de la merde dans les yeux.

— N'importe quoi, rétorqua Mo. Il n'y avait pas faute.

De jeunes agents vêtus de pied en cap aux couleurs d'Arsenal, assis en tailleur devant James, se levèrent à leur tour, baissèrent leur short et exposèrent leurs fesses à la vue des partisans de Manchester.

— On va vous botter le cul ! lança l'un de ceux-ci, un blondinet âgé d'à peine sept ans.

Consterné par le comportement général des spectateurs, Kerry enfouit son visage entre ses mains puis se tourna vers Kyle.

— Pourquoi le football leur fait-il cet effet ? Pourquoi se comportent-ils ainsi ?

Son camarade éclata de rire.

— Je ne sais pas. Je suis juste là pour me rincer l'œil. Je craque complètement sur Cristiano Ronaldo.

— Là, on est d'accord, approuva Kerry, au grand déplaisir de James.

— *Arsenal ferait bien de serrer les boulons*, estima l'un des commentateurs, dont la voix jaillissait des enceintes qui encadraient l'écran. *Ils mènent à la marque, mais United semble avoir pris nettement l'ascendant.*

— Qu'est-ce que tu y connais au foot, espèce de vieux con ? tempêta Shakeel. Allez les Gunners ! Collez-en un troisième !

Malgré ses bravades, James n'en menait pas large. Il se crispa lorsqu'un joueur de Manchester récupéra le ballon au niveau du rond central, puis il se mit à mordiller anxieusement la cordelette de sa capuche.

— Cacahuètes ? proposa Kerry.

Le sol de la salle était jonché de bouteilles de soda, de boîtes de biscuits et d'emballages de barres chocolatées. Sans quitter l'écran des yeux, James s'empara du sachet que lui tendait sa petite amie et en vida la moitié dans la paume de sa main. Il en glissa deux dans sa bouche et les recracha aussitôt.

— Des cacahuètes grillées ! hoqueta-t-il en fusillant Kerry du regard. J'ai horreur de ça !

— C'est toujours pareil avec toi. Tu gobes tout ce qui te passe sous la main sans y jeter un œil, et après, tu oses te plaindre.

Soudain, les supporters de Manchester lancèrent des exclamations enthousiastes. Ryan Giggs venait de prendre possession du ballon à une trentaine de mètres des buts adverses, dans le dos des défenseurs d'Arsenal.

— Cassez-lui les jambes ! hurla Shakeel.

Mais le tacle intervint trop tard. Giggs adressa une passe en profondeur à Ronaldo à gauche de la surface de réparation. Ce dernier tira au but, trompa Almunia et glissa la balle dans le petit filet opposé.

— NON ! hurla James en se prenant la tête à deux mains.

Les fans de Manchester laissèrent éclater leur joie.

— United ! United !

— Vous faites moins les malins, les rouges !

Puis ils entonnèrent un hymne au buteur portugais sur l'air de *Volare*.

— Ronaldo, oh oh ! Ronaldo, woh oh oh oh !

— C'est un pur coup de bol ! protesta James. Il est impossible de marquer sous cet angle !

— *United revient dans la partie*, dit le commentateur. *Et compte tenu de leur domination, il serait étonnant qu'ils en restent là. Le stade de Highbury s'est littéralement enflammé. On ne risque pas de s'ennuyer pendant les trente-cinq dernières minutes !*

— Ronaldo a de ces cuisses… lâcha Kyle, tandis que les attaquants d'Arsenal s'apprêtaient à effectuer la remise en jeu.

Le but de Manchester avait considérablement altéré l'humeur de James. Les propos de son camarade ne l'amusaient pas le moins du monde.

— Si tu ne la fermes pas, je ne réponds plus de rien…

— Calme-toi, tu es tout rouge, dit Kerry en saisissant sa main. On dirait que tu es sur le point de faire une crise cardiaque.

— Je *hais* Manchester, murmura James sans desserrer les dents. Surtout Rooney, avec son look de prolo et ses oreilles en chou-fleur.

Kyle s'éclaircit la gorge.

— Ça te va bien de dire ça, fit-il observer, toi qui ne portes que des Nike, des maillots de foot et des sweats à capuche !

— Regardez, je crois que le temps se calme, dit James, soulagé de voir enfin Arsenal aligner trois passes cohérentes. Allez les gars, on va gagner !

— Cacahuètes non grillées, soupira Kerry en lui tendant un autre sachet.

Les deux agents sortaient ensemble depuis presque cinq mois. James, qui n'avait jamais fréquenté d'autre fille, manquait un peu d'expérience, mais il connaissait au moins une règle à laquelle il était impossible de déroger : *même si tu es complètement absorbé par un match de foot, tu ne dois pas oublier l'existence de ta petite amie.* Il prit une poignée de cacahuètes puis posa un baiser sur les lèvres de Kerry.

— Je suis content que tu sois venue, dit-il. Je sais que tu n'aimes pas beaucoup le foot.

— Eh, Kerry ! s'exclama Mo en exhibant l'écusson de son maillot aux couleurs de Manchester. Viens plutôt par ici, tu pourras embrasser de *vrais* hommes !

— De vrais hommes ? répliqua-t-elle. Et ils sont où ? Cachés derrière vous ?

James et ses camarades éclatèrent de rire. Deux agents plus âgés se levèrent pour serrer la main de Kerry.

— Comment tu les as mouchés ! gloussa l'un d'eux.

Mais ce moment de triomphe fut de courte durée. Giggs, parti sur la droite, mystifia la défense des Gunners puis adressa un centre millimétré à l'adresse de Ronaldo, qui n'eut plus qu'à pousser le ballon au fond des filets.

Les fans de United se dressèrent comme un seul homme en braillant à pleins poumons. James contemplait l'écran en silence, la mâchoire ballante.

— *L'attaquant portugais fêtera ses vingt ans samedi prochain, mais il s'est déjà offert le cadeau de ses rêves en inscrivant deux buts en quatre minutes. Une seule question se pose désormais : Arsenal parviendra-t-il à revenir à la marque ?*

— Bon sang ! hurla James. Mais il fout quoi, Almunia ? Et qui était censé marquer Ronaldo ? C'est trop nul !

— Trois à deux, trois à deux, scandaient les partisans de Manchester.

Kyle, conscient que son ami était sur le point de perdre les pédales, posa une main sur son épaule.

— Ne les écoute pas, dit-il d'une voix apaisante.

— C'est plié ! claironna Mo. Votre équipe de losers a perdu le match *et* le championnat.

James bondit du pouf et se précipita vers son rival. Quelques supporters de Manchester l'encadrèrent. Le contingent de fans d'Arsenal se leva à son tour.

— Vous voulez qu'on s'explique ? menaça l'un des partisans de United, un colosse âgé d'environ dix-sept ans.

— Laisse tomber, chuchota Kerry à l'oreille de son petit ami. Tu vas te couvrir de ridicule.

James était hors de lui, mais les instructeurs qui assistaient à la rencontre au fond de la salle, attablés autour d'une bière, refroidirent ses ardeurs guerrières.

— Ce n'est qu'un jeu, jeunes gens, avertit Mr Pike. Calmez-vous immédiatement, ou j'éteins le vidéoprojecteur.

Tandis que James battait en retraite, Mo lança une ultime provocation.

— Le toutou à sa mémère rentre à la niche quand on le siffle. Comme d'habitude.

— Traite-moi encore une fois de mémère, et je t'incruste la tête dans le mur ! rugit Kerry.

— Trois à deux ! répéta l'un des supporters de Manchester.

À cet instant, James perdit tout sens commun. Il saisit un saladier rempli de chips qui se trouvait à sa portée et en jeta le contenu en direction de Mo et Connor. Un supporter de Manchester riposta aussitôt par un tir nourri de Pringles.

— Assez ! tonna Mr Pike.

Trois adultes bâtis comme des armoires à glace s'interposèrent entre les deux clans rivaux. Au même instant, Meryl Spencer attrapa James par le col de son maillot.

— Je n'ai rien fait, protesta ce dernier tandis que sa responsable de formation le traînait vers la sortie sous les acclamations des partisans de United.

— C'est ça, prends-moi pour une débile, grogna Meryl avant de le plaquer contre le mur du couloir qui traversait de part en part le rez-de-chaussée du bâtiment principal.

— Ce n'est pas moi qui ai commencé, plaida James, l'air faussement indigné. Les autres ont passé la soirée à se foutre de notre gueule.

— Mais bien sûr. Et vous, les supporters d'Arsenal, vous n'avez pas lâché un mot, j'imagine ? Des gamins de sept et huit ans assistaient à la retransmission. Qu'est-ce qui se serait passé si cette dispute avait dégénéré en bagarre générale ?

James fronça les sourcils, fit la moue puis lâcha un long soupir.

— Mais pourquoi vous vous en prenez à moi ? On était tous dans le coup.

— Tu as jeté des chips en direction de Mo et Connor, sans te préoccuper des risques d'escalade.

— Tout le monde était hyper remonté, gémit James.

Kyle déboula dans le couloir et prit la défense de son ami.

— Honnêtement, ils n'ont pas cessé de le provoquer. Des trucs à caractère personnel, et tout ça.

— Qui ça, *ils* ? demanda Meryl.

Kyle était désireux de soutenir James, mais il se refusait par principe à dénoncer les responsables de l'incident.

— Tout le groupe des supporters de Manchester, répondit-il.

Meryl semblait épuisée. Son haleine empestait la bière. James comprit qu'il avait une chance de s'en tirer s'il présentait docilement ses excuses.

— C'est vrai, je n'ai pas pensé aux petits, dit-il sur un ton solennel. Je suis sincèrement désolé. Je promets que ça ne se reproduira pas.

La responsable de formation ne semblait guère convaincue.

— Kyle, raccompagne-le à sa chambre. James, tu ne seras plus autorisé à assister aux matchs sur grand écran jusqu'à la fin de la saison. Et tu ne recevras pas d'argent de poche pendant deux semaines.

James hocha la tête.

— Bien, mademoiselle. Je suis navré.

Dès que sa tutrice eut regagné la grande salle, il perdit toute contenance. Ivre de rage, il se dirigea vers l'ascenseur sans cesser de maugréer.

— Quelle grosse tache, celle-là. Deux semaines ! Je ne suis pourtant pas plus coupable que les autres. Et cet enfoiré de Mo... Si je ne me retenais pas, j'irais de ce pas pisser dans son lit.

Kyle était consterné par le comportement de son camarade.

— Écoute-moi, James. Premièrement, ce n'était qu'un *match de foot*. Deuxièmement, Meryl a été plutôt cool. Tu as failli provoquer une émeute. J'ai vu des agents recevoir des tours de piste d'athlétisme et des corvées de lingerie pour *beaucoup* moins que ça.

— C'est ça, prends sa défense, pendant que tu y es !
Tout le monde est contre moi. Bordel, je déteste ces
enfoirés de Manchester. Je voudrais que leur entraî-
neur ait un accident de voiture, ou qu'une bombe
explose dans leurs vestiaires.

— Bon Dieu, James, gloussa Kyle. Tu as complètement pété les plombs.

James entra dans la cabine d'ascenseur, donna un
coup de poing rageur sur le panneau de commande et
ne réussit qu'à se tordre le poignet.

— Et merde ! hurla-t-il en grimaçant de douleur.

Kyle savait que son ami perdrait définitivement la
tête s'il manifestait son hilarité, mais il avait toutes
les peines du monde à ne pas éclater de rire. Il jaillit
de la cabine dès qu'elle s'immobilisa au sixième étage.

— Qu'est-ce que tu fous ? s'étonna James.

— Il faut que j'aille pisser, mentit Kyle.

Il rejoignit sa chambre au pas de course, plongea
sur son lit, enfouit son visage dans un oreiller et rit
tant qu'il put au souvenir de l'expression de son ami,
jurant comme un démon sous l'effet de la douleur.

Des sons lointains parvinrent à ses oreilles : de
l'autre côté du couloir, James était en train de sacca-
ger sa propre chambre tout en maudissant Mo, Meryl
Spencer et l'infâme Cristiano Ronaldo.

17. Bad Trips

Lorsque Kyle eut repris ses esprits, il se tourna vers le radio-réveil et constata qu'il était plus de neuf heures. Il alluma la télé pour assister aux dernières minutes de la rencontre, mais se désintéressa rapidement du spectacle. Au fond, il appréciait surtout l'ambiance de guerre tribale qui régnait dans la grande salle, les soirs de match. Il s'assit à son bureau et enfonça la touche *ESPACE* de son ordinateur portable placé en mode veille.

Il n'avait reçu qu'un message : un e-mail de son professeur d'anglais qui jugeait son dernier devoir indigne de son niveau et exigeait qu'il en corrige les faiblesses avant la fin de la semaine. Estimant cette perspective particulièrement déprimante, il ferma la fenêtre et vit apparaître dans un angle de l'écran une bulle d'avertissement Windows Messenger :

Aizat VS LE POUVOIR dit :
Salut !

Kyle éprouvait un profond sentiment de culpabilité. Absorbé par le travail scolaire, les exercices d'entraînement, les réunions de préparation des missions et la vie sociale du campus, il n'avait guère repensé aux événements dont il avait été témoin lors de son séjour en Malaisie.

Il ouvrit une nouvelle fenêtre et pianota sur le clavier.

BLUEMAN 69 dit:
Comment ça va?
Aizat VS LE POUVOIR dit:
Franchement, pas top.
BLUEMAN 69 dit:
Keski ne va pas?
Aizat VS LE POUVOIR dit:
Tout. Je suis toujours coincé dans cette boîte de conserve. Tout le monde est malade ici. Une saloperie dans le réseau d'eau potable. Grand-mère a passé une semaine à l'hôpital. Et maintenant, voilà qu'Arsenal se prend une tôle.
BLUEMAN 69 dit:
Tu as trouvé du boulot?
Aizat VS LE POUVOIR dit:
Je travaille pour un charpentier. Je fabrique des cadres de porte pour le Regency Plaza.
BLUEMAN 69 dit:
Espèce de vendu!
Aizat VS LE POUVOIR dit:

Exactement. Mais je n'avais pas le choix. Je suis plutôt bien payé, mais les horaires sont irréguliers. Grand-mère a dû vendre l'un de ses colliers pour acheter des antibiotiques pour Wati.

BLUEMAN 69 dit:

C triste.

Aizat VS LE POUVOIR dit:

On a fondé un groupe de protestation, avec des gens du camp. Pas de quoi faire trembler le gouvernement, mais on ne va qd même pas rester les bras croisés, n'est-ce pas?

BLUEMAN 69 dit:

Qu'est-ce que je pourrais faire pour vous aider?

Aizat VS LE POUVOIR dit:

Idées, pognon, publicité, bouquins!!!

BLUEMAN 69 dit:

Pour la pub et les idées, je vais voir. Pour le fric, je ne suis pas Bill Gates. Quels bouquins?

Aizat VS LE POUVOIR dit:

Des trucs sur le militantisme. Che Guevara. Les techniques de guérilla.

BLUEMAN 69 dit:

Tu te lances dans la politique ou dans le terrorisme?

Aizat VS LE POUVOIR dit:

Pourquoi pas les deux? AAAAAAARGH!

BLUEMAN 69 dit:

Qu'est-ce qui se passe?

Au même instant, Kyle entendit James tempêter de l'autre côté du couloir.

Aizat VS LE POUVOIR dit :

O'Shea, 89e minute. Arsenal 2 Manchester United 4. Je déteste Manchester.

BLUEMAN 69 dit :

Il faut vraiment que tu rencontres mon pote James, un de ces jours. Vous êtes sur la même longueur d'onde.

Aizat VS LE POUVOIR dit :

Alors, tu crois que tu pourrais m'envoyer quelques livres ? Ou me filer un coup de main ? On est juste une bande d'excités sans inspiration. ☺

BLUEMAN 69 dit :

Sans doute. Mais tu me fous un peu la trouille. J'espère que tu ne vas pas faire de connerie.

Aizat VS LE POUVOIR dit :

Ne t'inquiète pas. Je ne peux pas me permettre d'aller en prison. Je suis trop beau gosse !

BLUEMAN 69 dit :

J'essaierai de t'envoyer ce que tu me demandes. Et je verrai ce que je peux faire pour la pub. Je crois que ce qui est arrivé à ton village pourrait intéresser pas mal de monde, ici.

Aizat VS LE POUVOIR dit :

Merci. Il faut que je me déconnecte. Je n'ai plus que 52 secondes de connexion et plus un sou sur moi.

BLUEMAN 69 dit :

Quand est-ce que tu seras de retour sur MSN ?

Aizat VS LE POUVOIR dit :

Je ne sais pas trop. J'essaye de me connecter une ou deux fois par semaine, quand j'ai un peu d'argent de côté. Vu que

le Web café diffuse les matchs, tu as des chances de me trouver les jours où Arsenal est en compétition.
BLUEMAN 69 dit:
OK. À la prochaine.

Votre dernier message n'a pas pu être remis. Aizat VS LE POUVOIR est déconnecté.

Kyle se demandait s'il parviendrait à contacter de nouveau Aizat et à faire sortir du campus les ouvrages sensibles qu'il réclamait.

Il effectua quelques recherches sur Google. Il tapa *victimes tsunami* et découvrit une interminable liste de liens concernant la catastrophe. Il n'obtint pas de résultats plus précis en suggérant *tsunami évacuations forcées*. Il décida de changer de stratégie et pianota *hôtel malaisie promoteur immobilier vol terrain*.

Il accéda à plusieurs liens concernant des projets hôteliers, mais le cinquième permettait de télécharger la version PDF d'un document des Nations unies intitulé *Conséquences et effets pervers du tourisme global*.

Le rapport comprenait deux cent vingt-six pages incluant texte, graphiques et tableaux statistiques. Kyle le sauvegarda sur son disque dur, puis en consulta la table des matières. L'appendice H, intitulé *Organisations non gouvernementales spécialisées dans la question du tourisme*, retint son attention. Il y découvrit une association nommée Bad Trips qui se fixait pour objectif d'agir *en faveur d'un tourisme durable et de la protection des populations locales menacées par le déve-loppement de l'industrie du voyage.* Au bas de la page figuraient l'adresse du siège social, l'e-mail et les coordonnées du site Internet de l'organisme.

La page d'accueil semblait avoir été programmée par un webmaster débutant. Ignorant cette présenta-tion désastreuse, il cliqua sur une carte du monde et découvrit une interminable liste de rapports décrivant les catastrophes provoquées par le développement tou-ristique.

Selon Bad Trips, des chaînes hôtelières françaises avaient dépossédé des agriculteurs indiens d'eau potable ; des Roumains avaient été expropriés pour permettre la construction d'un parc d'attractions ; l'établissement d'une réserve animalière privée avait provoqué l'extinction de plusieurs espèces menacées.

Les atrocités commises au nom du tourisme global étaient innombrables.

Le dossier le plus éloquent évoquait le sort d'une communauté de pêcheurs thaïlandais expulsés de leurs terres après un cyclone survenu trois ans plus tôt.

En explorant les pages du site, il découvrit un article concernant les conséquences du tsunami de Noël 2004.

Si le monde continue à pleurer la mort d'un demi-million d'êtres humains, cette tragédie a constitué une fantastique opportunité pour les professionnels de l'immo-bilier, les propriétaires terriens et l'industrie hôtelière, qui entendent bien tirer de considérables profits à la faveur des opérations de reconstruction. Leurs projets font peu de cas des rescapés et, la plupart du temps, les terres à rebâtir ont été attribuées sans offre de marché aux membres des gouvernements en place et à leurs proches, aux dépens des victimes de la catastrophe.

Kyle avait cru naïvement qu'il lui suffirait de contacter une organisation comme Bad Trips ou informer un journaliste des injustices dont il avait été le témoin lors de son séjour en Malaisie pour provoquer un torrent d'indignation. Mais à la lecture des informations figurant sur le site Internet, toutes les populations déshéritées frappées par la catastrophe connaissaient un sort comparable à celui d'Aizat. Au moins, les autorités de Langkawi avaient établi de longue date un camp pour accueillir les victimes en cas de catastrophe naturelle.

Kyle se sentait découragé, mais il avait de l'affection pour son ami et n'avait aucune intention de le laisser tomber avant d'avoir essayé de lui venir en aide.

Au cours des années passées au campus, il avait amassé une petite fortune en se livrant à divers trafics douteux, comme la vente de DVD et de jeux vidéo pirates. Il estimait de son devoir d'investir au moins une partie de ce butin frauduleusement acquis dans l'achat des ouvrages que réclamait Aizat.

.:.

Le lendemain matin, à la fin du premier cours de la journée, Kyle évita soigneusement James, qui ne décolérait pas de la lourde défaite essuyée par Arsenal, et profita d'une heure de battement dans son emploi du temps pour regagner sa chambre et composer le numéro de téléphone de la permanence londonienne de Bad Trips.

Helena Bayliss, l'une des contributrices du site de l'association, répondit à son appel. Kyle avait lu plusieurs de ses articles. À entendre sa voix, elle semblait beaucoup plus jeune qu'il ne l'avait imaginé.

Il décrivit les événements dont il avait été témoin, en précisant qu'il séjournait alors à Langkawi dans le cadre d'un voyage organisé par son lycée.

— Hélas, ce cas n'a rien d'exceptionnel, expliqua Helena. Compte tenu de la gravité de la situation en Indonésie et en Thaïlande, les médias ne se sont pas beaucoup intéressés à la Malaisie, mais nous avons reçu de nombreux rapports faisant état de déplacements de population.

— C'est ce que je craignais, soupira Kyle.

— Cependant, j'aimerais en savoir davantage sur cet Aizat et les militants qui l'entourent. Bad Trips est une petite association, et nous disposons d'un budget extrêmement limité. Nous sommes incapables de lancer une campagne à grande échelle, mais nous serions ravis d'apporter notre soutien et notre expertise aux militants qui souhaiteraient mener une campagne, ici ou en Malaisie.

— Nous aurons besoin d'aide, en effet, sourit Kyle. Je suis déterminé à faire tout ce qui est en mon pouvoir pour que cessent ces injustices, et Aizat affirme avoir acquis un petit groupe de réfugiés à sa cause. Le problème, c'est que ni lui ni moi ne savons comment procéder.

— Nous devrions nous rencontrer, dit Helena. Je suis disposée à me déplacer, et j'aimerais entrer directement en contact avec Aizat.

— Inutile de vous donner ce mal. Je serai à Londres samedi. On pourrait se donner rendez-vous quelque part pour parler de tout ça. Définir une stratégie, déterminer ce que nous pourrions faire ici, et quelle aide concrète nous pourrions apporter à Aizat.

— Je consulte mon agenda... Samedi, je suis libre jusqu'à seize heures. Retrouvons-nous à mon bureau. L'adresse figure sur le site. Veux-tu que je vienne te chercher à la station de métro ?

— J'admets que je ne suis pas très dégourdi, gloussa Kyle, mais je pense que j'arriverai à trouver mon chemin.

18. VIP

Helena Bayliss avait vingt-trois ans. À quelque distance, sa silhouette élancée évoquait celle d'un top-modèle, mais son nez aquilin et son refus d'avoir recours à la chirurgie esthétique lui interdisaient toute carrière dans le mannequinat. Ayant interrompu ses études de droit à l'université, elle gagnait modestement sa vie en rédigeant des articles sur les méfaits du tourisme et les problèmes environnementaux pour un magazine féminin tout en militant à mi-temps au sein de l'association Bad Trips.

Dès que Kyle eut quitté son bureau, elle contacta une amie journaliste dans un quotidien national. Cette dernière, qui lui devait une faveur, accepta de faire figurer son nom sur la liste des invités à l'ouverture officielle de l'hôtel *Regency Plaza* de Langkawi, un passe-droit qui lui permettrait de se mêler à la trentaine de journalistes, de professionnels du golf et de spécialistes de l'industrie touristique qui devaient prendre place à bord du 737 affrété par les propriétaires du complexe hôtelier.

La rédactrice en chef d'Helena lui transmit des consignes extrêmement strictes : elle devrait rédiger un article décrivant le nouvel ensemble en se concentrant sur la pratique du golf.

Le supplément *voyages* du journal venait de signer un contrat publicitaire avec la chaîne *Regency Plaza* et le ministère du Tourisme de Malaisie. En de telles circonstances, il était exclu d'évoquer le sort des populations locales. Elle était autorisée, le cas échéant, à soulever l'absence de serviettes dans les chambres ou à critiquer la qualité de la nourriture servie dans les restaurants, mais il convenait de jeter un voile pudique sur les villages démolis et les camps de réfugiés.

...

La brochure qu'un employé du ministère du Tourisme malaisien avait remise à Helena promettait soleil et chaleur trois cent soixante-cinq jours par an. Le tarmac, qui, comme tous les après-midi, venait d'essuyer un violent orage tropical, ruisselait d'eau de pluie. Elle descendit les marches de la passerelle motorisée derrière le patron de la plus importante agence de voyages en ligne du Royaume-Uni et un inconnu qui, trois heures durant, avait vainement essayé d'engager la conversation.

Les VIP empruntèrent une file ouverte à leur seule intention devant le poste de contrôle douanier sans que les agents exigent qu'ils présentent leurs passeports. On les informa que leurs bagages étaient déjà en route pour l'hôtel et on les fit embarquer à bord d'un luxueux autocar. À peine une heure après l'atterrissage, Helena, qui venait de prendre une douche, était étendue sur le lit king-size de sa suite, vêtue d'un épais peignoir en éponge.

La vaste chambre disposait d'un balcon donnant sur le rivage. Près du vase en cristal garni d'un immense bouquet de fleurs fraîches, trois corbeilles avaient été placées sur la table basse. Elle y avait trouvé des chocolats, une bouteille de champagne, du whisky malaisien, des produits de toilette et des petites sculptures traditionnelles, ainsi qu'une lettre et un CD-ROM contenant un dossier de presse.

Elle déchira l'enveloppe et prit connaissance du document.

Chère Mademoiselle Bayliss,

Les hôtels Regency Plaza et le ministère du Tourisme malaisien ont l'immense plaisir de vous accueillir à la résidence-golf de Langkawi.

En tant qu'invitée privilégiée, vous disposez d'un accès illimité à toutes nos installations, aux restaurants, aux spas et aux parcours de golf. Le minibar et les chaînes de télévision optionnelles sont à votre disposition à titre gra-

cieux. Le linge de toilette vous est également offert en guise de cadeau de bienvenue.

Le dîner d'inauguration se tiendra samedi, à 20 heures, en présence de Mr Tan Abdullah, gouverneur de Langkawi. Nous aurons le plaisir de compter parmi nous plusieurs personnalités de marque, dont l'un des plus grands golfeurs professionnels actuels.

Notre personnel se tient à votre disposition vingt-quatre heures sur vingt-quatre. Il se fera un plaisir de répondre à vos besoins et, si vous désirez découvrir l'île de Langkawi, d'établir un itinéraire conforme à vos souhaits.

Nous vous souhaitons un excellent séjour,

Michael Stephens,
Représentant en Europe du ministère du Tourisme malaisien

Helena contempla avec satisfaction le peignoir brodé au logo de l'établissement et se réjouit de pouvoir enfin remplacer la loque élimée suspendue au crochet de la porte de sa minuscule salle de bains londonienne. Elle se souvint du jour où, âgée de dix ans, elle avait pour la première fois séjourné dans un hôtel en compagnie de ses parents et de sa sœur. Elle repensa à la colère de son père, lorsqu'il avait découvert que ses filles avaient bu sans autorisation deux canettes de Sprite facturées sept livres cinquante pièce.

Le *Regency Plaza* était infiniment plus luxueux. La petite fille qui sommeillait toujours en Helena aurait aimé y passer trois jours à s'empiffrer, à écumer les bars et à se faire dorloter aux frais de la princesse. Mais le slogan imprimé en bas de la lettre la tira de sa rêverie : *Ministère du Tourisme malaisien — Nous forgeons l'avenir.*

Ces mots creux rappelaient avec subtilité et perfidie que le pays se portait bien, tandis que ses principaux rivaux sur le plan touristique se remettaient avec difficulté de la catastrophe causée par le tsunami.

Helena sentit la colère la gagner. Elle jeta un regard circulaire à la suite et prit brutalement conscience des ressources employées pour bâtir et meubler, sur la côte la plus isolée de l'île de Langkawi, ce palais réservé à des millionnaires épris de golf et de soleil.

Acier et ciment de Chine, tapis d'Inde, linge de bain du Vietnam, fleurs d'Arabie Saoudite, télévision et installation audio produites aux Philippines. Sans compter la consommation d'énergie indispensable au fonctionnement de l'éclairage et de l'air conditionné, les quantités d'eau douce nécessaires à l'alimentation des piscines, les déchets générés et le kérosène brûlé pour acheminer les touristes jusqu'à ce paradis terrestre.

Helena craignait plus que tout les leçons de golf auxquelles la condamnait le reportage qu'on lui avait confié. Elle avait toujours détesté cette activité, mais sa rédaction lui avait procuré une tenue adéquate, et un photographe local avait été embauché afin d'immortaliser ses progrès.

Écœurée par la débauche de richesses qui l'entourait, elle envisagea de fracasser le vase de cristal contre le mur, mais elle se ravisa. Au fond, cet acte stupide ne ferait qu'alourdir l'interminable journée de travail d'une femme de chambre sous-payée.

Helena respira profondément, saisit le mobile posé sur le plateau de verre du bureau, franchit la baie vitrée donnant sur le balcon et sélectionna un numéro figurant dans le répertoire.

— *Hai.*

— Bonjour, Aizat ! s'exclama-t-elle. Je suis bien contente de pouvoir te joindre.

— C'est l'un des rares avantages du *Regency*. Le réseau est parfait, depuis sa construction. Vous avez fait bon voyage ?

— Excellent. L'avion était si confortable que j'ai passé presque tout mon temps à dormir. Je suis à l'hôtel, et j'ai quelques heures devant moi. C'est l'occasion de nous rencontrer. Tu es occupé ?

— Rien de très important.

— Je voudrais aussi prendre quelques photos pour le site de Bad Trips. Et si ça ne te dérange pas, j'aimerais réaliser une courte interview vidéo.

— À moi la célébrité ! s'esclaffa Aizat. Rendez-vous sur la plage, à l'emplacement du village. Ça se trouve derrière l'hôtel, près de la digue.

Helena balaya le rivage du regard.

— Oui, je la vois.

— Ensuite, je vous emmènerai chez moi et je vous présenterai les autres membres du groupe.

— C'est parfait. À quelle heure nous retrouverons-nous ? Je dois encore me changer et préparer mon appareil photo.

— Disons cinq heures. Vous avez un flash ? Il commencera à faire sombre quand nous nous mettrons en route pour le camp.

...

Helena avait participé à de nombreux voyages de promotion. Elle savait que leurs initiateurs gardaient toujours un œil sur leurs invités. Échaudés par de fâcheux précédents, ils redoutaient qu'ils n'écument les bars des environs. Les VIP étaient censés louer les installations du *Regency*, pas être arrêtés par la police locale pour ivresse publique ou finir inconscients au fond d'un fossé d'évacuation des eaux de pluie.

Soucieuse de ne pas éveiller l'attention de ses hôtes, Helena enfila un T-shirt, un short en Lycra et des baskets, puis elle épaula un petit sac à dos contenant une bouteille d'eau, un dictaphone et un appareil photo. Elle emprunta une sortie latérale sans se faire remarquer par les employés de l'hôtel et les agents du ministère du Tourisme.

Aizat était assis jambes croisées dans le sable, à moins de deux cents mètres du *Regency Plaza*. Helena s'étonna de découvrir un garçon athlétique au visage séduisant. Elle le trouvait élégant, avec ses Nike de contrefaçon, son bermuda à pinces et sa chemise de lin. Sans doute s'était-il mis sur son trente et un pour la rencontrer. Elle éprouva une légère déception. Au fond, un modèle à l'aspect misérable aurait sans nul doute bien mieux illustré les informations qu'elle entendait diffuser sur le site de son association.

Elle sortit son dictaphone, un stylo et un carnet de notes de son sac à dos, et se mit aussitôt au travail.

— Très bien, Aizat. Tout d'abord j'aimerais en savoir un peu plus sur toi. Tu as seize ans, si je me souviens bien ?

— Dix-sept depuis peu, corrigea le garçon. Wati a huit ans, et ma grand-mère soixante-dix.

— Poursuis-tu des études ou as-tu déjà commencé à travailler ?

— Un instituteur vient chaque jour au camp pour instruire les plus petits, mais moi, je dois bosser pour nourrir ma famille.

— Oui, Kyle m'a dit que tu avais été embauché par un charpentier.

Aizat hocha la tête.

— J'ai aussi une barque à moteur qui me permet de livrer du poisson sur le continent et de transporter des passagers.

— Mais je croyais que ton bateau avait été détruit ?

— Celui-là, on l'a réparé après le tsunami, mais les hommes d'Abdullah l'ont saisi. Alors j'en ai acheté un nouveau.

— Avec quel argent ? demanda Helena en vérifiant que son dictaphone était en mode enregistrement.

— Des gens se sont cotisés, répondit Aizat, qui souhaitait manifestement ne pas révéler l'identité de ses bienfaiteurs. Alors, comment va Kyle ? Vous le voyez souvent ?

— Je l'ai rencontré deux fois depuis qu'il m'a contactée, au début du mois dernier. Une fois dans les locaux de Bad Trips, une fois lors d'une manifestation devant l'ambassade du Kenya. Mais il vit loin de Londres et il a l'air très occupé. Le travail scolaire, je suppose.

— Kyle est un mec super, déclara Aizat. Il m'a même envoyé un maillot d'Arsenal, et des programmes de match collector.

— Tu disais que des gens t'avaient aidé à acheter le nouveau bateau ? En fait-il partie ?

— On ne peut rien vous cacher, sourit le jeune homme. Je lui en suis extrêmement reconnaissant, mais je préfère que ça reste entre nous. Venez, marchons sur la plage. Je vais vous montrer où se trouvaient nos huttes.

Lors de ses rencontres avec Helena, Kyle avait présenté Aizat comme le chef de la petite communauté de pêcheurs. Elle le trouvait étonnamment mature pour son âge, en comparaison des adolescents boutonneux qui lui lançaient des œillades dans les rues de Londres.

Aizat ramassa un bâton et creusa le sol pour dégager un morceau de pilotis brisé.

— C'est tout ce qu'il reste de l'une des huttes qui ont été frappées de plein fouet par un échafaudage emporté par la vague. Deux bébés étaient restés prisonniers des débris. Kyle et ses amis ont réussi à les sortir de là.

Helena était contrariée. Elle s'attendait à trouver des cabanes à l'abandon, des ruines infiniment plus photogéniques que ce morceau de bois émergeant des sables.

— Qu'est-ce que c'est que ça? demanda-t-elle en désignant une couche de matière brunâtre exhumée par le bâton d'Aizat.

— De nombreuses plages sont encore recouvertes de cette vase. Celle-là a été nettoyée superficiellement pour ne pas retarder l'ouverture de l'hôtel. Ils se sont contentés de tout camoufler avec du sable propre acheminé par containers. Il n'est pas de la même couleur. Ça se voit au premier coup d'œil quand on se trouve au large.

Un homme apparut de l'autre côté de la digue. Il portait une chemise bleue ornée d'un écusson *Regency Plaza – Sécurité des personnalités*.

— Ce jeune homme vous cause-t-il des problèmes, mademoiselle? demanda-t-il en toisant Aizat derrière ses lunettes à verres miroir.

Helena secoua la tête.

— Pas du tout. Nous discutons amicalement.

— Hélas, cette plage est réservée à la clientèle, expliqua le garde.

— Mais je ne vois ni clôture, ni panneaux d'avertissement.

— C'est inutile. Seules quelques centaines d'habitants vivent dans cette partie de l'île. La plupart travaillent dans notre établissement, et les autres savent très bien ce qui est permis, et ce qui ne l'est pas. Souhaitez-vous que je vous raccompagne à l'hôtel, mademoiselle ?

— La route est à tout le monde, j'imagine ? Suis-je autorisée à y poursuivre ma conversation ?

— Je suppose, grommela le garde. Mais si vous souhaitez entretenir votre forme physique, sachez qu'une salle de sport dotée du meilleur équipement est à votre disposition.

Helena éclata de rire puis ouvrit grand les bras.

— Pourquoi irais-je suer sang et eau sur un Stairmaster en aspirant de l'air conditionné alors que cette île de rêve me tend les bras ?

Sur ces mots, elle adressa un sourire à son interlocuteur, saisit Aizat par le bras puis l'entraîna vers la route.

— Il dirige le service de sécurité, murmura ce dernier à son oreille. Il était auprès du chef de la police, la nuit où on nous a chassés du village. Nous n'aurions pas dû nous donner rendez-vous en plein jour si près de l'hôtel.

— La Malaisie est encore une démocratie, il me semble, objecta Helena.

— En théorie, mais attendez-vous à déchanter... J'espère que la marche à pied ne vous fait pas peur. Je vais vous conduire au camp et vous présenter les autres réfugiés.

19. Irrésistible

Aizat et Helena atteignirent le campement au crépuscule. La plupart des expulsés avaient quitté Langkawi dès le lendemain de la catastrophe. Ne restaient que les vieillards viscéralement attachés à leur île et les villageois qui ne disposaient pas de solution de repli sur le continent.

Le camp n'avait plus rien de l'installation parfaitement ordonnée que Kyle avait visitée trois mois plus tôt. Les enfants avaient formé des clans. Les habitants avaient bâti des palissades autour de leur abri afin de se ménager un peu d'intimité, bricolé des systèmes de ventilation, percé des fenêtres et bâti des extensions à l'aide de matériaux de récupération.

Cependant, leurs conditions de vie restaient précaires. Le système d'évacuation des eaux usées avait été élaboré et construit à la va-vite. Les toilettes grouillaient de mouches. Une odeur repoussante empestait l'atmosphère. Les allées non stabilisées s'étaient transformées en champs de boue à la faveur des orages tropicaux.

Helena, dont les baskets blanches avaient rapidement viré au brun, suivit Aizat jusqu'à ses quartiers d'habitation. Installée à l'écart des sanitaires, sur une hauteur où les eaux de pluie ne stagnaient pas, sa famille occupait deux abris entre lesquels il avait construit une troisième pièce à l'aide de panneaux de bois imperméabilisés par des feuilles de polyéthylène.

Il y avait disposé les quelques meubles récupérés dans les débris de sa hutte traditionnelle, ainsi que ceux que Mrs Leung lui avait offerts à la fermeture de l'hôtel *Starfish*, dont elle avait fini par céder le terrain à Tan Abdullah.

Helena ôta ses baskets et pénétra dans l'habitation. Aussitôt, elle remarqua les livres empilés contre une paroi, puis, entassés jusqu'au plafond, une quantité d'objets semblables à ceux qui se trouvaient dans sa suite du *Regency Plaza* : serviettes, gants de toilette, porte-savon, draps, pieds de lampe, pochettes d'allumettes, vases, verres et ampoules électriques.

— Je suis devenu receleur, expliqua Aizat. Tan Abdullah a volé nos terres. C'est la moindre des choses que nous nous servions dans son hôtel. Les ouvriers du chantier entreposent ici tout ce qu'ils détournent, et je me charge d'écouler le stock auprès de commerçants peu scrupuleux, sur le continent.

Helena éclata de rire et battit frénétiquement des mains. Avec de telles informations, elle était déjà en mesure, avec un peu d'imagination, de rédiger un article explosif concernant le vol de terres, les politiciens véreux et les pauvres réfugiés contraints de voler pour s'alimenter. Elle brûlait de prendre quelques photos des objets dérobés dans l'hôtel, mais elle préféra s'abstenir, par crainte qu'Aizat ne fasse les frais de ces révélations.

— Et tu gagnes correctement ta vie ? demanda-t-elle.

— Je n'ai pas à me plaindre. Mais pour acheter la nouvelle barque, j'ai aussi dû emprunter de l'argent à des personnes qui pratiquent des taux… plutôt élevés.

Un garçon et une fille pénétrèrent dans la hutte. Un peu plus jeunes qu'Aizat, ils se ressemblaient étonnamment.

— Noor et Abdul sont frère et sœur, dit Aizat. Ils font partie du comité.

Helena serra la main des nouveaux venus.

— Alors, expliquez-moi, demanda cette dernière, tout sourire. En quoi consistent vos activités militantes ?

— Ce n'est pas facile d'agir, ici, dans le Nord-Ouest, répondit Noor. Mais j'ai passé quelques jours dans le Sud, à distribuer des tracts et à essayer de rencontrer des personnes influentes. Je me suis entretenue avec les membres de fondations caritatives et d'organisations non gouvernementales.

— Et qu'est-ce que tu as obtenu ?

Noor haussa les épaules.

— La plupart nous soutiennent verbalement, mais je ne crois pas qu'ils soient prêts à passer à l'action.

— Le tourisme est aujourd'hui l'une des activités les plus lucratives à l'échelon mondial. Nous sommes peu nombreux à nous dresser contre ces multinationales. C'est frustrant, j'en conviens, mais il faut continuer à marteler notre message, en espérant changer les mentalités. Pour le moment, une personne sur mille se soucie de votre sort, ou des dégâts environnementaux provoqués par le tourisme de masse. Mais si nous continuons à marteler notre message, nous parviendrons sans doute à toucher une personne sur cent, puis une sur dix. Lorsque nous aurons atteint cet objectif, les investisseurs et les gouvernements seront bien *obligés* de réviser leur politique, pour des raisons strictement économiques.

Aizat, Noor et Abdul hochèrent la tête en signe d'assentiment.

— C'est plutôt déprimant, que ça prenne autant de temps, dit Abdul. Mes ancêtres ont vécu au village pendant des siècles. Et il n'en reste aujourd'hui que des planches enfouies dans le sable.

— Alors, avez-vous une stratégie ? demanda Helena.

— Nous concentrons nos efforts sur Tan Abdullah, répondit Aizat. Il régnait sur cette île bien avant ma naissance. Mais à en croire la rumeur, il pourrait entrer au gouvernement et quitter Langkawi pour Kuala Lumpur. Et c'est son fils aîné qui le remplacerait.

— Nous essayons de démolir sa réputation avant qu'il ne soit nommé ministre, ajouta Noor. Nous le harcelons systématiquement lors de ses apparitions publiques.

— Il sera au *Regency Plaza* samedi soir, pour le dîner d'inauguration, dit Helena.

— Nous sommes au courant. Il paraît qu'il y aura des célébrités, ce qui nous garantit une importante couverture médiatique. Nous sommes en train d'établir un plan, histoire de troubler cette petite sauterie.

— Très bien, sourit la journaliste. Mais je vous recommande d'y aller doucement. Si vous commettez des violences, vos adversaires vous présenteront comme des terroristes et vous ne pourrez jamais obtenir le soutien de l'opinion.

— On en a conscience, dit Aizat. Mais nous avons l'occasion unique de nous confronter à Tan Abdullah en présence d'un grand nombre de journalistes, et nous entendons bien en profiter.

Un garçon d'une douzaine d'années pénétra dans l'abri et s'adressa à Aizat en malais. Ce dernier lui transmit des consignes puis se tourna vers Helena.

— Il semblerait que le big boss ait envoyé quelqu'un pour nous surveiller.

— Ah ! zut, lâcha nerveusement la jeune femme.

L'amie qui lui avait cédé sa place sur la liste des invités était une journaliste très en vue. Si elle apprenait qu'elle avait profité de sa gentillesse pour semer le chaos lors de l'inauguration et dénoncer les projets des annonceurs qui avaient investi des fortunes pour publier leurs publicités dans les magazines britanniques, elle pouvait dire adieu à sa carrière. En outre, sa complice risquait de souffrir des effets collatéraux de cette trahison.

— Allons lui parler, déclara Aizat.

Helena poussa un profond soupir et chaussa ses Asics gorgées d'eau boueuse. Elle suivit le jeune Malaisien jusqu'au centre du camp, et découvrit un individu râblé en chemise et short bleus qui rôdait autour du bloc des sanitaires.

— Vous nous espionnez? demanda Aizat en anglais, de façon à ce que sa complice ne manque rien de l'échange.

L'individu esquissa un sourire gêné puis haussa les épaules.

— De quoi est-ce que vous parlez?

— J'ai une excellente mémoire, figurez-vous. Vous travailliez pour Mrs Leung, à l'hôtel *Starfish*. Comme nous tous, vous avez été expulsé de votre village, n'est-ce pas? Et maintenant, vous faites le sale boulot pour le compte d'Abdullah.

L'inconnu leva les yeux au ciel puis adressa à Aizat un geste vague, comme s'il chassait une mouche.

— Tu ne sais même pas de quoi tu parles, mon garçon, grogna-t-il. Mrs Leung m'a recommandé auprès de la direction de l'hôtel, et j'ai été embauché à la fermeture du *Starfish*. J'ai cinq enfants et deux vieilles dames à nourrir.

Helena comprenait les motivations de l'homme, mais Aizat était hors de lui.

— Vous n'avez aucune dignité, cracha-t-il. Vous auriez pu refaire votre vie sur le continent, comme les autres. Personne n'est obligé de travailler pour Tan Abdullah.

Un coup d'avertisseur retentit à la lisière du camp, où l'homme avait garé son véhicule. Lorsqu'il se tourna, le garde aperçut la silhouette d'un garçonnet qui détalait à toutes jambes en direction de la jungle. La voiture se mit en mouvement, en marche arrière, prenant naturellement de l'élan sur le sentier escarpé qui menait à la plage. L'agent de sécurité lâcha une bordée d'injures en malais puis sprinta en direction du petit 4x4 Suzuki.

— Tout ce que tu peux espérer en multipliant ce genre de provocations, Aizat, c'est de te faire de nouveaux ennemis pour de mauvaises raisons, soupira Helena.

— Je n'y suis pour rien, sourit le jeune homme. Je n'ai pas bougé d'ici.

Alertés par les cris du garde, de nombreux habitants étaient sortis de leurs huttes pour observer ses efforts désespérés. Le véhicule avait gagné de la vitesse. Au premier virage, il quitta la route, s'enfonça dans la végétation, heurta un tronc d'arbre et se coucha sur le flanc.

Des dizaines de réfugiés se hâtèrent jusqu'aux lieux de l'accident. Deux enfants ramassèrent des pierres et les lancèrent en direction du garde, qui contemplait d'un œil consterné l'épave du 4x4.

— Arrêtez de nous espionner ! criaient-ils. Si vous remettez les pieds ici, vous êtes mort !

Les adultes étaient partagés. Les uns nourrissaient toujours une vive rancœur à l'égard des responsables de leur expulsion. Les autres, en nombre comparable, avaient ravalé leur fierté et travaillaient désormais au *Regency Plaza* ou sur des chantiers appartenant à la société dirigée par Tan Abdullah.

Une boule de feu orange illumina la jungle. Helena ignorait si le véhicule avait été incendié intentionnellement, mais elle redoutait que la police n'intervienne pour mater aveuglément l'insurrection.

En tant que journaliste, elle brûlait d'interroger les habitants mais, saisie de panique, elle se retrouva sans même le savoir en train de dévaler la pente en direction du rivage.

— Qu'est-ce que vous fabriquez ? s'étonna Aizat avant de lui emboîter le pas.

— Je retourne à l'hôtel, haleta-t-elle. Tout va bien, ne t'inquiète pas.

— Vous ne devriez pas courir toute seule dans l'obscurité. Des types louches traînent dans les parages, depuis l'ouverture du *Regency*.

Sourde à ces avertissements, Helena continua à courir droit devant elle dans la forêt obscure. Aizat avait toutes les peines du monde à ne pas se laisser distancer. L'un comme l'autre dut se ranger sur le bas-côté au passage d'une Toyota lancée à vive allure.

Au pied de la colline, ils quittèrent la jungle et débouchèrent aux abords du rivage, entre l'hôtel et un practice de golf. Grâce aux lampadaires qui éclairaient la zone, on y voyait comme en plein jour. Au lieu de rejoindre le *Regency*, Helena continua jusqu'à la plage afin de nettoyer ses baskets souillées de boue.

— Vous m'en voulez ? demanda Aizat.

Helena se tourna dans sa direction. Son visage était fermé, ses bras croisés sur sa poitrine.

— Je désapprouve ces méthodes. Elles ne servent qu'à radicaliser nos adversaires.

— Peut-être, répliqua Aizat en marchant à son tour vers les flots. Mais si tout le monde partageait ma colère, si chaque habitant de cette île s'en prenait directement aux biens de ces salauds ou volait pour quelques milliers de dollars d'équipement, le *Regency Plaza* n'existerait pas. Pour ne rien vous cacher, mon rêve, c'est de remplir un camion de bidons d'essence et de le lancer droit sur la réception de l'hôtel.

— Et ainsi, si tu ne finis pas carbonisé, tu passeras le reste de ta vie en prison. Et une dizaine d'employés sous-payés périront dans l'incendie. La compagnie d'assurance financera les réparations, et Tan Abdullah considérera ton acte insensé comme un banal incident de parcours.

— Probablement, dit Aizat avant d'éclater d'un rire sans joie. Mais croyez-vous que tous vos articles et toutes vos campagnes aient jamais fait avancer les choses ? Avez-vous accompli *quoi que ce soit*, planquée derrière le clavier de votre ordinateur ?

Frappée par la virulence de cette attaque, Helena observa un silence tendu. Aizat fit un pas dans sa direction.

— Parfait ! hurla-t-elle. Eh bien, vas-y ! Si tu n'as rien trouvé de mieux, fais-toi sauter avec tous ces salauds ! Mais ne compte pas sur mon assentiment. J'ai fait un long voyage pour te venir en aide. Hélas, il est évident que tu ne cherches qu'à faire connaître ta cause auprès des médias. Je ne vois pas les choses de cette façon. Si tu ne souhaites pas agir de façon plus constructive, je vais rentrer à l'hôtel. Je me pré-lasserai dans le jacuzzi, je prendrai quelques leçons de golf devant un photographe de presse, je rédige-rai un article creux destiné au supplément *voyages* du magazine qui m'emploie, puis je m'efforcerai d'oublier toute cette farce.

— On vous a déjà dit que vous étiez irrésistible quand vous êtes en colère ? sourit Aizat.

Sidérée par cette déclaration, Helena perdit toute contenance.

— Ça, c'est la remarque la plus déplacée que j'aie jamais entendue ! s'esclaffa-t-elle.

— Bon, qu'est-ce que vous attendez de moi ? Vous avez l'intention de m'aider, oui ou non ? Sinon, à quoi bon avoir privé un *honnête* journaliste d'un séjour gra-tuit sur cette île de rêve ?

Helena haussa les épaules.

— Pour être tout à fait franche, Aizat, je me sens complètement dépassée. Je suis venue ici pour aider un garçon de dix-sept ans à lancer une campagne de protestation, mais tu es… plus résolu que je ne le serai jamais, avec ton réseau de fauche et tes informateurs.

— On m'a toujours dit que j'étais mûr pour mon âge, dit Aizat. En fait, je n'ai pas vraiment eu le choix. Pas de parents, juste une grand-mère. Une vieille dame adorable, c'est certain, mais aussi le genre de personne à offrir les restes de son repas à un chien errant sans réaliser que ses petits-enfants meurent de faim après avoir marché une heure pour revenir de l'école.

— Tu me demandes quelles sont mes intentions ? J'avoue que je ne sais plus très bien où j'en suis… Pour le moment, je crois que je vais retourner à l'hôtel, me ruer vers le bar et écluser tout ce qu'on voudra bien me servir. Demain sera un autre jour.

20. Menaces

Helena souleva une paupière. Sa tête reposait au bord du matelas. Le duvet était entortillé autour de ses jambes. Elle souffrait d'une migraine infernale, et elle avait un goût de lait caillé dans la bouche.

On frappait à la porte de la suite.

— Mademoiselle Bayliss ?

Un coup d'œil à sa montre lui apprit qu'il était neuf heures. Le photographe et le professeur de golf n'étaient pas censés se présenter avant onze heures.

— Laissez-moi dormir, grogna-t-elle. Vous vous trompez de chambre. Je n'ai rien commandé.

— Michael Stephens, du ministère du Tourisme malaisien, reprit l'inconnu, dont l'accent trahissait l'appartenance au milieu social le plus aisé. Pourriez-vous me laisser entrer quelques instants ? C'est important.

— Une minute, je passe un peignoir.

— Je vous en prie. Inutile de vous presser.

Helena s'assit sur le lit, observa son reflet dans le miroir de la penderie et se demanda si elle parviendrait jamais à démêler ses cheveux. Ses baskets avaient laissé des empreintes boueuses sur la moquette flambant neuve. Les vêtements d'Aizat étaient éparpillés aux quatre coins de la suite.

D'un coup de pied, elle fit disparaître ses fausses Nike sous le lit, ramassa son caleçon, son short et son T-shirt, puis déboula dans l'immense salle de bains équipée d'une baignoire à remous et d'un double lavabo. Elle courut jusqu'à la douche et en fit coulisser la porte sans avertir son occupant.

— Bonjour ! lança joyeusement Aizat. Tu me rejoins ?

Helena détestait son expression triomphante, semblable à celle de tous les hommes avec qui elle avait passé une nuit. Elle laissa tomber ses vêtements sur le carrelage, glissa la main dans la cabine et coupa le mitigeur.

— Qu'est-ce qui te prend ? protesta Aizat, le torse encore couvert de mousse parfumée.

— Tu ne dois pas faire de bruit. Un type du ministère du Tourisme veut me parler immédiatement. Il ne faut pas qu'il sache que tu te trouves ici.

Elle quitta la salle de bains, enfila son peignoir et ouvrit la porte de la suite pour faire entrer Michael Stephens.

— Je suis navrée, dit-elle en simulant un bâillement. Je dors beaucoup, et le décalage horaire n'a rien arrangé… J'ai raté quelque chose ?

L'homme portait un costume de marque et des souliers vernis.

— Je souhaite m'entretenir quelques instants avec vous, dit l'homme en considérant d'un œil désapprobateur les canettes de bière et les bouteilles de vin à moitié vides alignées sur la table basse. Allons sur le balcon.

— Comme vous voudrez, répondit-elle.

L'homme franchit la baie vitrée et s'assit sur une chaise. Helena éprouvait la désagréable sensation d'être une petite fille sur le point de se faire disputer.

— Vous êtes bien installée ? demanda Michael.

— Oui, c'est formidable. Cet hôtel est magnifique.

— Vous vous êtes rendue au camp de réimplantation en compagnie d'un habitant de l'île. Nous étions inquiets pour votre sécurité.

Helena comprit que Stephens n'était pas homme à aborder les problèmes de front, mais privilégiait les détours diplomatiques. Il savait qu'elle avait rencontré les membres du groupe d'Aizat et assisté à la destruction du véhicule.

— C'est un garçon charmant, expliqua-t-elle. Je l'ai rencontré sur la plage, en faisant mon jogging. Nous avons discuté de tout et de rien, puis il m'a invitée chez lui. C'était sans doute une imprudence, pour une femme seule sur cette île inconnue, mais…

Michael sortit une liasse de documents de la poche de sa veste.

— Êtes-vous l'Helena Bayliss qui a rédigé ces articles publiés sur le site de l'organisation Bad Trips ? Pour être tout à fait honnête, je n'entretiens pas de très bonnes relations avec cette association.

Helena passa une main dans ses cheveux puis lâcha un rire embarrassé.

— J'ai terminé mes études il y a moins d'un an. Depuis, j'essaye de décrocher un poste à plein temps dans un journal. Une amie m'a conseillé de travailler pour cette association, histoire d'enrichir mon CV, et de mettre un peu de beurre dans les épinards. J'ai un loyer à payer et un prêt étudiant à rembourser, et comme les employeurs ne se bousculent pas, je saisis toutes les occasions qui se présentent.

— Je vois, lança son interlocuteur sur un ton suspicieux. Et vous envisagez de vous spécialiser dans le journalisme touristique ?

— Absolument, confirma Helena.

— C'est un tout petit secteur. Tout le monde se connaît, dans le milieu. Votre article sur le *Regency Plaza* a dû être commandé par Jane Baverstock.

— Oui, c'est mon éditrice, sur ce reportage.

— Jane est une femme merveilleuse, sourit Michael. C'est une amie de longue date. Nous avons travaillé tous les deux pour le ministère du Tourisme néozélandais. C'est la personne qu'il vaut mieux avoir dans sa poche, si l'on compte faire carrière dans le journalisme touristique.

Helena comprit que les propos encourageants de l'homme constituaient une menace voilée : si le reportage incluait la moindre allusion au sort des personnes déplacées, sa chère amie Jane refuserait de le publier.

— C'est pour ça que je suis aussi excitée par ce reportage sur le *Regency Plaza* ! s'exclama-t-elle avec un enthousiasme fabriqué. Jusqu'alors, je n'ai rédigé que des articles horriblement sérieux. Cette fois, grâce à l'angle du golf, je vais pouvoir montrer que je peux aussi aborder des sujets plus légers, et sans doute plus vendeurs.

À son grand soulagement, Michael sembla mordre à l'hameçon. Sa voix se fit plus chaleureuse.

— Alors vous n'avez pas l'intention d'évoquer les problèmes de Langkawi sur le site Internet de Bad Trips ?

— Je ne suis pas folle, gloussa Helena. Je n'ai aucune intention de saboter ma carrière.

Michael se leva puis franchit la baie vitrée.

— Je vois que vous êtes intelligente, conclut-il en se dirigeant vers la porte de la chambre. Vous savez, il y a quelques agités, là-haut, dans la jungle, mais la plupart des malheureux qui ont dû déménager après le tsunami gagnent désormais très correctement leur vie grâce à l'industrie touristique. Le gouvernement malaisien a investi des sommes très importantes pour assurer leur bien-être. Ils disposent de l'électricité, de l'eau courante, d'un enseignement adapté et d'un système de santé très efficace. Tout ceci ne pourrait exister sans les devises injectées dans l'économie par nos visiteurs étrangers.

Lorsque Michael eut quitté la suite, Helena lâcha un profond soupir de soulagement. Elle n'était pas certaine d'avoir levé tous ses doutes, mais au moins, elle pensait avoir brillamment interprété le rôle de la journaliste débutante dont il n'y avait pas grand-chose à redouter.

Accablée par la migraine et la nausée, elle s'étendit sur le lit. Aizat, nu comme un ver, jaillit de la salle de bains.

— J'ai bien entendu ce connard parler de *système de santé* ? cracha-t-il. Ma grand-mère a failli crever, là-haut. La moitié des gamins sont victimes de diarrhées et de vomissements. Personne ne s'est déplacé pour les examiner, et les sanitaires n'ont toujours pas été réparés. Des proches vivant sur le continent ont dû se cotiser pour faire venir un médecin. Je sais ce que je dis, car c'est moi qui l'ai transporté jusqu'ici, avec son stock de médicaments.

Mais Helena était perdue dans ses pensées. La situation lui échappait totalement. À l'origine, son plan consistait à partager l'expérience acquise auprès de Bad Trips afin de remotiver Aizat et ses camarades. Son devoir accompli, elle aurait suivi des cours de golf et rédigé un article d'une bienveillante platitude propre à lancer pour de bon sa carrière de journaliste.

La réalité était toute différente : elle s'était fait remarquer par l'équipe de sécurité dès qu'elle avait quitté l'hôtel, avait découvert que les activistes étaient infiniment plus radicaux qu'elle ne l'avait imaginé, s'était honteusement soûlée et avait couché avec un garçon de dix-sept ans.

Tout bien considéré, elle n'avait guère qu'un seul motif de satisfaction : elle se trouvait à dix mille kilomètres de chez elle et, avec un peu de chance, aucune de ses connaissances n'aurait vent de ses mésaventures.

21. Du goudron et des plumes

Au cours des trois jours suivants, Helena prit des leçons de golf, noua des contacts avec des collègues journalistes au restaurant et tâcha de profiter sans trop culpabiliser de la piscine, du spa et de l'excursion en hors-bord autour de l'île offerte par la direction de l'hôtel.

Elle se sentait mal à l'aise vis-à-vis d'Aizat. Elle le trouvait mignon, mais elle était déterminée à éviter tout nouveau dérapage. Ils échangèrent quelques SMS afin de fixer une autre réunion clandestine consacrée à la stratégie du petit groupe d'activistes, mais ne se parlèrent au téléphone que le samedi, aux alentours de dix-huit heures trente.

Helena, une serviette de bain nouée autour de la tête, hésitait entre deux tenues de soirée lorsqu'elle reçut l'appel d'Aizat.

— Nous avons besoin de ton aide pour pénétrer dans l'hôtel, expliqua-t-il.

Échaudée par l'acte de sabotage auquel elle avait assisté deux nuits plus tôt, la jeune femme était sur ses gardes.

— Qu'est-ce que vous avez en tête ? Je te signale que la direction a embauché des renforts pour assurer la sécurité des célébrités. Le *Regency* est un vrai coffre-fort.

Aizat éclata de rire.

— Tu as vu *Star Wars* ? Tu vois la petite escadrille de rebelles qui se lance à l'assaut de l'Étoile noire ? Noor, la bande et moi, on compte rejouer la scène dans trois heures.

— Vous n'avez pas prévu d'action violente, j'espère ?

— Rien de bien méchant, je te rassure. Mais on va avoir du mal à quitter l'hôtel après notre petite démonstration, avec tout ce déploiement de force. L'idéal, ce serait qu'on puisse se cacher dans ta chambre jusqu'à ce que les choses se tassent.

Helena restait indécise. Elle était venue prêter assistance à Aizat, mais elle ignorait la nature de l'action qu'il avait planifiée.

— Je ne sais pas trop, bredouilla-t-elle.

— Les mots sont vains, s'ils ne sont pas accompagnés des actes.

— Tu cites Che Guevara maintenant ? Au moins, ça prouve que tu as lu les livres que je t'ai envoyés.

— J'ai l'impression que tu te ramollis, dans ta suite de luxe, avec ton minibar gratuit et ton peignoir double épaisseur.

Helena se mordit nerveusement la lèvre inférieure. Aizat était exalté et convaincant. Et pire que tout, il voyait juste. Elle était tombée sous le charme de l'hôtel. Le mode de vie des journalistes prospères qui l'entouraient, avec leurs enfants placés en école privée et leurs villas d'été en Sicile, lui faisait tourner la tête. Mais souhaitait-elle vraiment passer le reste de son existence à jouer au golf et à rédiger des articles consacrés à l'hôtellerie de luxe ?

— Allô ? lança Aizat. Tu es toujours à l'appareil ?

— Je réfléchissais, soupira Helena. Bon, c'est entendu, je vous filerai un coup de main…

...

Aux alentours de vingt heures, Helena fit son apparition dans le vaste salon de réception du *Regency Plaza* où s'étaient rassemblés les invités. Le regard des hommes en smoking se porta sur ses longues jambes et sa robe ivoire dépourvue de bretelles.

— Vous êtes splendide, roucoula Michael Stephens. Alors, avez-vous apprécié votre séjour ?

— Je suis ravie, répondit-elle. Même si je ne me sens pas vraiment à ma place. Regardez ces femmes, tous ces bijoux, ces robes haute couture…

Une Bentley noire s'immobilisa devant l'entrée de l'hôtel. Un homme dont le visage lui était vaguement familier en descendit. Aussitôt, des flashs crépitèrent.

— Qui est-ce ? demanda-t-elle.

— Vous n'êtes visiblement pas une grande spécialiste du golf, s'esclaffa Michael. Joe Wright-Newman. Troisième au classement mondial, détenteur de deux titres majeurs. À propos, votre swing a-t-il progressé ?

— J'ai un peu mal aux épaules, mais je commence à me débrouiller. Mon professeur affirme que je suis plutôt douée.

Michael adressa un signe de la main à un homme aperçu dans la foule des convives puis lança à Helena un sourire chaleureux.

— Si vous voulez bien m'excuser, ma chère, le devoir m'appelle.

Tandis que son hôte serrait la main de l'inconnu, Helena s'écarta discrètement des invités, emprunta un couloir au sol de marbre encadré de fontaines et de plantes ornementales, puis glissa la clé magnétique de sa chambre dans le lecteur de la baie donnant accès à l'une des piscines de l'établissement.

Comme prévu, elle trouva les lieux déserts. Elle contourna innocemment le bassin puis entra dans les vestiaires des femmes. Elle trouva Noor dans l'une des cabines, vêtue de la combinaison bleu et orange des employés de maintenance de l'hôtel.

— Tiens, c'est le seul double dont je dispose, dit Helena en lui remettant une seconde carte. Tu as besoin d'autre chose ?

— Non, ça suffira, répondit Noor. Tout le groupe te remercie.

Conformément au protocole, les invités, qui patientaient dans la salle de réception depuis près d'une heure, durent s'aligner derrière un ruban de soie tendu devant l'entrée de l'hôtel. Joe Wright-Newman, un célèbre chanteur lyrique, deux membres d'un groupe pop malaisien et le gouverneur Tan Abdullah le tranchèrent simultanément à l'aide de ciseaux dorés.

Après avoir salué cet exploit, les quatre cents convives se ruèrent vers la salle de banquet du *Regency Plaza*. Tan Abdullah, un petit homme contraint de boiter en raison d'une hanche défaillante, prit place à la table d'honneur.

Selon le plan établi, les autres invités s'installèrent en fonction de leur importance. En toute logique, Helena avait écopé d'une chaise au dernier rang, à deux pas de la porte battante des cuisines.

La nourriture n'avait rien d'exceptionnel. Après avoir dégusté trois plats tièdes, un dessert et une tasse de café, Tan Abdullah se lança dans un long discours en malais devant la caméra de la chaîne de télévision locale. Des photographes de presse, agenouillés devant la longue table, mitraillaient les célébrités.

L'allocution fut saluée par un tonnerre d'applaudissements. Abdullah s'inclina gracieusement pour saluer l'assistance. Dès qu'il se fut rassis, six individus masqués portant l'uniforme du personnel d'entretien de l'hôtel poussèrent la porte des cuisines, au fond de la salle. Quatre garçons coururent vers la table d'honneur. Les deux filles restées en retrait déployèrent une banderole sur laquelle étaient épinglées des photographies des villages de pêcheurs disparus.

Deux membres du commando brandirent des extincteurs puis aspergèrent l'invité d'honneur d'un liquide blanc et collant. Leur action se concentrait sur Tan Abdullah, mais Joe Wright-Newman et les membres du groupe pop qui se trouvaient à ses côtés subirent d'importants effets collatéraux.

Sous les cris et les exclamations indignées des convives, un troisième activiste déchira un sac-poubelle rempli de plumes et le lança en direction de sa victime. Le quatrième se mit à courir entre les tables en dispersant des tracts.

— Nous exigeons que Tan Abdullah soit traduit devant un tribunal pour avoir ordonné la destruction illégale de nos villages! clama Aizat.

L'un de ses complices grimpa sur la table d'honneur et répéta le message en malais. Au même instant, une nuée de policiers et d'agents de sécurité investit la salle. Les militants se précipitèrent aussitôt vers les cuisines.

Aizat fut rapidement plaqué au sol par un invité à la stature d'athlète. Deux gardes se précipitèrent sur lui et lui passèrent les menottes. Compte tenu de l'ampleur du détachement, il apparut bientôt évident que seules les deux filles, qui avaient battu en retraite dans les cuisines, avaient encore une chance d'échapper à l'arrestation.

Bien décidée à leur venir en aide, Helena tendit la jambe au passage d'un officier qui les avait prises en chasse. Ce dernier perdit l'équilibre et se cogna violemment la tête contre la table voisine. Un second policier accourut dans son sillage, mais un serveur, par sympathie à l'égard des activistes, encombra délibérément l'accès à la double porte à l'aide d'un chariot roulant.

Couvert de plumes de la tête aux pieds, Tan Abdullah se rua en hurlant sur le cadreur de la télévision et tenta de poser une main sur l'objectif de la caméra. Les photographes en profitèrent pour immortaliser ce moment tragi-comique.

Plusieurs convives, pris de fou rire, tournèrent la tête par discrétion. Pour Aizat et ses complices, l'heure n'était plus à la plaisanterie. Ils furent traînés sans ménagement à l'extérieur de l'établissement.

Le policier qui avait été mis à terre se releva péniblement puis tituba en direction d'Helena.

— Vous êtes en état d'arrestation, bredouilla-t-il. Votre nom ?

Jennie, une journaliste avec qui Helena avait bavardé au cours du repas, se dressa d'un bond et s'exprima sur un ton indigné.

— Elle ne l'a pas fait exprès, voyons ! Ne soyez pas grotesque !

Deux invités malaisiens placés à l'extrémité opposée de la table réprimandèrent le policier dans leur langue natale. Un gradé accouru sur les lieux ordonna à son subordonné de se calmer.

— Je vous présente des excuses au nom de mon collègue, dit-il en se tournant vers Helena. Il a réagi de façon excessive et incorrecte, mais le choc reçu à la tête a sans doute altéré momentanément ses facultés.

— Ça n'a pas d'importance, répondit-elle en s'épongeant le front à l'aide de sa serviette.

— J'ai bien cru que cette brute allait vous passer les menottes, ici, devant tout le monde, sourit Jennie lorsque les policiers eurent tourné les talons.

— Moi aussi, dit Helena d'une voix tremblante.

Elle posa une main sur sa poitrine et vida son verre de vin d'un trait.

Les tracts qui avaient été éparpillés à l'autre extrémité de la salle circulaient de main en main.

Nous remercions le gouverneur Tan Abdullah d'avoir détruit nos maisons et notre environnement, puis de nous avoir laissés pourrir au milieu de la jungle.

Sous ce titre, trois paragraphes détaillaient le sort qu'avaient connu les populations locales après le tsunami. En bas du document figurait l'adresse d'un site Internet.

— Drôle d'histoire, dit Jennie en reposant le tract sur la nappe. Les rumeurs de corruption concernant Abdullah ne datent pas d'hier, mais les affaires sont les affaires, vous ne croyez pas ?

— J'ignorais tout de ces accusations, mentit Helena.

Constatant qu'elle n'avait plus rien à boire, un serveur se planta à sa droite et lui présenta une bouteille de vin millésimé.

— Non merci, dit-elle en posant une main sur son verre. C'est assez pour ce soir.

Soudain, elle sentit un frisson glacé courir dans son dos. À trois tables de la sienne, Michael, l'air grave, s'entretenait avec un agent de sécurité sans la quitter des yeux.

22. Pour l'exemple

— Déshabille-toi, espèce d'enfoiré ! hurla le gardien en détachant les menottes d'Aizat.

La treille métallique qui recouvrait la cellule était rongée par la rouille, le carrelage couvert de moisissure. Dans un angle, un trou auréolé d'excréments faisait office de latrines. Aizat avait toujours su qu'il risquait d'être arrêté, mais sa lucidité ne rendait pas la situation moins effrayante.

— Enlève ton caleçon, ordonna le garde en assenant un coup de matraque dans le dos du garçon. Tu t'es foutu dans une merde pas possible, mon gars. Il faut être cinglé pour chier dans les bottes de Tan Abdullah sur son propre territoire.

Sur ces mots, il poussa violemment Aizat contre les barreaux, le saisit par les épaules et lui porta un coup de genou à l'estomac. Il surprit un éclair de rage meurtrière dans les yeux de sa victime.

— Tu aimerais bien m'en coller une, pas vrai ? ricana-t-il. Vas-y, fais-toi plaisir, si tu en as dans le pantalon. Tu vas voir la dérouillée que tu vas prendre.

Il ramassa les vêtements, tourna les talons puis referma la grille de métal.

Les cages ouvertes aux quatre vents formaient les côtés d'une cour rectangulaire. Aizat se laissa glisser contre la paroi du fond, puis, saisi d'effroi, écouta les détenus discuter et s'invectiver. Dans ce concert d'exclamations, il reconnut bientôt les voix des trois autres garçons qui avaient participé à l'opération du *Regency Plaza*.

— Est-ce que les filles se sont fait pincer ? cria-t-il.

— Aucune idée, répondit l'un de ses complices.

Quelques secondes plus tard, un gardien apparut derrière les barreaux de la cellule.

— Un mot de plus et je te bâillonne, menaça-t-il. Les prisonniers ne sont pas autorisés à communiquer.

— Ferme ta gueule ! répliqua un prisonnier.

— Oh, mais je vois que quelqu'un se croit très malin !

Deux gardiens vinrent prêter main-forte à leur collègue.

— Cellule six, dit l'un d'eux.

Aizat entendit une porte coulisser puis les trois hommes traînèrent un détenu jusqu'au milieu de la cour.

— Qu'est-ce qui vous prend ? gémit ce dernier. Je n'ai rien fait, j'étais en train de dormir.

— Tous ceux qui parleront subiront le même sort ! annonça un garde.

Le prisonnier nu fut jeté sur le sol puis frappé à coups de botte et de bâton.

— En place! ordonna l'un de ses tortionnaires.

Le détenu, qui connaissait les règles en vigueur dans la prison, savait ce qu'on attendait de lui. Il écarta les pieds, s'accroupit puis posa les mains sur la tête. Cette position délicate, qui interdisait tout relâchement, provoquait des crampes en moins de vingt minutes.

— Il restera immobile jusqu'à demain matin, expliqua le gardien en se tournant vers les cellules. Au moindre bruit, vous le rejoindrez, compris?

Les poings serrés sur les barreaux de sa cage, Aizat fut secoué d'un frisson. Il repensa aux biographies des grandes figures révolutionnaires qu'il avait dévorées avec tant d'enthousiasme. La plupart de ces héros avaient passé des années en prison. Couchées sur le papier, ces péripéties lui étaient jusqu'alors apparues comme des mésaventures, de simples embûches sur le chemin de la liberté.

Mais la réalité n'avait rien d'héroïque. Il était nu, couvert d'ecchymoses et plongé dans l'effroi le plus profond.

∴

Craignant de renforcer les soupçons de Michael Stephens, Helena préféra ne pas regagner sa chambre précipitamment. Elle demeura à sa place et fit de son mieux pour conserver le contrôle de ses nerfs. La plupart des invités estimaient que la façon dont les activistes avaient ridiculisé Tan Abdullah avait apporté un peu d'animation dans un dîner qui s'annonçait mortellement guindé, et leur avait épargné d'autres discours insipides.

En revanche, le tract ne semblait pas avoir convaincu ses lecteurs.

— C'est à chaque fois la même histoire avec les locaux, lorsqu'un nouveau complexe se développe, soupira Jennie. Je comprends qu'on puisse prendre en pitié ces pauvres gens, mais il faut bien que ces pays aillent de l'avant. Évidemment, il y a toujours un ponte local comme Abdullah pour s'en mettre plein les poches, et les plus pauvres sont laissés sur le carreau.

— Il doit bien exister un moyen de développer le tourisme sans nuire aux populations locales, fit observer Helena en tournant le tract entre ses mains.

— Sans doute, ma petite, dit Jennie en lui adressant une tape condescendante sur l'épaule. Mais j'ai passé trois ans en reportage dans les Balkans. J'ai avalé la nourriture la plus infecte et je me suis traînée dans la boue par conviction, mais mes articles n'ont strictement rien changé à la situation. Si vous voulez mon avis, vous feriez mieux de profiter de la chance qui vous est offerte, de rédiger sagement l'article qu'exige votre rédactrice en chef, et vous contenter de piquer les serviettes sans faire trop de remous.

Helena désapprouvait le cynisme de Jennie, mais elle se l'expliquait facilement à la lumière de la frustration éprouvée depuis son arrivée sur l'île.

Un vieux journaliste avec qui elle avait discuté à plusieurs reprises lors de son séjour vint lui souhaiter bonne nuit. Jugeant le moment adéquat, elle salua ses compagnons de tablée puis quitta la salle de banquet.

Redoutant d'être confrontée à un policier chargé de son arrestation ou de trouver les deux petites activistes cachées dans sa cabine de douche, elle actionna l'interrupteur puis entra dans la suite à pas de loup. Elle trouva le double de sa carte magnétique posée en évidence sur la table basse, accompagnée d'une note manuscrite :

On vous a emprunté quelques trucs. Merci !

Helena constata qu'on avait fouillé dans sa valise. Deux jeans, une veste et une paire de chaussures à talons avaient disparu. Elle était hors d'elle. Elle était soulagée que les filles soient parvenues à quitter l'hôtel, mais ses revenus étaient modestes, et elle avait longuement économisé pour s'offrir ces vêtements.

Au moins, elles avaient eu la présence d'esprit d'emporter leurs combinaisons et leurs masques, autant d'éléments matériels qui auraient pu apporter la preuve de sa complicité. Elle franchit la baie vitrée et se pencha à la rambarde que Noor et sa camarade avaient enjambée pour rejoindre la plage. Elle était convaincue que l'hôtel disposait d'un système de vidéosurveillance. Michael Stephens nourrissait de vifs soupçons à son égard, et les caméras avaient forcément capturé l'image des jeunes filles entrant dans la chambre sans effraction.

Helena devait-elle fuir le *Regency Plaza* sans plus attendre ? L'établissement était situé dans une partie isolée de Langkawi, où elle n'avait pas la moindre chance de croiser un taxi. De plus, la seule personne qui aurait pu la conduire sur le continent en bateau venait d'être appréhendée par la police.

Quel sort lui serait-il réservé si elle était arrêtée à son tour ? À quelle procédure serait-elle soumise ? Ses collègues journalistes la soutiendraient-ils ? Comment pourrait-elle contacter un avocat ? Y serait-elle seulement autorisée ? Les fonctionnaires de l'ambassade britannique se préoccuperaient-ils de son cas ?

Helena était titulaire d'un diplôme de droit, mais ses études ne lui avaient pas appris grand-chose de concret. Elle regrettait amèrement de n'avoir pu s'offrir un ordinateur portable qui, grâce à la connexion Internet de l'hôtel, lui aurait permis d'effectuer des recherches. Compte tenu de ses faibles moyens, elle avait dû se contenter de prendre des notes qu'elle comptait mettre en ordre sur son PC, dès son retour à Londres.

Elle envisagea de contacter ses parents afin de les informer de sa situation, mais elle ne se sentait pas le courage d'entendre sa mère pleurer au téléphone.

Helena se laissa tomber à plat ventre sur le lit et écouta les battements affolés de son cœur. Elle prenait enfin la mesure de sa naïveté. Comment avait-elle pu se laisser embarquer dans une telle entreprise ? Elle imaginait d'ici ses collègues journalistes riant aux mésaventures de cette Anglaise stupide et idéaliste qui s'était prise de tendresse pour une bande d'excités locaux prêts à brûler des voitures et à humilier publiquement les politiciens.

— Je suis tellement conne, gronda-t-elle avant d'enlacer un oreiller et de fondre en larmes comme une petite fille.

...

En dépit du silence de mort qui régnait désormais dans la prison, Aizat n'était pas parvenu à trouver le sommeil. À trois heures du matin, un garde frappa à l'aide de son bâton contre les barreaux de sa geôle. Sur son ordre, le jeune homme glissa les poings dans le passe-plat afin qu'on lui pose les menottes. Tandis qu'on le conduisait à l'intérieur du bâtiment, il entendit le prisonnier accroupi au centre de la cour lâcher des gémissements sourds.

Le garde le poussa dans une salle d'interrogatoire du deuxième étage. Deux policiers le jetèrent aussitôt contre un mur puis le rouèrent de coups de poing. Ils n'attendaient qu'un geste de rébellion de sa part pour faire usage de leurs matraques et de leurs bombes de gaz incapacitant.

La pièce brillamment éclairée disposait de deux chaises et d'une table sur laquelle les livres d'Aizat avaient été entassés : les œuvres de Karl Marx, de Che Guevara et d'autres penseurs d'inspiration communiste côtoyaient des recueils consacrés à la guerre urbaine et aux techniques terroristes. Une femme en uniforme était penchée au-dessus de ce butin.

— Assieds-toi, dit-elle sur un ton ferme avant de faire signe aux policiers de quitter la salle. Ne sois pas timide. Tu n'es pas le premier prévenu que je vois en petite tenue.

— Encore une de vos méthodes pour humilier les prisonniers… gronda Aizat.

La femme haussa ses larges épaules.

— Je veille sur la sécurité personnelle du gouverneur depuis dix ans. Mon rôle, c'est de m'occuper sans faire de sentiments de ceux qui lui mettent des bâtons dans les roues.

Aizat considéra les livres saisis dans son abri.

— Laissez-moi deviner. Selon vous, je suis un communiste et un terroriste. Une menace pour la sécurité de l'État. Vous avez l'intention de me jeter dans un cachot et de perdre la clé.

L'inconnue éclata de rire.

— Tu ne dois pas être bien malin, pour t'en prendre au gouverneur Abdullah dans son royaume. Tout ce que tu peux faire pour te tirer de ce mauvais pas, c'est rédiger et signer des aveux détaillés. Admets que tu es un terroriste, désigne tous les membres de ton organisation et remets-t'en au bon vouloir du juge. Tu n'as que dix-sept ans. Tu n'écoperas pas de plus de cinq années de prison, et tu peux espérer bénéficier d'une remise de peine pour bonne conduite.

Aizat secoua la tête.

— Je n'ai fait que lancer des plumes et des tracts. Ça, je veux bien l'admettre, mais jamais je ne confirmerai vos accusations mensongères.

— Prends le temps de réfléchir, sourit la femme. Si tu persistes à jouer les héros, nous nous arrangerons avec d'autres témoins. Ils jureront sous serment que tu es un terroriste et que tu cherches par tous les moyens à te procurer des explosifs. Tu prendras trente ans, et ils sortiront libres du tribunal.

Aizat désigna les ouvrages entassés sur la table.

— Ces livres ne prouvent rien, à part ma curiosité intellectuelle. En cherchant bien, vous trouverez aussi des ouvrages écrits par des penseurs de droite. Et puis, il y a aussi des œuvres de Gandhi, le chantre de la non-violence.

Dans un geste théâtral, son interlocutrice jeta plusieurs volumes sur le sol puis posa l'index sur sa tempe.

— Mets-toi bien dans la tête que tout ceci n'a *rien à voir* avec la réalité des faits. Ici, c'est le gouverneur Abdullah qui décide. Tu l'as humilié devant des centaines d'invités, les représentants de la presse et une équipe de télévision. Crois-tu vraiment qu'il nous laisserait te déférer devant un tribunal pour répondre à l'accusation de jet de plumes et t'en tirer avec trente jours de détention ? Il a l'intention de faire un exemple, de façon à décourager définitivement les petits cons dans ton genre qui se dressent contre son pouvoir.

— Je suis prêt à assumer ce que j'ai fait, répéta Aizat. Et je n'en dirai pas plus tant que je ne me serai pas entretenu avec un avocat.

La femme se pencha pour ramasser un long tube en matière plastique noire. Lorsqu'elle actionna un bouton à sa base, un éclair bleu crépita entre les deux électrodes situées à l'extrémité opposée. Elle effleura brièvement le genou d'Aizat. Pris d'un spasme incontrôlable, ce dernier bascula en avant, se cogna le menton contre la table puis roula sur le sol où il convulsa pendant quelques secondes.

— C'est une matraque électrique, expliqua sa tortionnaire. J'espère sincèrement que nous parviendrons à trouver un terrain d'entente.

Alerté par le vacarme produit par la chute d'Aizat, l'un des policiers qui l'avaient roué de coups entrouvrit la porte de la salle d'interrogatoire et glissa la tête dans l'entrebâillement.

— Tout va bien ? demanda-t-il.

— Je me porte à merveille, ricana la femme. Lui, je ne suis pas sûre.

Sur ces mots, elle posa son arme entre les omoplates d'Aizat et actionna une nouvelle fois l'interrupteur. Le garçon poussa un hurlement déchirant puis se recroquevilla sur lui-même, en position fœtale.

— Tu es certain de ne pas vouloir confesser tes péchés, mon garçon ?

— Allez vous faire foutre, sale sorcière, gémit Aizat.

Il s'attendait à recevoir une nouvelle décharge, mais la fonctionnaire qui menait l'interrogatoire s'adressa directement à ses collègues.

— Attachez-lui les mains et les chevilles, placez-le sur la table et choquez-le à la plante des pieds toutes les trois minutes jusqu'à mon retour.

Aizat, qui savait que son adversaire venait de désigner la partie du corps humain la plus riche en terminaisons nerveuses, ne se sentait pas capable d'endurer une telle torture. Il avait longtemps rêvé de se comporter en héros en de telles circonstances, mais la peur lui serrait les entrailles.

— OK, montrez-moi ce que vous voulez que je signe...

La femme lâcha un long bâillement.

— Tu as laissé passer ta chance, mon petit. J'ai besoin de dormir un moment. Je reviendrai quand je serai reposée. N'oubliez pas, chers collègues : toutes les trois minutes.

— Espèce de salope ! hurla Aizat tandis qu'elle quittait la salle d'un pas tranquille.

Les policiers chassèrent les livres de la table, l'y déposèrent à plat ventre puis attachèrent ses membres à l'aide de menottes en plastique.

— Ce n'est vraiment pas ton soir, mon pote, dit l'un d'eux avant de poser l'extrémité de la matraque électrique sur son talon.

Aizat lâcha un cri de douleur.

— Revenez ! supplia-t-il, le visage baigné de larmes.

Hilare, l'un de ses bourreaux le fit taire en lui fourrant un morceau de tissu sale au fond de la gorge.

23. Une vedette internationale

Incapable de trouver le sommeil, Helena était demeurée longtemps sous la douche sans parvenir à apaiser
son angoisse. Au sortir de la cabine, elle s'agenouilla
devant les toilettes pour y vomir tripes et boyaux. Les
yeux fermés, elle tâcha de retrouver son calme en
visualisant des images positives : son départ de l'hôtel,
son arrivée au terminal des jets privés de Biggin Hill…
Elle composa le numéro de l'aéroport de Langkawi,
servit à l'employé de permanence une histoire de grand-
père à l'agonie puis l'interrogea sur les prochains vols à
destination de Londres. Un avion rejoignait Singapore
le lendemain matin, avec correspondance rapide pour
Heathrow. Hélas, le coût du billet pris à la dernière
minute – mille quatre cent soixante livres – dépassait
largement le plafond d'encours de sa carte de crédit.
Helena envisagea d'abandonner ses bagages et de
courir le long de la côte en direction du sud. Elle
devrait parcourir une vingtaine de kilomètres avant
d'atteindre une zone plus peuplée de l'île, où elle

n'aurait aucun mal à se faire transporter par bateau jusqu'au continent.

Mais cette stratégie avait-elle un sens ? Elle lui permettrait de gagner du temps, mais n'empêcherait pas la police de l'interpeller lorsqu'elle tenterait de quitter le pays. Sa fuite en pleine nuit serait alors considérée comme un aveu de culpabilité.

Vers trois heures du matin, constatant que les agents de sécurité de l'hôtel n'avaient toujours pas déboulé dans sa suite, Helena commença à retrouver espoir. Que pouvait-on lui reprocher, après tout ? Elle avait rencontré Aizat et accidentellement fait un croche-patte à un policier, ce qui ne constituait pas un crime. Pour le reste, il n'existait aucune preuve de son implication dans l'opération menée par les activistes.

Ayant perdu tout espoir de s'endormir, elle alluma l'immense écran LCD suspendu au mur. En naviguant de chaîne en chaîne à l'aide de la télécommande, elle tomba sur un canal d'information en langue malaise. Son regard fut aussitôt attiré par les noms de Tan Abdullah et de Joe Wright-Newman qui défilaient sur un bandeau en bas de l'écran.

Une photographie de Tan Abdullah apparut dans un rectangle, au-dessus de l'épaule droite du journaliste. Quelques instants plus tard, Helena découvrit les images de l'attaque menée par Aizat et ses camarades. Le film était beaucoup plus éloquent que les scènes qu'elle avait aperçues, de sa position excentrée dans la salle de banquet. Elle éclata de rire en observant les visages horrifiés de Tan Abdullah et de ses invités de marque.

À l'issue de l'incident, le golfeur américain et le célèbre chanteur d'opéra se trouvaient dans le même état que leur hôte. Sans l'ombre d'un doute, ces extraits seraient diffusés dans les journaux télévisés du monde entier, et les journalistes ne manqueraient pas d'évoquer les motivations des militants. Helena était estomaquée par le culot et l'intelligence d'Aizat. À l'âge de dix-sept ans, il avait profité de la présence de célébrités pour planifier et exécuter une opération au retentissement international. Seules quelques secondes avaient été nécessaires pour faire connaître sa cause à l'échelon planétaire.

Hélas, il était tombé entre les mains des voyous à la solde d'Abdullah. Pour la première fois depuis l'attaque, Helena cessa de s'apitoyer sur son sort. Seul lui importait désormais celui d'Aizat et de ses compagnons.

∴

— Oh, petit *dégoûtant* ! gloussa la femme policier en pénétrant dans la salle d'interrogatoire.

Elle ôta le bâillon de la bouche de son prisonnier. Ce dernier avait reçu des chocs électriques à la plante des pieds pendant deux heures et demie. Sa vessie et ses intestins s'étaient vidés sous l'effet de spasmes incontrôlables. Il régnait dans la pièce une puanteur épouvantable, mais la tortionnaire avait l'habitude d'œuvrer dans de telles conditions.

— Alors, tu es prêt à vider ton sac ? demanda-t-elle.

Aizat pensa à tous les révolutionnaires qui avaient héroïquement résisté à la torture. Incapable de retenir ses larmes, il se sentait lâche et misérable.

— Tout ce que vous voudrez, sanglota-t-il. Mais arrêtez de me faire du mal.

— Tu as de la chance, petite ordure, siffla la femme avant de se tourner vers ses collègues. Sortez-le d'ici, passez-le au jet, procurez-lui des vêtements propres et bouclez-le en bas, dans l'une des cellules climatisées.

Les deux policiers étaient abasourdis.

— Mais vous ne voyez pas qu'il est mûr ? protesta l'un d'eux. Dans cet état, il avouerait le meurtre de sa grand-mère. Il suffirait que vous rédigiez sa déclaration et que vous la lui posiez sous le nez.

— Hélas, sa petite démonstration à l'hôtel *Regency* a fait de lui une vedette internationale. Il est passé sur toutes les chaînes. Star TV, BBC, CNN. Alors pas d'aveux forcés, et pas de jugement en comparution immédiate devant un juge local. Le monde entier a les yeux braqués sur nous. Le gouverneur exige que son cas soit traité conformément à la procédure officielle.

— Finalement, on dirait que c'est ton jour de veine, dit un policier en tranchant les liens en plastique d'Aizat. Allez, debout, mon garçon.

Aizat posa ses pieds meurtris dans la flaque d'urine qui s'était formée sous la table. En dépit de la douleur que lui causait chaque pas, il ne put s'empêcher d'esquisser un sourire.

Il n'avait pas souffert en vain. Grâce à son courage et à sa ténacité, nul ne pouvait plus ignorer le sort funeste que Tan Abdullah avait réservé à son village.

∴

Helena sélectionna le canal de CNN.

— *Le golfeur Joe Wright-Newman, numéro trois au classement mondial, a été couvert de plumes lors d'un incident survenu à l'occasion de l'inauguration d'un hôtel de luxe sur l'île malaise de Langkawi.*

Le journaliste n'évoquait pas les motivations du commando, mais Helena était soulagée de découvrir qu'elle n'était plus seule au monde, aux prises avec le gouverneur de l'île et ses fidèles forces de police.

Peu après six heures, elle reçut un appel de la réception l'informant qu'un message et un colis l'attendaient dans le hall d'accueil. L'employé insista pour qu'elle se présente en personne, munie d'une pièce d'identité.

Tout cela sentait le coup monté, mais elle se rassura en se disant que la police, si elle souhaitait procéder à son arrestation, n'avait qu'à enfoncer la porte de sa suite. Elle enfila un short et une chemisette de golf, chaussa ses baskets puis gagna le rez-de-chaussée. Le réceptionniste l'invita à descendre les marches menant au parking de l'hôtel.

Le livreur portait l'uniforme d'une compagnie de transport de fret international. Un paquet rectangulaire était posé entre ses pieds. Après avoir examiné le passeport d'Helena, il lui tendit un carnet à souches.

— C'est quoi, cet imprimé ? demanda-t-elle.

— Déclaration destinée aux douanes, expliqua l'homme. Obligatoire pour toute importation.

Helena hocha la tête puis commença à remplir le document. Elle y inscrivit son nom, son numéro de passeport, son adresse au Royaume-Uni puis apposa sa signature dans la case indiquant qu'elle avait reçu le colis en parfait état. Enfin, elle signa à nouveau l'écran LCD du dispositif portable que lui tendait le livreur.

Ce dernier lui remit le mystérieux paquet.

— Je vous souhaite une excellente journée, dit-il avant de remonter à bord de son véhicule.

Helena posa le carton sur un muret et ôta le ruban adhésif. Elle en écarta les rabats et y découvrit avec stupeur ses chaussures à talons et son jean Diesel. Les premières étaient maculées de boue, le second déchiré au niveau de la poche arrière.

Saisie de panique, elle regarda fébrilement autour d'elle. Les lieux déserts évoquaient à ses yeux ces films d'action où l'héroïne détentrice d'un secret d'État se trouve aux prises avec un tueur professionnel ou une voiture lancée à pleine vitesse.

Elle regagna le premier étage d'un pas nerveux et trouva la porte de sa suite ouverte. Une femme de chambre était en train de faire ses bagages. Michael

Stephens était planté bras croisés au milieu de la chambre.

— Vous n'avez pas le droit, protesta-t-elle. Ce sont mes affaires personnelles !

— Miss Bayliss, dit Michael d'une voix parfaitement calme en se tournant vers le balcon. Je vous présente Mr Singh, des services d'immigration malaisiens.

Mr Singh, un individu filiforme aux manières efféminées, jeta sa cigarette par-dessus le balcon et franchit la baie vitrée.

— Asseyez-vous, je vous en prie, dit-il en posant une mallette en plastique sur la table basse.

Helena se laissa tomber dans un fauteuil.

— Reconnaissez-vous votre écriture ? demanda Singh en lui présentant une feuille de papier.

C'était une photocopie des documents accompagnant les ouvrages qu'elle avait adressés à Aizat, quelques semaines plus tôt.

Elle hocha la tête.

— Oui, c'est bien mon écriture. Est-il illégal d'envoyer des livres, dans ce pays ?

— Non, sauf s'il s'agit de publications prohibées ou à caractère pornographique. Nous ne pouvons pas prouver la nature exacte de ce qui se trouvait dans ce paquet. Mais dans les documents que vous avez remplis pour obtenir votre visa de travail, vous avez prétendu entreprendre ce voyage en tant que journaliste spécialisée dans le tourisme. Vous n'avez pas fait état de vos liens avec Mr Aizat Rakyat, ni précisé que vous aviez l'intention de le rencontrer pour discuter de ses activités politiques.

Helena se raidit.

— Mes relations avec Aizat sont d'ordre professionnel. Je n'ai fait que mon travail de journaliste.

Singh secoua la tête.

— Malheureusement, votre visa ne vous permettait pas d'enquêter sur la politique malaisienne. Je suis donc contraint de l'annuler. Vous allez être escortée jusqu'à l'aéroport, puis vous embarquerez dans le premier avion à destination du Royaume-Uni. Auriez-vous l'obligeance de me remettre votre passeport ?

Helena avait passé la nuit à chercher un moyen de quitter Langkawi, mais elle se sentait profondément humiliée d'être chassée de Malaisie comme une vulgaire criminelle.

— Ai-je un moyen de faire appel ?

— Bien entendu, soupira Singh. Si vous souhaitez entamer cette procédure, vous serez conduite au centre de rétention administrative de Kuala Lumpur. Les autorités statueront dans six à dix semaines.

— Cet établissement n'est pas aussi confortable que le *Regency Plaza*, ricana Michael Stephens. Et si vous persistez dans votre entêtement, je pourrais être amené à remettre à la police certaines images *fort instructives* capturées par nos caméras de surveillance.

Helena remit de mauvaise grâce son passeport à Mr Singh. Ce dernier sortit un énorme tampon encreur qu'il appliqua sur la page où figurait le visa :

un X écarlate surmonté de l'inscription <u>EXPULSION DÉFINITIVE</u> DU TERRITOIRE MALAISIEN POUR VIOLATION DES RÈGLES DE SÉJOUR.

Le fonctionnaire semblait prendre un vif plaisir à manier son tampon. Par vengeance, il renouvela la manœuvre une page sur deux, s'assurant ainsi qu'Helena serait contrainte de déclarer la perte de son passeport et d'en demander le remplacement afin de ne pas subir les tracasseries des douaniers de tous les pays qu'elle serait amenée à visiter.

— Votre avion décolle à dix heures, dit-il en consultant sa montre. Mr Stephens s'occupera de votre transport jusqu'à l'aéroport. Si vous n'empruntez pas ce vol, vous ne serez pas autorisée à regagner la Grande-Bretagne avant d'avoir effectué un séjour au centre de rétention. Me suis-je bien fait comprendre ?

— Parfaitement, dit Helena.

Singh lui restitua son passeport puis lui adressa un ultime sourire.

— Je vous souhaite bon voyage, Miss Bayliss, dit-il avant de quitter la suite.

Helena poussa un profond soupir.

Michael Stephens la considéra d'un œil méprisant pendant plusieurs secondes.

— Pauvre petite *idiote*, lâcha-t-il. Je veillerai personnellement à ce vous ne travailliez plus jamais dans le journalisme touristique.

Mai 2009

24. Aizat au pouvoir !

— J'ignorais tout de cette affaire, dit James en sélectionnant l'onglet *YouTube* sur son ordinateur portable. Pourquoi ne m'en as-tu jamais parlé ?

— Je devais rester discret, expliqua Kyle. J'avais foiré une mission dans les Caraïbes, parce que je m'étais fait pincer par les flics en train de fumer de l'herbe. Le comité d'éthique m'avait fait une fleur, mais si un membre du personnel du campus avait appris que j'étais en contact avec Bad Trips et que j'aidais Aizat, j'aurais été foutu à la porte de CHERUB pour de bon.

James afficha une mine boudeuse.

— Mais *moi*, tu aurais dû me faire confiance.

Kyle éclata de rire.

— C'est ça, prends-moi pour un con ! Personne ne sait garder un secret, sur le campus. Tu te rappelles de la fois où tu as fait des folies de ton corps avec cette Lois[1], à Luton ? Seuls Bruce et Dana étaient censés être

---

1. Lire *Mad Dogs*, CHERUB mission 8.

au courant, mais tes aventures dans la baignoire ont fait le tour de l'organisation en quelques semaines.

— Oui, tu n'as pas tort, admit James, mais personne ne m'a jamais balancé au personnel. Même maintenant, Meryl et Zara ne sont pas au courant. Bon, qu'est-ce que je tape ?

Kyle se pencha vers l'ordinateur et haussa les épaules.

— Essaye *Wright Newman plumes*.

En moins de deux secondes les résultats de la recherche s'affichèrent à l'écran.

James sélectionna la première proposition. Il regarda Aizat couvrir Tan Abdullah de plumes puis tenter d'échapper aux policiers lancés à ses trousses. L'extrait, visionné plus de deux cent cinquante mille fois, avait suscité de nombreux commentaires.

Libérez Aizat et Abdul !

Aizat au pouvoir !

Du goudron et des plumes ! Tan Abdullah est un fils de pute.

Visitez le site officiel de Bad Trips et signez la pétition en ligne.

Mais toutes les réactions n'étaient pas aussi positives.

Tan a apporté du boulot et de l'argent aux habitants de Langkawi, et son fils a repris le flambeau. Avant eux, cette île n'était RIEN !

Aizat est un connard. Ils devraient le pendre.

Ces mecs n'ont rien dans le froc. Ils auraient mieux fait d'y aller au Glock 9 mm !

— Qu'est-ce qui s'est passé après l'expulsion d'Helena ? demanda James.

— L'opération a retenu l'attention de la presse, mais la situation d'Aizat est toujours aussi compliquée. Grâce à son avocat, il a passé un accord avec les autorités. La police a abandonné les charges de terrorisme. En échange, il n'a pas porté plainte pour actes de torture. Cependant, il a écopé d'une peine de cinq ans. Abdul et les autres garçons ont pris trois ans, Noor et sa copine dix-huit mois avec sursis.

— Alors ils sont tous sortis, sauf Aizat ?

— Exactement, mais il sera bientôt libéré.

— Et quelle est la situation des réfugiés ?

— Lorsque Tan est devenu ministre du Tourisme, il a fait voter une loi protégeant les derniers villages traditionnels malais afin de redorer son image. En vérité, cette législation est à son avantage, puisqu'elle a privé ses concurrents de l'industrie hôtelière de toute opportunité de s'implanter sur les côtes malaises.

— Quel escroc... soupira James.

— Il est aujourd'hui ministre de la Défense. Et tu vas être chargé de veiller sur sa femme et ses enfants pendant qu'il finalise l'achat de canons et de chars d'assaut britanniques.

— Et Helena ?

— Figure-toi que Joe Wright-Newman est un type formidable. Après l'incident, il s'est intéressé de près au sort des réfugiés. Il a versé trois cent mille dollars afin que Bad Trips puisse s'établir dans des locaux dignes de ce nom et s'implanter aux États-Unis. Depuis, il continue à collecter des dons à l'occasion des tournois auxquels il participe, et il a fondé sa propre organisation pour développer une pratique du golf durable et équitable.

— Un peu fumeux, comme concept, fit observer James.

— Pas tant que ça. Pour construire un golf, il est nécessaire de déboiser un terrain immense puis d'utiliser des tonnes d'eau et de fertilisant pour faire pousser le gazon. Les parcours conçus par Joe sont respectueux de la nature. L'un d'eux se trouve sur le site d'une ancienne mine de charbon, l'autre à l'emplacement d'une usine de construction automobile désaffectée. Les greens sont irrigués à l'aide d'eau de pluie. Ils sont desservis par des transports publics, et les enfants des classes sociales défavorisées sont admis en priorité. Enfin, dans la limite du raisonnable : je ne pense pas qu'ils iraient jusqu'à t'accepter, il ne faut rien exagérer…

— Mais tu es à mourir de rire, Kyle ! répliqua James sur un ton grinçant.

— Helena est maintenant responsable de Bad Trips. Ils ont quitté leurs petits locaux de Camden pour un bureau quatre fois plus grand. Oh, et tu ne connais pas la meilleure ? Elle a un gamin de trois ans, Aizat Jr, né neuf mois après son retour de Malaisie, et j'en suis le parrain. Inutile de te préciser qui est le père…

— Tu… tu as un filleul ? bredouilla James avant d'éclater de rire. Mais tu es vraiment le pire faux-cul de l'univers ! Comment as-tu pu me cacher un truc aussi important pendant des années ? Ceci étant dit, Aizat est mon héros : il est intelligent, il s'envoie en l'air avec des nanas expérimentées *et* il est fan d'Arsenal.

— James ! appela Kerry depuis la salle de bains.

— Qu'est-ce qu'il y a ? demanda James en passant la tête dans l'entrebâillement de la porte.

Sa petite amie était toujours étendue dans la baignoire.

— Tu es toute fripée, gloussa-t-il. On dirait un vieux pruneau.

— Arrête de te moquer de moi… Pourrais-tu aller chercher mon peignoir et une serviette dans ma chambre ?

— Mais j'ai *plein* de serviettes. Tu n'as qu'à te servir.

— Tu ne les laves jamais. La dernière fois, je me suis retrouvée couverte de poils de barbe.

Kyle, qui écoutait la conversation de ses amis, lâcha un éclat de rire.

— Bon, je me dévoue, dit-il avant de quitter la pièce et de se diriger vers la chambre de Kerry, distante de deux portes.

Une fois de retour, il déposa le linge de bain sur le lit.

— J'ai aussi pris tes chaussons, dit-il.

— Oh, t'es trop mignon ! gloussa Kerry.

— Ouais, facile, maugréa James. Ce n'est pas lui qui va devoir sortir tes grosses fesses de la baignoire.

— Je ne suis pas grosse ! protesta Kerry.

Constatant qu'elle était incapable de se tenir debout, James la saisit par la taille et la hissa sur son dos.

— Kyle, soulève la couette.

Il franchit la porte jambes fléchies puis jeta Kerry sur le lit. Lorsque Kyle eut remis la couette en place, elle glissa la tête sous les oreillers.

— Je me sens tellement mal, gémit-elle. Je ne toucherai plus jamais à un verre d'alcool de ma vie.

James déposa sa corbeille à papier près de la table de chevet.

— Tu n'as pas intérêt à saloper mes draps, dit-il. En cas d'urgence, par pitié, vise là-dedans.

Kerry ne répondit pas. James se pencha pour examiner son visage.

— Elle s'est endormie comme une masse, sourit-il. Et vu que je suis un vrai gentleman, je n'ai qu'un *tout petit peu* envie de profiter de la situation pour prendre des photos compromettantes.

Kyle désigna l'ordre de mission de James.

— J'ai conscience que ce n'est pas légal, mais accepterais-tu que j'en parle à Helena ? Elle sait sans doute que Tan Abdullah vient en visite officielle à Londres,

mais elle ne peut pas connaître le planning et les iti-
néraires qui figurent dans ce dossier.

— Pas de problème, fais comme chez toi. De toute
façon, j'ai l'intention de refuser cette mission. Il est
hors de question que je protège une telle ordure. J'en
toucherai deux mots à Lauren, et je suis certain qu'elle
se rangera à mon avis.

— Mais c'est probablement la dernière proposition
de ta carrière, fit observer Kyle. Je ne voudrais pas que
tu penses que je t'interdis de l'accepter. Tout ce que
je veux, c'est que tu m'autorises à consulter ce dossier
et à prendre des notes.

James secoua la tête.

— Je sais bien que rien n'est jamais tout blanc ou
tout noir, mais nous sommes censés être du côté des
bons. Je n'ai pas suivi un tel entraînement pour servir de larbin à ce fumier. Qu'il aille se faire foutre.
Pour être franc, je suis plutôt tenté de te suivre, de
me joindre aux militants de Bad Trips et de participer
à la manifestation…

25. Reconversion

Depuis qu'elle avait été promue à la tête de son service, Meryl Spencer disposait d'une assistante à plein temps et d'un bureau situé au rez-de-chaussée du bâtiment principal, non loin de celui de la directrice.

— Tu as fait du chemin, sourit James en considérant la machine à café chromée et les sièges pivotants en plastique orange. Ça doit te changer de ton placard du sixième étage.

— Je jubile, répondit Meryl. D'ici, je ne vous entends plus courir et hurler dans les couloirs, et je peux enfin me concentrer sur mon travail.

James se dirigea vers le bureau, mais elle désigna le sofa et la table où étaient empilés d'épais dossiers de présentation édités par les plus grandes universités du monde entier.

— Pour une fois que je ne te reçois pas pour t'infliger une punition, installons-nous plutôt ici. Veux-tu du thé ou du café ?

— Non merci, ça ira.

Meryl saisit un classeur orné d'une étiquette portant l'inscription *James Adams – Programme de reconversion*.

— Vu que la mission Vandales a duré plus longtemps que prévu, nous n'avons pas eu beaucoup de temps pour évoquer ton avenir. Ce n'est pas bien grave, mais le moment est venu de prendre des décisions.

— D'accord. Alors si je voulais, par exemple, commencer la fac en octobre, il ne serait pas trop tard pour m'inscrire ?

— Certaines personnes sont très organisées. Prenons l'exemple de Kyle. Lorsque je l'ai reçu, il était décidé à suivre des études de droit, et il avait déjà choisi sa faculté. Nous avons fusionné ses résultats et rédigé un dossier de candidature.

— Fusionné ? répéta James.

— Oh, excuse-moi. Je pensais que tu étais au courant. Au cours des dernières années, tu as passé des épreuves du bac, en fonction du temps libre dont tu disposais entre les missions. À ton départ, nous transmettrons ces résultats au ministère de l'Éducation en changeant les dates, de façon à laisser croire que tu as passé tous ces examens la même année, comme un élève normal.

— Je suppose que je ne dois pas espérer que tu gonfles un peu mes notes ?

— Tu dois être le centième agent à me poser la question, soupira Meryl. Et la réponse est toujours non. Crois-tu vraiment que vous feriez le moindre effort, si nous trafiquions les résultats à votre bénéfice ? Mais tu n'as pas à t'inquiéter, avec ta bosse des maths. Peux-tu me rappeler tes notes ?

— B en espagnol, A en Russe, en maths, en bio et en stats.

— Un B et quatre A. Tu imagines un peu les résultats que tu aurais obtenus, si tu t'étais donné un peu de mal ?

James éclata de rire.

— Qu'est-ce que tu veux, je suis un petit génie.

— Et si ta tête continue à gonfler, tu ne pourras plus passer par la porte. Alors, premier point : as-tu pensé à ta nouvelle identité ?

— Je crois que je vais conserver le nom de ma mère. Choke. Et inverser mes deux prénoms. Robert James Choke.

— Parfait, dit Meryl en inscrivant ces informations sur le dossier. Deuxième point : as-tu réfléchi à la possibilité de revoir ton père ?

— C'est une question qui me travaille, répondit James, un peu tendu, en passant une main dans ses cheveux. J'ai lu la lettre qu'il a envoyée à notre ancienne adresse. Visiblement, c'est un type bien, mais...

— Je ne te demande pas de prendre ta décision immédiatement. Mais cet élément fait partie intégrante de ta nouvelle identité. Robert Choke aura-t-il un père, ou pas ? Si tu le souhaites, je te prendrai rendez-vous avec l'un de nos psychologues.

— Non, j'ai déjà discuté de ce point avec Lauren et Kerry. Un jour ou l'autre, je pense que j'aurai besoin de me retourner vers mon passé et de le rencontrer. Dans deux mois, deux ans, ou vingt ans, quand mes enfants me poseront des questions sur leurs grands-parents. Mais ce n'est pas facile de quitter CHERUB, de recommencer ma vie à zéro. Je n'ai peut-être pas besoin de complications supplémentaires, comme un père, une belle-mère et une petite sœur que je n'ai jamais vus. Tu imagines si ce mec décide de se la jouer autoritaire, de me faire la leçon et d'essayer de me dicter mes choix ?

— Je comprends, sourit Meryl. C'est une décision posée. Tu ne te précipites pas, mais tu laisses les portes ouvertes, au cas où. Troisième point : il nous faut maintenant parler d'argent. Ta mère vous a laissé un héritage non négligeable. Elle était propriétaire de votre appartement de Tufnell Park et d'une maison héritée de ta grand-mère. À sa mort, les deux crédits ont été soldés grâce aux contrats d'assurance-vie qu'elle avait souscrits. Elle possédait deux comptes bancaires à l'étranger, des bijoux et de l'argent liquide déposés dans trois coffres. L'ensemble de ces avoirs a été converti en actions. Ils s'élèvent aujourd'hui à six cent quatre-vingt mille livres, à partager entre Lauren et toi.

— Pas mal, sourit James.

— Tu recevras également ton salaire d'agent, qui équivaut au traitement de base d'un membre de l'Intelligence Service, pour la période s'écoulant du jour où tu as reçu ton accréditation d'agent opérationnel à la date de ton dix-huitième anniversaire, soit dix-huit mille livres annuelles, de janvier 2004 à octobre 2009.

Meryl pianota sur une calculette.

— Soixante-dix mois à mille cinq cent cinquante livres...

— Cent huit mille cinq cents, interrompit James.

— Ça me sidère que tu sois capable de faire ça, gloussa Meryl. Donc, au total, tu recevras environ quatre cent cinquante mille livres.

— Formidable, sourit James. De quoi m'offrir deux Ferrari et claquer le reste en escort girls et en cocaïne.

Meryl, qui appréciait peu cette plaisanterie, se raidit puis s'éclaircit la gorge.

— Cet argent sera à toi le jour de ta majorité, et je ne pourrai rien faire pour t'empêcher de le jeter par les fenêtres, mais je vais *quand même* te prendre rendez-vous avec un conseiller financier. Il te suggérera quelques placements sûrs, de façon à ce que tu puisses recevoir une rente correcte pendant toute la durée de tes études. Ensuite, tu pourras investir dans une maison ou un appartement, ou monter ta propre société. Si tu es raisonnable, cette petite fortune te permettra de vivre à l'abri du besoin pour le restant de tes jours. Près d'un demi-million de livres, ça peut paraître énorme, mais si tu dépenses cet argent, tu n'auras plus personne vers qui te retourner.

James retrouva son sérieux.

— En fait, je me paierai peut-être une moto, mais ce sera ma seule folie.

— Super. J'étais un peu tendue à la perspective de cette réunion. Je suis soulagée de te voir si raisonnable.

James lui adressa un sourire coupable.

— Pour être tout à fait franc, je me suis fait sermonner par Kerry, Kyle et Lauren. Ça fait des mois qu'ils me prennent la tête à ce sujet.

— Un bon point pour eux, dit Meryl en posant une main sur la pile de documents universitaires. Maintenant que nous avons réglé les problèmes de l'argent, de ta nouvelle identité, de ton père et de tes finances, il nous reste à aborder le sujet le plus important : où vas-tu faire tes études ?

— À Stanford, en Californie. Le campus est génial et il fait beau toute l'année. Selon le conseiller de Chicago avec qui j'ai parlé pendant une heure au téléphone, l'université est classée quatrième du pays, le département de mathématiques est l'un des meilleurs au monde, et quatre-vingt-dix-neuf pour cent des étudiants résident sur place. Du coup, je n'aurai aucun mal à me faire de nouveaux amis.

— Tu es absolument certain de vouloir vivre aux États-Unis ?

James hocha la tête.

— Au moins quelques années. Et John Jones m'y encourage fortement. Vu le temps que j'ai passé en infiltration chez les Vandales, j'ai rencontré pas mal de monde. Si je reste au Royaume-Uni, un de ces jours, je risque de tomber nez à nez avec un Vengeful Bastard armé d'une machette.

— Oui, j'en ai discuté avec John, dit Meryl, et nous estimons tous les deux qu'il vaudrait mieux que tu te fasses oublier tant que la guerre des bikers ne sera pas terminée. Mais je te préviens, il faudra que tu t'accroches pour réussir à Stanford. Nous n'aurons pas de difficultés à t'y faire admettre, mais nous ne pourrons rien pour toi si tu échoues aux examens.

— Tant que j'en reste aux mathématiques et à la physique, je crois que je m'en sortirai. Ce n'est que quand on me demande de lire des bouquins et de rédiger de longues compositions que mon cerveau se bloque.

Meryl se dirigea vers le bureau, pianota sur le clavier de l'ordinateur et étudia un document Excel.

— Deux anciens agents de CHERUB ont étudié à Stanford au cours des dix dernières années. Leur admission a été obtenue rapidement grâce au service de relocalisation de la CIA. Compte tenu des problèmes de sécurité causés par ta participation à l'opération Vandales, à titre de compensation, CHERUB prendra en charge tes frais de scolarité et tes dépenses quotidiennes tant que tu resteras étudiant à plein temps.

— Le conseiller m'a dit que je pouvais opter pour la citoyenneté américaine.

— Pour le moment, je suggère que tu restes britannique. Plus tard, si tu souhaites changer de nationalité, nous effectuerons toutes les démarches et te fournirons un nouveau passeport.

— Super.

— Avant que nous ne prenions une décision définitive, je voudrais être sûre que tu mesures toutes les implications de ton choix. Tu ne pourras plus débarquer au campus pour rendre visite à Lauren ou passer le week-end avec Kyle. Et j'avais cru comprendre que ta relation avec Kerry était sérieuse…

— Le système universitaire américain est plus souple que le nôtre, expliqua James. Je peux effectuer une première année puis prendre une pause. Comme ça, quand Kerry quittera CHERUB, elle pourra me rejoindre, à moins qu'elle ne préfère que nous partions en voyage. Il y a d'excellentes facs aux environs de Stanford. Elle pourra étudier à Berkeley ou à USC, et on restera proches l'un de l'autre.

— Aimerais-tu visiter ton prochain campus avant de te décider ? demanda Meryl. Dans ce cas, il ne faudra pas trop tarder. Même le service de relocalisation de la CIA devra suivre une procédure pour obtenir ton inscription et ton visa d'étudiant.

— D'accord. Le conseiller m'a dit que la direction de Stanford organisait des visites guidées.

— Je vais réserver ton billet d'avion. Dans une quinzaine de jours, ça te convient ? Et je pense que Kerry devrait t'accompagner, si tu envisages vraiment de lui demander de te rejoindre.

Heureux de pouvoir visiter la Californie en compagnie de sa petite amie, James adressa à Meryl un sourire radieux.

— Même si ça ne m'enchante pas, dit-elle, je dois te poser une dernière question : penses-tu sincèrement que ta relation avec Kerry résistera à une année passée de l'autre côté de l'Atlantique ?

James haussa les épaules puis observa quelques secondes de silence.

— On a souvent vécu éloignés l'un de l'autre, à cause des missions, et ce n'était pas insurmontable. Mais, je reste réaliste… Je veux dire… on est jeunes. On a déjà rompu plusieurs fois. J'espère *vraiment* que ça va marcher entre nous et qu'on vivra ensemble en Californie. Mais les choses peuvent changer d'ici là…

Meryl lâcha un rire discret et revint s'asseoir dans le sofa.

— *Beaucoup* de choses peuvent changer ! insista-t-elle. Allez, lève-toi et embrassons-nous.

James était stupéfait. En cinq années, en dépit du dévouement dont elle avait toujours fait preuve dans son travail auprès des agents, il ne l'avait jamais vue manifester la moindre affection à leur égard.

— Mais approche, à la fin ! ordonna-t-elle, en écartant ses bras musculeux.

Elle enlaça James, le serra de toutes ses forces contre son torse puis lui donna une vigoureuse claque dans le dos. Seule une ancienne championne olympique de plus d'un mètre quatre-vingt-onze pouvait se permettre de dorloter un colosse de dix-sept ans.

— Je sais qu'il m'est arrivé d'être un peu dure avec toi, car il fallait bien te remettre dans le droit chemin de temps à autre. Mais je suis *très fière* de ce que tu es devenu et de la façon dont tu envisages ton avenir. Tu es un garçon formidable, James, et tu vas beaucoup me manquer.

Ce dernier sentit les larmes lui monter aux yeux.

— Je ne savais pas que vous teniez à moi… lâcha-t-il d'une voix étranglée.

— Mais bien sûr que je tiens à toi, espèce d'andouille, répliqua Meryl. Vous me tapez sur le système, mais au fond, vous êtes tous un peu mes bébés. À part Jake Parker, évidemment…

26. Shopping

James pénétra dans le réfectoire en chantonnant *Going to California* de Led Zeppelin. C'était l'heure de la pause de la matinée. Une foule de jeunes agents se pressaient dans la file d'attente, devant le comptoir proposant boissons chaudes et sandwiches au bacon. Il se dirigea tout droit vers la table placée près de la fenêtre où se restauraient Rat et Lauren.

— Tu as l'air drôlement content, fit observer cette dernière.

— Je n'ai pas à me plaindre, répondit James. Où étiez-vous hier ? Je vous ai cherchés partout.

— On a fait une longue balade avec un groupe d'invités. Il a fait un temps splendide. On a déjeuné dans un pub paumé en pleine campagne.

— J'ai de ces ampoules, se plaignit Rat.

Lauren lui lança un regard noir.

— Mais tu disais que ça t'avait plu !

— Ouais, c'était sympa, lâcha le garçon, sans grande conviction.

— Ça fait *tellement* longtemps que vous êtes ensemble, tous les deux, ricana James. Vous vous chamaillez comme un vieux couple. Je sors à l'instant de ma réunion avec Meryl.

— Et à voir ta tête, ça s'est plutôt bien passé, dit Lauren.

— Je pars en Californie pour visiter l'université de Stanford. Et on a fait le point sur ma situation financière. Je vais recevoir quatre cent cinquante mille livres. Toi, tu auras encore plus, vu que tu as passé le programme d'entraînement à dix ans.

Rat baissa les yeux et contempla ses ongles d'un air détaché.

— Il n'y a vraiment pas de quoi s'exciter, gloussa-t-il. L'ASIS[2] a découvert que plusieurs œuvres de mon père étaient déclarées à mon nom. Le Picasso a été vendu quatre millions et demi de livres, mais il y avait aussi un tableau de Jackson Pollock et deux Warhol. Tout ça est parti pour huit millions et demi, si j'ai bonne mémoire…

— Espèce de petit salopard, sourit James.

Lauren hocha la tête.

— C'est pour ça que je sors avec lui. Je compte l'épouser le jour de son dix-huitième anniversaire, divorcer le lendemain et exiger la moitié de sa fortune.

---

2. *Autralian Secret Intelligence Service*, service de renseignement australien (NdT).

— Bon, je ne roule peut-être pas sur l'or, dit James, mais au moins, je n'aurai pas à me soucier du financement de mes études et je pourrai payer ma première bagnole cash.

— Je me sens un peu coupable par rapport à Bruce et Kyle, dit Lauren. Leurs parents ne leur ont pas laissé grand-chose.

— Kyle ne s'en sort pas si mal, tu peux me croire. Comme sa famille n'avait pas un sou, le fonds Max Weaver lui a versé une bourse exceptionnelle. Je me rappelle l'époque où je créchais au Zoo de Luton[3]. À l'âge de dix-sept ans, les résidents recevaient un logement social, une allocation de solidarité et une aide de trois cents livres pour se payer quelques meubles.

— CHERUB est bien obligé de nous dorloter après notre départ, fit observer Rat. Sinon, n'importe quel ex-agent fauché pourrait écrire un bouquin sur l'organisation, prendre des photos du campus lors d'une réunion d'anciens et les vendre à un magazine.

— À propos de Kyle, dit James, le regard sombre, en se tournant vers Lauren, tu as reçu son message concernant Tan Abdullah ?

Lauren semblait décontenancée.

— J'y ai jeté un bref coup d'œil hier soir, en rentrant de la promenade.

— Mais tu vois le topo, en gros ?

Lauren hocha la tête.

---

3. Lire *Mad Dogs*, CHERUB mission 8.

— Je vais aller trouver Ewart Asker après la pause pour discuter de la mission, poursuivit James. Je pense que tu devrais m'accompagner pour lui annoncer qu'on ne veut pas y prendre part. J'expliquerai la situation à Kevin, si je le croise avant la réunion.

— À vrai dire, je n'ai pas l'intention de refuser la mission, lâcha Lauren.

— Pardon ? s'étrangla James.

— Tu oublies que nous ne sommes pas dans la même position. Toi, tu vas bientôt quitter CHERUB, alors personne ne t'en tiendra rigueur. Moi, si je laisse tomber Ewart moins d'une semaine avant le début de l'opération, ça figurera dans mes états de service et ça me poursuivra jusqu'à la fin de ma carrière.

— Mais non, tu te trompes. Ton dossier est l'un des meilleurs du campus. S'ils ont besoin d'un agent expérimenté correspondant à ton profil, ils ne vont pas se passer de tes services sous prétexte que tu as refusé de participer à une banale opération de protection.

— La vérité, c'est qu'elle meurt d'envie de faire du shopping, gloussa Rat.

Lauren lui flanqua un coup de coude dans les côtes.

— Quel rapport entre la mission et le shopping ? s'étonna James.

— Elle ne parle que de ça depuis des semaines, expliqua Rat. Tan Abdullah est milliardaire et sa dernière femme est top-modèle. Il paraît qu'ils dépensent des fortunes dans les boutiques de luxe.

— Aaah, d'accord, tout s'explique !

Contrairement à ses amies, Lauren n'avait jamais été très portée sur le maquillage et les vêtements, mais comme elles, elle éprouvait une véritable fascination pour le shopping.

— La femme d'Abdullah se nomme June Ling, dit-elle, oscillant entre la gêne et l'enthousiasme. J'ai lu plein d'articles sur elle dans les magazines people. Elle est foutue de claquer soixante mille livres en robes en une seule visite chez *Harvey Nichols*. Il paraît qu'un jour, quand les enfants de Tan étaient petits, elle leur a acheté pour dix-huit mille livres de jouets chez *Hamleys*.

Tandis que James secouait la tête avec consternation, Andy Lagan, le meilleur ami de Rat, posa sur la table deux sandwiches au bacon et un gobelet de chocolat chaud où flottaient des marshmallows multicolores.

— Lauren, tu n'es pas encore en train de parler de cette virée shopping ? soupira-t-il en adressant à ses amis un regard entendu. Hier, en cours de maths, elle, Bethany et Tiffany n'ont pas arrêté de jacasser à ce sujet.

— Vous êtes jaloux, c'est tout ! piailla Lauren.

James frappa du poing sur la table puis repoussa sa chaise en arrière.

— Je n'arrive pas à le croire ! gronda-t-il en fusillant sa sœur du regard. Toi, la donneuse de leçons, toi la végétarienne, toi la protectrice des animaux, toi qui n'acceptes que des produits équitables pour ton anniversaire ! Apparemment, tu ne te soucies pas trop que des innocents soient torturés et chassés de leurs maisons, quand il s'agit de traîner dans les boutiques de luxe avec un top-modèle chinois.

— James, une journée de shopping ne changera rien au sort de ces pauvres gens, répliqua Lauren.

— Au moins, fais-le pour Kyle. Il a risqué sa carrière pour toi lorsque Mr Large te menaçait.

— Je suis chargée de veiller sur deux gamins, de faire une tournée des boutiques et de passer la nuit dans un palace. Si Kyle y voit quelque chose à redire, je promets de trouver un autre moyen de lui faire plaisir.

— Tu ne la feras jamais changer d'avis, James, expliqua calmement Rat. Elle en rêve la nuit, c'est une véritable obsession.

Lauren se dressa d'un bond.

— J'ai entraînement de natation dans dix minutes annonça-t-elle avant de se tourner vers son petit ami. Et *toi*, il me semble que tu pourrais me soutenir davantage !

Sur ces mots, elle épaula son sac de sport, tourna les talons et quitta la salle d'un pas nerveux. Les garçons échangèrent un regard consterné.

— Désolé, Rat, dit James. Je ne voulais pas te causer d'ennuis.

— Aucune importance. J'ai l'habitude.

James constata qu'Andy grignotait sans grand appétit.

— Tu ne veux pas de ton deuxième sandwich ?

— Prends-le si tu veux, je n'ai plus faim, répondit son camarade d'une voix lasse, comme si toute la misère du monde pesait sur ses épaules.

— Eh, tout va bien ?

Andy hocha mollement la tête.

— Il est comme ça depuis que Bethany l'a plaqué, à son retour de mission, expliqua Rat. On pense qu'elle sort avec Bruce, maintenant. Je suis passé près de sa chambre, l'autre jour, et j'ai reconnu leurs voix. On envisage d'y placer une caméra miniaturisée et de poster la vidéo sur YouTube.

James éclata de rire. Cette idée l'amusait follement mais, s'il détestait Bethany de tout son cœur, Bruce restait l'un de ses amis les plus proches.

— Tu n'es pas sérieux, j'espère ? Je vous signale qu'ils seraient tous les deux virés de CHERUB.

— Bien sûr que je ne suis pas sérieux, gloussa Rat. Tu imagines un peu si Bruce découvrait ça ? Mon espérance de vie tomberait instantanément à quatre virgule sept millisecondes.

∴

James restait déterminé à dissuader CHERUB de se mettre au service de Tan Abdullah, au risque de se fâcher avec sa sœur. Le centre de contrôle des missions était l'un des bâtiments les plus récents du campus, mais le toit de verre et d'acier avait une fois de plus démontré son défaut d'étanchéité au cours de l'hiver.

Les murs étaient maculés de taches d'humidité, et une désagréable odeur de moisissure flottait dans les airs.

Le contrôleur de mission en chef Ewart Asker semblait épuisé. Une montagne de documents administratifs s'élevait sur son bureau. Avachi devant son ordinateur, il jonglait nerveusement avec un crayon.

— Ce PC rame à mort, grogna-t-il avant de se lever. Qu'est-ce que je peux faire pour toi, James ?

Ce dernier examinait avec perplexité un poteau métallique piqué de rouille.

— Quand est-ce que vous comptez faire quelque chose contre ces fuites ?

— Ne m'en parle pas, répondit Ewart en se laissant tomber dans son fauteuil. C'est un cauchemar. Plusieurs sociétés sont capables d'effectuer les réparations, mais devine combien d'entre elles disposent de l'accréditation pour travailler sur le campus ?

— Aucune, je suppose, répondit James.

— Exact.

— Et l'entrepreneur qui a construit le bâtiment ?

— Il a fait faillite. Mais cette histoire de toit n'est pas ma priorité. Dennis King est hospitalisé pour subir une opération de la prostate, mon ordinateur est en rideau et j'attends l'intervention du service informatique depuis trente-cinq minutes.

L'espace d'un instant, James fut tenté de prétendre qu'il n'y avait rien d'important et de battre en retraite, mais le scandale rapporté par Kyle ne pouvait pas rester impuni.

— C'est à propos de la prochaine mission, dit-il. Je me suis renseigné sur ce Tan Abdullah. C'est une pourriture, et encore, je reste poli.

— Tu veux parler des arrestations de l'été dernier ?

— Quelles arrestations ?

— Des membres de l'opposition arrêtés par l'armée et inculpés de terrorisme. Tu n'es pas au courant ?

— Non. Je voulais parler des habitants chassés de leur village, sur l'île de Langkawi.

Ewart haussa les épaules.

— Jamais entendu parler. Mais Tan Abdullah est un escroc, ça n'est pas une nouvelle.

— Alors pourquoi doit-on l'aider ?

— Il vient en Grande-Bretagne pour signer des contrats d'armement à hauteur de cinq milliards de livres. Il a l'intention de rééquiper intégralement l'armée malaisienne, des armes de poing aux chasseurs d'entraînement, en passant par les turbines à gaz équipant les frégates.

James sentit la colère grandir en lui.

— Alors on doit fermer les yeux sur tous ses actes de torture et de violence, sous prétexte qu'il y a quelques billets à se faire ?

— Eh, ne monte pas sur tes grands chevaux, James, répliqua Ewart. Après toutes les missions auxquelles tu as participé, je ne comprends pas comment tu peux être aussi naïf. Aucun politicien, aucun industriel n'a jamais atteint les sommets en gardant les mains propres. Je ne suis pas fier que mon pays accueille un escroc comme Tan Abdullah, mais si nous n'encaissons pas ces cinq milliards, les Américains, les Français et les Russes ne se gêneront pas pour récupérer le marché.

James était sensible aux arguments de son supérieur, mais il était résolu à ne pas participer à l'opération de protection, au nom de son amitié pour Kyle.

— Cette fois, je préférerais me retirer, lâcha-t-il.

Il lui était impossible d'évoquer ses véritables motivations, car il avait partagé des informations concernant la mission avec un ex-agent, ce que prohibait strictement le règlement de CHERUB.

Ewart fit la moue, puis poussa un profond soupir.

— Lauren partage-t-elle ton point de vue ?

— Non, elle est totalement partante. Elle rêve de faire du shopping avec la femme d'Abdullah. Et je n'ai pas fait part de mes réserves à Kevin. Ce n'est encore qu'un gamin. Je ne veux pas lui compliquer la vie.

— Très bien, dit Ewart, les mains jointes, en dodelinant de la tête. Je prends acte de ton retrait. Ce n'est pas un problème. On se contentera de deux agents.

— Oh, lâcha James, un peu déçu que sa défection ne trouble pas davantage son contrôleur de mission.

— Si j'ai bien compris, tes cours sont terminés, n'est-ce pas ?

— Je reprendrai l'entraînement au dojo et à la salle de musculation dès que mes jambes seront complètement rétablies, mais j'en ai fini sur le plan scolaire, Dieu merci.

— Nous sommes un peu à court de personnel, et je pense que je vais finir par m'arracher les cheveux. Crois-tu que tu pourrais me donner un coup de main deux ou trois heures par jour?

James aurait préféré se la couler douce jusqu'à son départ, mais Ewart semblait au bout du rouleau. En outre, il souhaitait acquérir une expérience dans le domaine du contrôle de mission afin d'assurer ses chances d'être sélectionné pour travailler sur le campus au cours des vacances d'été.

— Pourquoi pas? dit-il. À vrai dire, je suis curieux de voir à quoi ressemble une opération, depuis ce bureau...

27. Au petit matin

UNE SEMAINE PLUS TARD

À quatre heures du matin, le téléphone portable de James entonna le thème du *Parrain*. La chambre de Kerry était plongée dans l'obscurité. Son petit ami dormait à ses côtés, la tête nichée contre son cou. Ils passaient rarement la nuit ensemble parce qu'elle gigotait sans arrêt et qu'il ne cessait de tirer la couette de son côté. Cependant, la veille, ils s'étaient assoupis l'un contre l'autre en regardant un film sans grand intérêt.

James ouvrit un œil. Le lecteur DVD de Kerry avait basculé en mode économiseur d'écran. À la lueur produite par le logo Sony qui glissait lentement sur fond noir, il localisa son jean roulé en boule sur la moquette.

— Qui peut bien appeler à une heure pareille ? bâilla Kerry en se dressant péniblement sur un coude.

Lorsque James se pencha pour glisser une main dans la poche arrière de son jean, une assiette en plastique pleine de miettes de nachos, de guacamole et de sauce piquante bascula sur le lit.

— Eh merde !

— Oh nooon, gémit Kerry.

Elle tendit le bras pour allumer la lampe de chevet puis rassembla hâtivement la couette souillée afin de sauver la moquette.

James porta le mobile à son oreille.

— Salut Kyle, dit-il.

— Réveil, mon pote ! s'exclama joyeusement ce dernier. Tu es en forme ? Prêt à botter les fesses de cet enfoiré d'Abdullah ? Je te préviens, tu n'as pas intérêt à te rendormir…

— Ça va, ne t'inquiète pas pour ça. Je te rappelle quand je serai en route.

— Cool. À tout à l'heure.

Kerry, accroupie sur la moquette, frottait une tache verdâtre à l'aide d'une serviette en papier.

— Je suis désolé, dit-il. Je n'y voyais rien, et je ne savais pas que cette assiette était restée sur le lit.

— Ce sont des choses qui arrivent. Qu'est-ce que voulait Kyle ? Il n'est pas un peu malade d'appeler en pleine nuit ?

James avait annoncé à tout son entourage qu'il avait l'intention de visiter l'université de Birmingham, au cas où sa candidature à Stanford ne serait pas retenue. Il avait décidé de passer à l'action avant l'aube, mais il n'avait pas prévu de dormir dans la chambre de Kerry.

— Je ne t'ai pas dit qu'il venait avec moi ?

Elle lui lança un regard suspicieux.

— Non. Et Kyle vit à Cambridge. Qu'est-ce qu'il irait faire à l'université de Birmingham ?

— Il faut que je me magne, dit James d'une voix mal assurée. Il a proposé de me faire partager son expérience de la fac, de me donner des conseils, et tout ça.

Incrédule, Kerry secoua la tête.

— Il est quatre heures et demie du matin ! Et nous ne sommes pas très loin de Birmingham.

— Je veux éviter les premiers bouchons. Je préfère prendre de la marge.

Kerry se leva et regarda son petit ami droit dans les yeux.

— Je déteste qu'on me mente, dit-elle.

Elle ne portait qu'un bas de pyjama à motif écossais. James considéra sa poitrine et lui adressa un sourire carnassier.

— Tu es tellement belle quand tu es en colère…

D'une main, Kerry saisit la peau de son abdomen et la tordit de toutes ses forces.

— N'essaye pas de m'embrouiller, gronda-t-elle, tandis que James grimaçait de douleur. Maintenant, parle.

— Oooow, tes ongles sont de vraies lames de rasoir ! OK, OK, on a monté une petite opération, Kyle et moi, en rapport avec la mission de baby-sitting dont je me suis retiré. Je ne t'en ai pas parlé, parce que je ne voulais pas que tu t'inquiètes. Et que je ne supporte pas la façon dont tu me regardes, quand tu désapprouves mes actions.

— Mais de quoi tu parles ?

— De la façon dont tu me regardes en ce moment même, sourit James. Je t'aime, mais j'ai besoin que tu me fasses confiance sur ce coup-là. Je t'expliquerai tout à mon retour. Maintenant, par pitié, arrête de me torturer.

Kerry lâcha prise, puis le repoussa des deux mains.

— Je te conseille d'être convaincant, dit-elle. Et la prochaine fois que tu t'aviseras de te foutre de ma gueule, ce n'est pas à la peau de ton ventre que je m'en prendrai.

James ramassa son polo sur le canapé puis déposa un baiser sur les lèvres de Kerry.

— Tu comprendras, je te le promets.

Comme toutes les nuits, conformément aux mesures d'économie d'énergie adoptées par CHERUB, le couloir était plongé dans la pénombre. James regagna sa chambre, ouvrit le tiroir de son bureau et en sortit un petit boîtier en plastique transparent contenant une carte mémoire Micro SD.

Il enfila une paire de baskets, s'empara d'une chaussette de sport raidie par la boue dans le panier à linge sale puis gravit quatre volées de marches jusqu'au huitième étage.

Il n'avait aucune certitude de trouver Lauren endormie en entrant dans sa chambre. Si elle était éveillée, il prétendrait avoir ourdi une blague idiote consistant à glisser la chaussette fétide sous son oreiller pendant son sommeil.

Mais ces précautions se révélèrent inutiles. Lorsque James vit que sa sœur dormait à poings fermés, une foule de souvenirs lui revinrent en mémoire. Ils n'avaient pas partagé la même chambre depuis des années, mais ses ronflements discrets n'avaient pas changé depuis ses trois ans.

Compte tenu de son départ prochain, James n'avait pas reçu le dernier modèle de téléphone portable dont la plupart des agents étaient désormais équipés. Le smartphone ultra perfectionné de Lauren se rechargeait sur le bureau. Lorsqu'il le détacha de son dock, l'appareil émit un discret signal sonore.

Il sortit la carte Micro SD de son boîtier, la glissa dans la fente située sur le côté du mobile puis le déverrouilla. Il contempla l'image de fond, une photo de Lauren et de Bethany, couvertes de guirlandes, tirant la langue à l'objectif lors d'une soirée de Noël.

La carte mémoire contenait un programme de piratage conçu par les services de renseignement. Il exploitait le GPS intégré, enregistrait les coordonnées exactes du portable et les communiquait par SMS à intervalles réguliers, à l'insu de son propriétaire.

L'installation de l'application dura quatre-vingt-dix interminables secondes, puis une liste d'options s'afficha à l'écran. James régla la fréquence d'envoi sur cinq minutes, puis entra le numéro du mobile qu'il avait emprunté dans la réserve de matériel du campus afin qu'on ne puisse remonter jusqu'à lui.

Alors, Lauren cessa de ronfler. James s'adossa à la fenêtre puis, parfaitement immobile, il regarda la couette onduler dans la pénombre. Après s'être frotté le front, elle reprit sa position initiale et se rendormit pour de bon.

Lorsqu'il eut achevé de composer le numéro, James enfonça la touche OK afin de faire disparaître le menu du programme de piratage, replaça le smartphone sur son dock et quitta la chambre à pas de loup.

Il lui restait désormais une heure à tuer. Il avait demandé à Kyle de le réveiller à quatre heures trente afin de pouvoir manipuler le téléphone de Lauren en toute tranquillité, mais il avait prévu de quitter le campus avant le réveil des agents. Il redoutait qu'on ne lui pose des questions embarrassantes et voulait éviter que l'employée de l'accueil ne le voie emprunter l'un des véhicules de service.

Le réfectoire n'ouvrait qu'à six heures, mais la réserve située en face du bureau du responsable de formation disposait d'un distributeur de boissons chaudes et de rayonnages réfrigérés où étaient entreposés des fruits, des sandwiches et des plats à réchauffer au micro-ondes afin que les agents puissent se restaurer lorsqu'ils devaient se lever tôt ou rentraient de mission au beau milieu de la nuit.

James plaça une capsule dans la machine à café et consulta avec amusement la note manuscrite affichée au-dessus de la réserve de barres chocolatées : *Mangez sainement ! Un Mars et une canette de soda contiennent 600 calories, soit plus que ce qu'un enfant de treize ans peut brûler en deux heures sur un tapis de course. Essayez plutôt les carottes trempées dans le cottage cheese ou les sandwichs allégés !*

Il fit main basse sur un sachet de pancakes, trois oranges, deux petites barquettes de Nutella, une assiette et des couverts jetables. Au moment où il s'apprêtait à récupérer son gobelet de café, Bruce Norris fit irruption dans la pièce. Son T-shirt était trempé de sueur.

— Tu as fait ton jogging ? s'étonna James. À cette heure ?

— Je n'arrivais pas à dormir, haleta Bruce. Je ne faisais que me tourner et me retourner dans mon lit. Alors j'ai couru quelques kilomètres, en espérant que ça me fatiguerait.

— Tu es préoccupé ?

— Bethany m'a plaqué.

— Oh. Désolé pour toi, mon vieux.

— Ne te fatigue pas, ricana Bruce. Je sais bien que tu ne peux pas l'encadrer.

— Bon, effectivement, je ne suis pas son fan numéro un, admit James. Mais je suis sincèrement triste pour toi, parce que tu es mon ami, et que je n'aime pas te savoir déprimé.

Bruce haussa les épaules.

— En fait, ce n'est pas pour ça que je n'arrivais pas à dormir. Quand j'ai rompu avec Kerry, là, oui, j'ai dégusté. Physiquement. Comme si je m'étais pris une raclée. Avec Bethany, c'est différent. C'était sympa, mais j'ai toujours su qu'elle me quitterait pour quelqu'un d'autre.

James était embarrassé par ces révélations liées à Kerry. Il avala une gorgée de café puis choisit soigneusement ses mots.

— Un jour, tu trouveras *ta* Kerry, dit-il. Je suis content que tu ne laisses pas Bethany te faire du mal. Comment ça a commencé, entre vous ?

— C'était pendant notre dernière mission, expliqua Bruce. Elle est entrée dans ma chambre en pleine nuit et s'est glissée sous ma couette en disant qu'elle s'ennuyait. Alors je lui dis : *Et Andy dans tout ça ?* Et là, elle me répond : *Qui ça ?* Puis elle ajoute : *Au fait, je prends la pilule.*

— Excellent ! s'esclaffa James. Cette fille a toujours eu une classe inouïe.

— N'empêche, tu connais un mec qui aurait dit non ?

— Alors, si cette histoire ne te touche pas plus que ça, peux-tu m'expliquer pourquoi tu galopes dans le parc au milieu de la nuit ?

— Si je te dis la vérité, tu promets de ne pas te moquer de moi ?

— Si tu penses que je te manque de respect, je t'autorise à me casser la gueule, plaisanta James. Sérieusement, tu peux me faire confiance.

— Quand j'étais avec Kerry, j'étais dingue d'elle, mais elle ne partageait pas mes sentiments. Toi, tu sortais avec Dana, mais je savais que c'était provisoire. C'était comme si tu me la *prêtais*, jusqu'à ce que vous vous remettiez ensemble. Avec Bethany, c'était purement physique. En fait, je n'ai jamais ressenti ce truc… tu sais, quand tout est parfait avec une fille. Tu vois ce que je veux dire ? Quand tu te sens *complètement* à l'aise l'un par rapport à l'autre. Comme Lauren et Rat. Ou Michael et Gabrielle, dans le temps. Ou toi et Kerry.

— Tu n'as que seize ans, répondit James. Ça t'arrivera forcément un jour. D'ailleurs, je pense qu'il vaut mieux ne pas se presser, pour rencontrer la femme de sa vie. Tu te rends compte à quel point c'est compliqué, pour moi, d'aller à l'université alors que Kerry ne quittera le campus que dans un an ? Je rêve de passer le reste de ma vie avec elle, mais je n'ai que dix-sept ans. Si je suis complètement honnête avec moi-même, les chances qu'on soit encore ensemble dans dix ans sont plutôt faibles.

— Et toi, qu'est-ce que tu fais debout à cette heure ? demanda Bruce.

James parla à mi-voix.

— À cause du truc dont je t'ai parlé. Le plan de Kyle…

— Oh, c'est *aujourd'hui* ? Eh bien, bonne chance. Tu pars à quelle heure ?

James désigna ses pancakes.

— Le temps d'avaler tout ça. Je vais emprunter une bagnole. J'ai dit à la direction que j'allais visiter l'université de Birmingham. Tu peux m'accompagner, si ça te dit. Ça te changerait les idées.

Bruce consulta sa montre.

— Si je sèche les cours, je risque de me ramasser une punition.

James secoua la tête.

— N'oublie pas qu'on est débarrassés de Meryl, et que Joe est le responsable de formation le plus cool de l'univers. Je témoignerai en ta faveur si nécessaire. Je dirai que tu étais perturbé par ton histoire avec Bethany, et que je t'ai emmené en balade pour t'aider à penser à autre chose. Au pire, tu recevras peut-être vingt, trente tours de piste. Mais si tu baisses les yeux et demandes à parler à un psychologue, tu pourras sans doute t'en tirer comme une fleur.

Bruce était tenté, mais pas définitivement convaincu.

— Tu sais bien que je n'ai pas de veine. Et j'ai déjà eu affaire à Joe. Tu te souviens de la fois où j'ai suspendu Ronan Walsh dans le vide depuis mon balcon, pour lui passer l'envie de harceler les T-shirts rouges ?

— Il y a de bonnes chances que la manifestation contre Tan Abdullah dégénère, dit James sur un ton détaché.

— Ah tu crois ? demanda Bruce, le visage éclairé d'une joie enfantine. Bon, j'imagine que je pourrais sécher les cours pendant une journée... Je veux dire, qu'est-ce qu'une punition, en comparaison de notre vieille amitié ?

— Exactement ! confirma James. Alors va prendre une douche, avale quelque chose en vitesse et retrouve-moi en bas dans une demi-heure.

28. Le jour du jugement

La Royal Suite, le terminal de l'aéroport d'Heathrow réservé aux têtes couronnées et aux hôtes de marque, disposait de deux passerelles, d'un poste de douane et d'un immense salon d'honneur où s'activaient des serveurs en veste blanche. Lauren Adams et Kevin Sumner, un agent âgé de douze ans, y avaient été conduits en hélicoptère. Ils patientaient dans de profonds fauteuils de cuir alignés devant la baie vitrée permettant d'observer les avions qui décollaient et se posaient sur la piste sud.

Lauren portait une robe à rayures, un gilet jaune citron et des chaussures à talons blanches que pour au rien au monde elle n'aurait accepté de porter en d'autres circonstances. Kevin avait été contraint de revêtir un pantalon à pinces, une chemise Ralph Lauren et un pull irlandais beaucoup trop ajusté à son goût. Leur tenue était en parfaite adéquation avec celle de l'individu qui les accompagnait.

David Secombe était un homme un peu gras, au crâne légèrement dégarni, dont la montre incrustée de diamants valait davantage qu'une berline familiale, qui disposait d'un solide réseau de relations s'étendant jusqu'au sommet du gouvernement. Il intervenait systématiquement lors de la signature d'importants contrats d'armement afin de négocier les tarifs et de résoudre en douceur les problèmes complexes liés aux licences d'exportation.

Tan Abdullah ignorait que tout cela n'était qu'une fable.

David Secombe était le nom d'emprunt d'un agent des services secrets britanniques. Sa société était directement contrôlée par les autorités. Ce montage servait un double objectif : donner aux acheteurs le sentiment qu'ils réalisaient une affaire exceptionnelle grâce à l'intervention d'un intermédiaire indépendant, et permettre au gouvernement de se retourner contre une société écran si les choses tournaient au vinaigre.

Si une association de militants des droits de l'homme découvrait que le Royaume-Uni vendait des menottes aux dictateurs sud-américains ou des mines antipersonnel à des chefs de guerre africains, une enquête officielle ne tarderait pas à dévoiler le rôle trouble joué par la société de Secombe. Ce dernier disparaîtrait dans la nature, les politiciens conserveraient leurs postes sans être inquiétés, et l'Intelligence Service créerait une autre société écran de façon à pouvoir renouveler la manœuvre à la première occasion.

Officiellement, Secombe était veuf et père de trois enfants, une situation qui présentait deux avantages : elle lui permettait à la fois de susciter la compassion de ses interlocuteurs et de suivre ses clients dans les night-clubs les plus louches sans passer pour un mari indigne.

CHERUB était un secret ignoré de la plupart des membres du gouvernement et des services de renseignement. Son existence n'était révélée qu'en cas de nécessité absolue. Lorsqu'il avait appris que Tan Abdullah souhaitait visiter Londres en famille et rencontrer ses enfants, Secombe avait été saisi de panique. Informée de ce problème par ses supérieurs, Zara Asker avait accepté de fournir autant d'agents que nécessaire afin de favoriser la signature des contrats et la sauvegarde des douze mille emplois mis en jeu sur le sol britannique.

Des talons hauts claquèrent sur le sol de marbre du salon, puis une femme longiligne s'assit à côté de Lauren. Melissa — c'était sous ce prénom qu'elle s'était fait connaître auprès de ses nouveaux coéquipiers —, vingt-huit ans, avait été chargée de se faire passer pour la nouvelle compagne de Secombe.

— Je crois que c'est celui-là, dit Kevin en désignant le jet dont les trains arrière venaient de toucher la piste, soulevant un nuage de fumée noire. Ce n'est pas vraiment ce que j'appelle un atterrissage en douceur...

L'appareil, qui disposait de vingt-quatre places, patienta sur une voie de service jusqu'au décollage d'un

A380 de la Qantas, puis fut autorisé à rouler jusqu'à la passerelle numéro deux de la Royal Suite. Kevin déchiffra l'inscription qui ornait le fuselage : *Abdullah Construction & Loisirs*.

David Secombe quitta son fauteuil dès que la porte de l'avion commença à s'abaisser.

— Allez, la famille, on y va, dit-il.

Descendu sur le tarmac, Tan Abdullah adressa une poignée de main formelle au vice-ministre de la Défense, à l'ambassadeur de Malaisie et au pilote d'hélicoptère de la Royal Air Force qui les accompagnait. Son visage s'illumina lorsqu'il aperçut l'homme replet qui se tenait en retrait.

— Secombe, vieux brigand ! s'exclama-t-il sur un ton joyeux.

Au mépris de toute règle protocolaire, David Secombe prit le petit homme dans ses bras et le souleva littéralement du sol. Kevin et Lauren, qui patientaient sagement derrière lui, se penchèrent pour apercevoir les autres membres de la famille Abdullah.

Suzie, quatorze ans, petite gothique un peu boulotte, portait des Converse déglinguées, un collant à rayures ostensiblement filé et un pull violet duveteux qui lui descendait jusqu'aux genoux. Lauren détestait plus que jamais le déguisement de petite fille modèle dont on l'avait affublée. À l'évidence, il rendrait particulièrement délicat tout rapprochement avec celle qu'elle avait été chargée de protéger.

Tan Jr, que tout le monde appelait TJ, avait trois ans de moins que sa sœur. Avec ses Nike, son pantalon de survêtement informe, son blouson aux couleurs de l'équipe de basket de Phœnix et sa casquette à l'envers, il semblait tout droit sorti d'un clip de hip-hop.

— Eh mec, je parie que tu es Kevin ! cria-t-il, de façon à se faire entendre malgré le grondement des réacteurs. Ça gaze, cousin ?

Compte tenu de son accent malais à couper au couteau, cette tentative d'adopter le comportement d'une star du gangsta rap était du plus haut comique, mais Kevin garda sa contenance et claqua la main que TJ lui tendait.

Tandis que David Secombe bavardait avec Tan, Melissa fit mine de s'émerveiller devant la robe léopard de June Ling. Constatant que ses collègues avaient instantanément formé les duos prévus par l'ordre de mission, Lauren adressa un sourire à Suzie.

— Bonjour, dit-elle.

L'adolescente la toisa, puis lâcha une série de sons étranges, comme si elle était sur le point d'étouffer.

— Est-ce que toutes les Anglaises s'habillent *comme ça* ? couina-t-elle.

— Non, seulement celles dont le père a la brillante idée d'acheter des vêtements sans leur demander leur avis, ironisa Lauren.

Mais Suzie, qui ne maîtrisait pas assez bien l'anglais pour saisir les sous-entendus, se persuada que son interlocutrice n'était qu'une fille à papa, une cruche en parfait accord avec son gilet ridicule et sa robe d'été.

— Si mon père s'occupait de mes fringues, je l'enverrais se faire foutre, grommela-t-elle.

Au grand soulagement de Lauren, le responsable du terminal s'adressa à ses hôtes.

— Souhaitez-vous vous restaurer ou vous rafraîchir avant de poursuivre votre voyage ?

— Je vous remercie, mais nous sommes un peu pressés, répondit Tan.

Tandis que les bagagistes déchargeaient le contenu de la soute, Secombe, Tan et les politiciens qui les accompagnaient suivirent le pilote de la RAF jusqu'à l'hélicoptère qui devait les conduire dans les Midlands afin d'assister à une démonstration de tir de missiles.

Femmes et enfants gravirent les marches menant au salon.

— Essaye de ne pas dépenser *tout* mon argent chez *Harrods* ! lança Abdullah, hilare, à l'adresse de son épouse. *Forbes Magazine* prétend qu'il ne reste plus que quatre virgule sept milliards de dollars sur mon compte en banque.

...

James jeta un œil à l'écran du vieux Nokia puis se tourna vers Bruce et Kyle.

— Lauren roule sur la M4 en direction de l'est, dit-il.

Les trois complices pénétrèrent dans l'église du centre de Londres où les activistes de Bad Trips s'étaient donné rendez-vous.

Un garçonnet à la peau mate se précipita à la rencontre de Kyle.

— Superman ! s'exclama-t-il en brandissant fièrement un super-héros en plastique.

— Il est magnifique, dit Kyle en prenant l'enfant dans ses bras. James, je te présente le petit Aizat.

Intimidé, ce dernier tourna la tête puis enfouit son visage dans le cou de son protecteur.

Helena Bayliss, vêtue d'un tailleur sombre qui lui donnait des allures de femme d'affaires, descendit hâtivement les marches de l'autel.

— Voici mes amis, James et Bruce, dit Kyle. Alors, comment ça se présente ?

— Pas mal du tout, surtout pour un jour de semaine, répondit la jeune femme. J'ai fait tout mon possible pour rassembler un maximum de participants. J'ai contacté les groupes hostiles à l'industrie de l'armement, ainsi que des militants de la cause animale, car June Ling a un goût prononcé pour la fourrure.

— Deux manifestations pour le prix d'une, sourit Kyle. Félicitations, il fallait y penser.

— Nous avons besoin de toutes les bonnes volontés si nous voulons que cette démonstration ait de l'impact. Et on peut compter sur les défenseurs des animaux pour faire du bruit.

— Mon informateur m'a signalé que le jet d'Abdullah avait atterri à l'heure prévue. Sa femme et ses enfants sont déjà en route pour Londres.

— Ah oui, sourit Helena, ton fameux informateur mystère… Pourra-t-il nous renseigner régulièrement sur la position de June Ling ?

— Aussi souvent que nécessaire. Bon sang, Aizat, arrête de me planter ce Superman dans l'oreille !

— Le journaliste et l'équipe télé attendent dans la sacristie. Tes amis auraient-ils la gentillesse de nous excuser un moment, le temps que je te les présente ?

Kyle hocha la tête.

— Qu'ils nous accompagnent. Je leur fais entièrement confiance.

— Ne le prends pas mal, mais je préférerais que nos projets restent entre nous le plus longtemps possible, afin d'éviter les fuites.

— Je te dis que je réponds de ces garçons. Tu doutes de moi, Helena ? Est-ce que je t'ai jamais causé des ennuis ?

— Bon, si tu es absolument certain… Mais n'est-ce pas toi qui m'as toujours conseillé d'agir dans la discrétion ?

— On jouera tout à l'heure, dit Kyle en déposant Aizat Jr sur les dalles de l'église.

Suivie des trois complices, Helena contourna un groupe de militants qui agrafaient des affiches de campagne à des barres de bois, emprunta une porte basse située sous l'escalier menant au buffet d'orgue puis longea un étroit couloir jusqu'à une vaste salle aux murs percés d'un vitrail de forme circulaire. Des taches multicolores illuminaient les parois de pierre brute.

Trois individus âgés de vingt à trente ans examinaient le matériel vidéo disposé sur une table métallique, comme des chirurgiens affairés autour d'un patient.

— Un problème ? demanda Helena.

— Le clip de cette batterie est cassé, expliqua un technicien dont l'accent trahissait les origines françaises. On va tâcher de le faire tenir avec du ruban adhésif. Rien de grave.

— De toute façon, c'est la petite caméra dont nous nous servons pour filmer les plans de coupe, ajouta sa collègue.

Un homme aux cheveux blancs était assis derrière la table. Il portait une veste de baroudeur garnie d'innombrables poches. Il posa un exemplaire du *Times* savamment plié de façon à isoler les mots croisés du jour, puis observa les nouveaux venus par-dessus ses demi-lunes. James le reconnut au premier coup d'œil. Il l'avait vu de nombreuses fois présenter des reportages au journal télévisé.

— Kyle, tu connais sans doute Hugh Verhoeven, déclara Helena.

Visiblement impressionné, le jeune homme serra timidement la main du journaliste.

— Nous sommes heureux que vous vous intéressiez à notre action, Mr Verhoeven. Je me souviens de vos reportages au Kosovo, quand j'avais huit ou neuf ans. Ils étaient tellement poignants.

— Tu peux m'appeler Hugh, sourit le vieux reporter. Helena m'a expliqué à quel point tu t'étais démené en faveur de Bad Trips. Tu es un garçon remarquable, si j'en crois ses propos.

À ces mots, Kyle rougit jusqu'à la racine des cheveux.

— Et voici ses camarades Bruce et James, poursuivit Helena.

— J'ai regardé votre vidéo sur YouTube, dit James. Celle où vous vous faites tirer dessus. Elle a été visionnée au moins un million de fois.

Verhoeven leva un sourcil puis pencha sa chaise en arrière.

— Je suis heureux d'avoir pu te divertir, gronda-t-il. Voudrais-tu que je déboutonne ma chemise, pour étudier ma cicatrice, à l'endroit où la balle est sortie ?

James réalisa qu'il venait de commettre une énorme maladresse. Kyle et Helena le fusillaient du regard.

— Excusez-moi, ce n'est pas ce que je voulais dire… bredouilla-t-il avant de changer de sujet. Kyle m'a dit que vous étiez en semi-retraite. Pourquoi cet intérêt soudain pour Tan Abdullah ?

— Tu as lu *Moby Dick* ? sourit Verhoeven. Abdullah est ma grande baleine blanche. Il y a deux ans, j'ai failli coincer cette ordure. Le gouvernement malaisien avait signé un contrat avec les Français pour l'achat d'un lot de Mirages 2000 à prix cassé. En enquêtant sur ce marché, j'ai découvert un vaste réseau de corruption, de pots-de-vin et de rétrocommissions dont Tan Abdullah était l'un des principaux acteurs. Et c'est en remerciement de ses services qu'il a été promu ministre de la Défense.

— Et qu'est-ce qui s'est passé ? demanda Kyle.

— Mon enquête s'est terminée de façon plutôt... brutale. Un matin, je me suis réveillé avec un mal de crâne atroce dans une chambre mise à sac. Mon assistant et mon caméraman malaisiens s'étaient volatilisés avec mes bandes et mes notes d'interview. Mes contacts locaux ne répondaient plus à mes appels. Deux jours plus tard, on m'a annoncé que mon accréditation de presse avait été annulée. J'ai dû embarquer dans le premier ferry pour la Thaïlande pour éviter d'être expulsé vers le Royaume-Uni.

— Mais nous allons réparer cette injustice, n'est-ce pas ? sourit Kyle.

— Oh que oui ! s'exclama Verhoeven en frappant du poing dans sa paume ouverte. Le jour est venu pour Abdullah de répondre de ses crimes !

29. Harcèlement

Trois Mercedes classe S noires portant des plaques diplomatiques remontaient un couloir de bus en direction d'Oxford Street. Kevin et TJ étaient installés sur la banquette arrière du véhicule qui ouvrait le cortège. Lauren avait pris place à l'avant, à gauche de l'employé de l'ambassade, un colosse qui remplissait les fonctions de chauffeur et de garde du corps.

Avant de quitter la Royal Suite, TJ avait pris une douche puis revêtu un survêtement Adidas vintage plus adapté au climat britannique. Kevin le trouvait plutôt sympathique, même s'il se comportait de façon étrangement puérile pour son âge.

Il avait posé sur ses genoux un petit sac en tissu contenant des lentilles séchées qu'il soufflait dans le cou de Lauren à l'aide d'une paille.

Il répéta l'opération cinq fois avant que cette dernière ne se retourne et ne lance sur un ton menaçant :

— Bon, arrête ça, maintenant. Ça n'amuse que toi.

Enchantés par l'expression furieuse de Lauren, Kevin et TJ éclatèrent de rire.

— Ben quoi, qu'est-ce qu'il y a ? gloussa le jeune Malaisien en glissant discrètement ses munitions dans son dos. Quelque chose t'a piqué ? C'est bizarre, moi aussi…

Kevin fit tout son possible pour conserver son sérieux, mais un sourire se dessina malgré lui sur ses lèvres. TJ, qui semblait se réjouir de ce soutien discret, glissa une sixième lentille dans la paille.

Lauren était hors d'elle. Si un garçon du campus s'était permis une semblable provocation, elle lui aurait infligé une bonne correction, mais elle n'était pas autorisée à malmener un invité officiel du gouvernement britannique.

TJ remit la paille à Kevin.

— Tu veux essayer ? demanda-t-il. Vise l'oreille. Ça va la rendre dingue.

Redoutant les foudres de sa coéquipière, Kevin préféra s'abstenir. Lauren se retourna vivement et tenta d'arracher la paille des mains de son tourmenteur.

— Raté ! chantonna TJ avant de souffler dans sa sarbacane de fortune.

Le minuscule projectile atteignit sa cible au cou, à quelques millimètres du lobe de l'oreille. Considérant sans grand enthousiasme la perspective de se rendre aux urgences pour se faire retirer une lentille du conduit auditif, Lauren lança à son camarade un regard noir.

— Fais en sorte qu'il arrête ou je me retourne contre toi, gronda-t-elle.

Son coéquipier cessa aussitôt de sourire.

— Elle a raison, dit-il en se saisissant du sac. Les blagues les plus courtes sont les meilleures.

Mais TJ n'entendait pas se laisser déposséder de ses munitions. Dans la brève échauffourée qui s'ensuivit, les lentilles se déversèrent sur les banquettes de cuir et les épais tapis de sol du véhicule. Le garde du corps avait l'habitude de veiller sur des hôtes exigeants et antipathiques, mais il ne tolérait pas qu'on souille ou dégrade sa chère Mercedes.

— Ça suffit maintenant ! tonna-t-il d'une voix si puissante que TJ faillit en lâcher sa paille.

Passé le choc initial, il estima qu'il ne risquait pas grand-chose à tenir tête à cet homme qui, tout bien considéré, n'était qu'un employé aux ordres de sa famille.

— Vous n'avez pas le droit de me parler sur ce ton, répliqua-t-il. Vous savez qui est mon père ? Il pourrait vous faire virer comme ça !

TJ claqua dans ses doigts, un geste qui ne fit qu'attiser la colère du chauffeur.

— Ton père pourrait aussi bien être l'empereur de Chine, hurla-t-il, ça ne changerait rien à l'affaire ! Alors ferme-la, et tiens-toi tranquille. Si tu n'es pas content, tu n'as qu'à descendre et continuer à pied.

Le visage de TJ exprimait la crainte et la fureur. L'espace d'une seconde, Kevin crut qu'il allait laisser exploser sa rage, mais, considérant la carrure du garde du corps, il se ravisa et entreprit de ramasser les lentilles éparpillées sur la banquette. Lauren adressa à l'homme un sourire entendu.

Avant même que le garçon n'ait pu effacer les dernières traces de son forfait, le convoi s'immobilisa devant un grand magasin de luxe *Elbridge*. Un portier accourut pour aider chauffeurs et gardes du corps à ouvrir les portières. Un homme portant un costume sombre se précipita à la rencontre de June Ling. Cette dernière, l'air profondément las, l'embrassa sur les deux joues.

TJ, qui était sans doute l'un des rares êtres au monde à ne pas manifester de déférence à l'égard du top-modèle international, saisit son bras sans faire de manières.

— Tu vas encore essayer des robes pendant des heures, maugréa-t-il. On pourrait avoir notre propre escorte, histoire de visiter les rayons qui nous intéressent ?

Quelque peu démoralisée, Lauren suivit d'un pas traînant June Ling, Suzie et Melissa jusqu'à la zone réservée aux parfumeurs. Encadrés par deux gorilles, TJ et Kevin, radieux, trottinèrent dans la direction opposée.

— Vous ne vous déplacez jamais sans gardes du corps ? demanda ce dernier.

— Jamais. Ma sœur a déjà été enlevée. Les kidnappeurs réclamaient un million de dollars, alors mon père leur a dit qu'ils pouvaient se la garder.

— Suzie ?

— Non, une de mes demi-sœurs, née d'un premier mariage. Elles sont hyper vieilles, genre trente ans et des brouettes.

TJ semblait connaître le magasin comme sa poche. Sans la moindre hésitation, il guida son camarade vers l'escalator menant aux rayons vêtements et accessoires de sport.

Kevin traînait souvent dans les centres commerciaux en compagnie de ses camarades, mais les agents de CHERUB ne roulaient pas sur l'or. La plupart du temps, ils se contentaient de faire du lèche-vitrines. TJ vivait dans un autre monde. Il se planta devant le mur où étaient exposées les baskets, en choisit six modèles et demanda à un employé incrédule de lui en fournir des paires à sa pointure. En attendant son retour, il se tourna vers l'espace réservé aux maillots de football.

— Lequel choisirais-tu ? demanda-t-il.

Avant même que Kevin n'ait pu se prononcer, il jeta son dévolu sur les maillots domicile et extérieur de Chelsea.

— En fait, je ferais mieux de les prendre en double, dit-il en remettant les vêtements aux gardes du corps. Deux pour ma collection, et deux que je pourrai porter tous les jours.

— L'argent n'est pas un problème, si je comprends bien, sourit Kevin.

Le vendeur du rayon baskets déposa les quatre paires disponibles dans la pointure de TJ. Ce dernier tenta de chausser l'une d'elles, poussa un juron, puis jeta au loin les boules de papier qui y avaient été placées afin d'absorber l'humidité du lieu de stockage.

— Ce serait trop vous demander de les enlever ? gronda-t-il. Alors, Kevin, quelle est ton équipe préférée ?

— Je ne suis pas dingue de foot, mais si on me forçait à choisir, ce serait Arsenal.

— Une vraie bande de losers, sourit TJ avant de se tourner vers l'un de ses gardes du corps. Prenez-lui un maillot d'Arsenal.

— Je ne peux pas accepter, dit Kevin.

D'un discret signe de tête, TJ indiqua au gorille d'ignorer cette remarque. Kevin, enchanté, jeta un œil à l'encolure afin de vérifier la taille.

TJ fit main basse sur deux ballons Nike et deux vestes de survêtement, puis tomba en arrêt devant une vitrine où était exposé un casque de football américain sur lequel figurait l'autographe d'une star de la NFL.

— Combien ? demanda-t-il.

— Hélas, cet article n'est pas à vendre, répondit l'employé.

L'un des gardes l'enjoignit de débiter le montant des achats sur le compte de Tan Abdullah.

— Ton père ne t'a fixé aucune limite ? s'étonna Kevin.

— Oh, tu n'as encore rien vu, expliqua TJ. Il y en a pour cinq cents livres. Ma belle-mère peut claquer dix fois ce montant en une seule robe.

— Ça te dirait de faire un détour par le rayon des jeux vidéo ? C'est jour de classe. On pourra essayer toutes les consoles.

TJ secoua la tête.

— Je m'en fous. Je possède TOUS les jeux du commerce.

Kevin pensait qu'il s'agissait là d'une vantardise, mais son camarade lui expliqua de quoi il retournait.

— Mon père est propriétaire d'une cinquantaine d'hôtels, et la plupart des chambres sont équipées de consoles. Du coup, il reçoit tous les jeux et toutes les machines avant même leur mise sur le marché. Honnêtement, je n'ai même pas le temps de tout essayer. Tiens, tu as vu les fringues, là-bas ? Ça te dirait de jeter un œil ?

— Comme tu voudras.

TJ choisit des vêtements de marque pour un montant de près de trois mille livres. Kevin, qui incarnait le fils d'un riche marchand d'armes, avait reçu une enveloppe de deux cents livres. Hélas, le seul article qui lui faisait envie — un blouson de cuir —, coûtait plus du double.

— Essaye-le, dit TJ.

Aussitôt, un vendeur accourut pour détacher le dispositif antivol qui retenait l'article à son portant.

— Je n'ai pas de quoi me l'offrir, s'excusa Kevin en caressant l'une des manches du blouson.

— Ton père est vraiment radin, dit TJ. Qu'est-ce qu'on peut se payer, aujourd'hui, avec deux cents livres ?

— Nous ne sommes pas pauvres. Nous possédons deux maisons et plusieurs voitures de luxe, mais tout ça n'est rien, en comparaison de ton jet privé et de tes baraques de cinquante pièces.

— Quand on me refuse quelque chose, je joue les dingues et je casse tout ce qui se trouve à ma portée, expliqua TJ. Un jour, j'ai explosé un cendrier. Mon père a complètement flippé, le pauvre, parce qu'il faisait partie des accessoires d'un film hyper connu et qu'il l'avait acheté soixante-dix mille dollars lors d'une vente aux enchères.

Kevin soupçonnait son camarade d'en rajouter dans le but de l'impressionner. Par politesse, il glissa les bras dans le blouson que l'employé tenait ouvert dans son dos puis se tourna vers le miroir. Le vêtement était parfaitement ajusté. Il s'imagina l'arborant dans les allées du campus, sous les regards jaloux de Jake et des autres membres de sa bande.

En vertu des règles de CHERUB, les agents n'étaient pas autorisés à conserver les objets de prix et les sommes acquises lors des missions, mais personne ne tenait un registre du contenu des penderies. S'il ne l'exhibait pas ostensiblement, Kevin avait toutes les chances de garder le blouson de ses rêves.

TJ demanda au vendeur d'ôter l'antivol d'un vêtement de même coupe, galonné de peau de serpent, dont le prix frôlait les mille livres. Il se planta à son tour devant le miroir, à côté de son complice.

— On déchire ! s'exclama-t-il. Allez, je prends les deux.

Kevin secoua la tête.

— Non, tu m'as déjà offert un maillot. Je ne peux pas accepter.

Mais c'était peine perdue. TJ le considérait de la tête aux pieds avec une évidente admiration.

— Je sais que je suis sexy, gloussa Kevin, mais c'est très grossier de regarder les gens avec insistance.

— Eh, je ne suis pas gay ! Mais j'aime tes chaussures et ton pantalon. Tu les as trouvés où ?

Sur les conseils de l'employé, les garçons gagnèrent le rayon Timberland, à l'étage supérieur. TJ y choisit une réplique exacte de la tenue de Kevin et insista pour la porter immédiatement, associée au blouson qu'il venait de s'offrir.

— Je commence à avoir faim, pas toi ? demanda-t-il. Le restau du rez-de-chaussée sert des hamburgers gigantesques.

...

Lauren et Suzie n'avaient pas eu le coup de foudre l'une pour l'autre, mais leurs relations s'étaient réchauffées dès qu'elles avaient été autorisées à s'écarter de l'espace mode où June et Melissa s'extasiaient sur des robes à trois mille dollars taillées pour des femmes anorexiques. Elles gravirent un étage et gagnèrent la zone *Young Miss* sous la surveillance discrète d'un garde du corps.

Si TJ était le prototype du gamin ingrat et gâté, Suzie était l'archétype de l'ado acariâtre. Elle se traînait sans énergie entre les rayonnages et examinait des articles pour en décrier aussitôt la qualité, sans cesser de vanter la supériorité des boutiques de Tokyo et de Paris. Lauren n'était pas une patriote fanatique, mais elle n'aimait pas qu'on critique son pays à tort et à travers.

— On aurait mieux fait d'aller à Camden Market, dit-elle. C'est beaucoup plus dans notre genre.

— Ouais, c'est pas mal, admit Suzie, ce qui, compte tenu de sa personnalité, équivalait à une manifestation d'enthousiasme délirant. Tu connais un coin sympa pour déjeuner ? Je veux manger des sushis et boire des vodkas Coca jusqu'à ce que la tête me tourne.

— Il y a plein de bars, mais ils ne te serviront pas d'alcool. En plus, mon dealer est en vacances dans le sud de la France.

Suzie mit quelques secondes à réaliser qu'il s'agissait d'une plaisanterie, puis elle éclata d'un rire tonitruant.

— Il n'y a pas pire qu'avoir quatorze ans, dit-elle. On veut tout, et on n'a droit à rien.

— Tu m'étonnes, confirma Lauren. Mon père me gonfle, tu ne peux pas savoir. Je n'aurais jamais dû accepter de m'habiller de cette façon. Je me sens tellement ringarde.

— Tu devrais t'acheter quelque chose de super provocant, pour lui foutre la honte. Un pantalon en vinyle, ou une casquette en cuir ornée de chaînes.

Lauren hocha la tête.

— Ou un T-shirt avec un mec à poil.

Suzie hurla de rire.

— Ah, si seulement ils en vendaient ! Mon père péterait les plombs *grave* !

À la sortie d'un rayon proposant des vêtements fluo en Lycra, elles découvrirent une salle de restaurant décorée dans le style des années 1950 aménagée au beau milieu du magasin. Kevin et TJ y étaient attablés.

— Et si on allait les emmerder ? suggéra Suzie. TJ est vraiment un petit con. Il a onze ans, mais il se comporte comme s'il en avait huit.

La salle était presque vide. Les garçons étaient assis face à face dans une alcôve pouvant accueillir quatre personnes. Les gardes du corps, installés à quelques tables de là, dévoraient des triples cheeseburgers.

— Ils sont en train de bouffer une vache tout entière, sourit Lauren en s'approchant de son coéquipier.

— Bouge, lança Suzie à l'adresse de son frère avant de le faire glisser au fond du box d'un puissant coup de hanche.

Kevin se déplaça à son tour pour permettre à Lauren de s'asseoir. Cette dernière contempla son blouson, examina les petites bosses caractéristiques du cuir, étudia l'étiquette puis lui lança un regard noir.

— C'est de l'autruche, gronda-t-elle.

— Ça pourrait aussi bien être du panda, répliqua Kevin, c'est le blouson le plus cool que j'aie jamais porté.

— Le mien a des finitions en peau de serpent, fit remarquer TJ.

Suzie jeta un œil au pantalon en toile de son frère.

— Tu copies le look de Kevin, constata-t-elle. As-tu déjà fait *une* chose originale dans ta vie ?

— Va te faire foutre.

— Tu sais le plus drôle, Lauren ? poursuivit Suzie avant de glisser un majeur dans sa bouche. Ce minus à une phobie de la salive.

Pour prouver ses dires, Suzie coinça TJ au fond du box et lui enfonça son doigt humide dans l'oreille.

Le garçon se tortilla en hurlant :

— Lâche-moi, espèce de truie ! Mon Dieu, c'est dégoûtant !

Les serveuses et les clients contemplaient la scène avec stupéfaction, mais les gardes du corps, qui en avaient vu d'autres, continuèrent à mâcher comme si de rien n'était.

À l'issue d'une brève empoignade, TJ parvint à se mettre debout sur la banquette. Il sauta par-dessus la cloison puis se précipita vers les toilettes les plus proches en poussant des cris épouvantés. Stupéfait, Kevin vit des larmes rouler sur les joues de son camarade.

— Qu'est-ce qu'il nous fait, là ? demanda-t-il, tandis qu'un garde du corps emboîtait le pas du garçon.

— Phobie de la salive, répéta Suzie en agitant son majeur mouillé devant les yeux de son interlocuteur. Ça va être intéressant, quand il sortira avec une fille pour la première fois.

Kevin tira la langue et haussa malicieusement les sourcils.

— Moi, j'adore les petites gothiques dans ton genre. Si tu veux qu'on échange un peu de salive, tu n'as qu'à me faire signe.

Kevin était plutôt mignon, mais Suzie, que l'idée de sortir avec un garçon de douze ans n'avait jamais effleurée, grimaça de dégoût. Lauren passa un bras autour du cou de son coéquipier puis frotta énergiquement ses phalanges sur son crâne.

— N'est-il pas chou, mon petit frère ? dit-elle. Quel vilain pervers…

TJ regagna le restaurant quelques minutes plus tard. Son oreille et le côté droit de son visage, qu'il avait longuement frottés avec de l'eau savonneuse, étaient écarlates. Il aurait voulu que les filles le laissent de nouveau seul avec Kevin, mais June Ling venait d'informer Suzie qu'elle les attendait devant les portes du magasin.

Au rez-de-chaussée, l'un des gardes du corps malmenait une femme qui s'était permis de prendre un cliché du top-modèle à l'aide de son téléphone portable.

— Effacez cette photo, gronda-t-il, ou c'est moi qui vous efface !

La cliente s'exécuta d'une main tremblante sous le regard inquisiteur du gorille.

Les membres de l'équipe de sécurité répartirent une douzaine de sacs violets dans les coffres des Mercedes. Les garçons furent les premiers à se glisser sur la banquette du véhicule central sans rien remarquer de particulier. Ce n'est que lorsque June Ling et Melissa firent leur apparition que l'enfer se déchaîna.

Une dizaine d'individus à la mise débraillée se ruèrent vers leur voiture et bloquèrent l'accès aux portières.

— Fourrure égale meurtre ! cria l'un d'eux.

Un complice se glissa dans le dos de June et l'arrosa de ketchup. Cette dernière saisit les cheveux de la première activiste qui se trouvait à sa portée, une femme vêtue d'une parka crasseuse dont le visage était masqué par une écharpe orange. Les paparazzis, qui avaient été tenus informés du coup d'éclat préparé par les militants, immortalisèrent la scène.

— Où est mon escorte ? hurla le top-modèle.

Un garde du corps empoigna l'inconnue et la jeta de toutes ses forces contre les portes vitrées du grand magasin.

Lauren soutenait de tout son cœur la cause des manifestants anti-fourrure et méprisait leur adversaire, ce top-modèle mesquin et superficiel à laquelle elle se trouvait involontairement associée. Un homme brandissant une pancarte, sur laquelle était agrafée la photographie d'un vison fraîchement écorché, se planta devant elle.

— Fourrure égale meurtre, petite princesse ! cracha-t-il.

— Tirez-vous de mon chemin ! hurla Lauren, tandis que Suzie se précipitait vers le convoi, la laissant aux prises avec le manifestant. Je vous signale que je ne porte jamais de fourrure, et que je suis végétarienne.

Cette information plongea l'homme dans un abîme de perplexité, mais une de ses complices ceintura Lauren et la tira violemment en arrière. Cette dernière souhaitait se dégager en faisant un usage modéré de la force, mais sa position la condamnait à utiliser ses coudes.

Atteinte en plein visage, la femme s'effondra sur la chaussée et cracha deux incisives. Dans le même temps, un garde du corps avait étendu le manifestant à la pancarte d'un formidable coup de genou à l'abdomen.

L'un des occupants de la Mercedes la plus proche ouvrit la portière arrière. Lauren sauta dans l'habitacle.

— Merci, Melissa, dit-elle.

À l'extérieur, le service de sécurité corrigeait impitoyablement le seul activiste qui n'avait pas encore décampé.

— Comment ces raclures ont-elles pu me tendre une embuscade ? hurla June Ling à l'adresse du chauffeur.

Où était ma protection rapprochée ? J'aurais pu être enlevée avant même que vous ne vous en aperceviez ! Vous n'êtes que de misérables incompétents !

Melissa avait conservé tout son calme, mais elle affichait une expression stupéfaite.

— Comment savaient-ils où et à quelle heure nous trouver ? s'étonna-t-elle.

Un garde du corps se réfugia sur le siège passager avant, puis la voiture se mit en mouvement.

— Peut-être un employé du grand magasin ? suggéra Lauren.

— C'est possible, dit Melissa. Mais l'opération était bien organisée : les manifestants étaient une dizaine, tous équipés de pancartes, et les photographes de presse ont manifestement été informés à l'avance.

— Il y a un traître parmi nous, gronda June Ling. J'ai décidé de me rendre chez *Elbridge* après être montée dans cette voiture. Seule une personne voyageant dans ce convoi a pu transmettre le renseignement.

— Souhaitez-vous continuer à visiter les boutiques, madame ? demanda le conducteur.

June Ling haussa le ton.

— À votre avis ? cria-t-elle. Vous êtes complètement débile, ou quoi ? Vous pensez que je vais me balader dans Londres couverte de ketchup ? Ramenez-nous à l'hôtel !

Lauren regarda les magasins de luxe défiler derrière la vitre en songeant avec tristesse au coup dévastateur qu'elle avait porté à la manifestante. Tandis qu'elle se demandait si June Ling avait bien été victime d'une taupe, son téléphone transmit secrètement à son frère un message lui indiquant que le cortège s'était remis en route.

30. Incapables

— Merci du tuyau, James, dit Kyle avant de glisser son portable dans la poche arrière de son jean.

Vêtu d'un polo orné du logo d'un célèbre fleuriste du quartier de Mayfair, il se trouvait au volant d'une petite camionnette de livraison japonaise. Après avoir replacé le téléphone dans sa poche, il tourna la clé de contact et quitta la place de parking pour se glisser dans le trafic. Un chauffeur de taxi lui lança un coup d'avertisseur rageur.

— Désolé, lança Kyle en lui adressant un signe de la main.

La faible puissance et le poids important du véhicule rendaient les dépassements délicats. Il effectua les cent derniers mètres au pas derrière un camion poubelles. L'hôtel *Leith* était un établissement récent, au hall de réception décoré de façon tapageuse dans les tons rose et jaune. Une œuvre composée d'instruments à vent saillait du plafond.

Dès que Kyle fit halte devant l'entrée de l'établissement, un individu vêtu d'un costume à rayures vint à sa rencontre.

— Nous attendons des invités d'une minute à l'autre, dit-il sur un ton précieux. Vous ne pouvez pas stationner ici, mon petit.

— La famille de Tan Abdullah ?

Kyle descendit du véhicule et remarqua un modeste rassemblement d'activistes dans une impasse étroite qui jouxtait l'hôtel. Selon le plan établi par les organisateurs de la démonstration, une trentaine d'autres manifestants devaient les rejoindre avant l'arrivée des Mercedes.

— Inutile d'insister, dit le portier en haussant légèrement le ton.

— J'ai des fleurs pour June Ling, insista Kyle. Nous venons de recevoir un appel nous informant qu'elle sera de retour plus tôt que prévu. Elles doivent être livrées dans sa chambre à son arrivée, ou elle va encore piquer sa crise.

— Oh ! mon Dieu, je vois, dit l'homme en frissonnant à l'idée d'affronter l'une des légendaires colères de sa cliente. Passez-moi les fleurs, vite. Nous nous occuperons du reste.

— Il s'agit d'une composition florale, expliqua Kyle, l'air faussement indigné. Moi seul suis qualifié pour la disposer.

L'homme tourna les talons, pénétra d'un pas sautillant dans le hall de l'hôtel puis interpella un bagagiste.

— Carlo, s'il vous plaît ! lança-t-il en claquant dans ses mains.

Kyle disposa trois corbeilles de fleurs sur un chariot tandis que le voiturier rangeait la camionnette dans l'allée réservée aux véhicules de livraison.

Kyle et Carlo embarquèrent à bord de l'ascenseur vitré aménagé dans la cour de l'établissement. L'employé fit glisser une carte magnétique dans le lecteur du panneau de commande afin de pouvoir accéder aux luxueuses suites du dernier étage. Les assistants personnels de Tan Abdullah et de June Ling avaient rejoint l'hôtel dès l'atterrissage du jet privé afin de défaire les bagages, de dresser les lits comme le souhaitaient leurs employeurs et de satisfaire à une foule de petites exigences.

Carlo frappa à une double porte. Une jeune femme le fit entrer dans un immense salon au centre duquel trônait un canapé circulaire aux coussins galonnés de néons roses. Lorsqu'elle aperçut les fleurs déposées sur le chariot, son visage pâlit.

— Qu'est-ce que c'est que ça ? s'étrangla-t-elle. Mrs Ling ne va pas tarder, et elle n'est pas de bonne humeur. Il ne faut pas qu'elle vous trouve ici.

Si Carlo semblait partager l'inquiétude de l'assistante, Kyle, lui, affichait un calme olympien. Il jeta un œil à la salle de bains et à l'immense baignoire dont la jeune femme avait tourné les robinets en prévision de l'arrivée de June Ling.

— Cet ensemble floral est un cadeau de l'ambassadeur de France, mentit-il. Si nous les lui retournons, quelle explication devrons-nous lui fournir ?

Dès qu'il entendit le mot *ambassade*, l'assistant de Tan, qui s'activait au fond de la pièce, rejoignit sa collègue.

— De la part de l'ambassade de France, dites-vous ? Nous acceptons ces fleurs, bien entendu. Auriez-vous l'obligeance de les installer sur la table de la salle à manger ?

Kyle contempla pensivement le meuble à plateau de marbre, puis il hocha la tête.

— Oui, c'est l'endroit idéal. Juste sous la verrière, à la lumière naturelle. À propos, on m'a également remis un message pour Mr Tan Abdullah.

L'assistant se saisit de l'enveloppe où figurait le sceau de l'ambassade de France.

— Je veillerai à ce que Mr Abdullah en prenne connaissance dès son retour.

Carlo poussa le chariot jusqu'à la table, puis Kyle entreprit d'y disposer les fleurs et de redresser les tiges, exploitant ainsi les rudiments d'arrangement floral acquis quelques heures plus tôt chez un fleuriste du nord de Londres. L'assistant de Tan manipula un détecteur électronique au-dessus de l'ensemble afin de s'assurer qu'il ne contenait pas de micros espions.

— J'ai reçu un SMS du chauffeur, annonça l'employée personnelle de Ling. Elle sera ici dans deux

minutes. Il faut que vous quittiez les lieux *immédiatement*.

...

Suite aux incidents survenus devant le grand magasin
Elbridge, une voiture de patrouille de la police avait été
chargée de précéder le convoi sur les trois kilomètres
de chaussée embouteillée qui séparaient Oxford Street
de l'hôtel de Mayfair où la famille Abdullah avait pris
ses quartiers.

Le *Leith* était situé dans une rue étroite bordée de
boutiques huppées. Dès que la Mercedes qui fermait
le cortège ralentit aux abords de l'établissement, une
dizaine de clients jaillirent du coffee-shop voisin et
envahirent la chaussée en brandissant des pancartes.

Kevin se tourna vers la lunette arrière. Les bande-
roles hostiles à l'industrie de l'armement côtoyaient
des placards ornés du logo de Bad Trips et des images
dénonçant les atrocités commises par les professionnels de la fourrure.

Un œuf explosa contre la vitre.

— Marche arrière ! cria TJ. Écrasez-moi ces salauds !

— Du calme, répondit le garde du corps qui tenait
le volant.

L'homme, en professionnel de la protection rapprochée, maîtrisait parfaitement les techniques de combat
à mains nues, mais ne les mettait en œuvre qu'en toute

dernière extrémité. Il enclencha la marche arrière et recula lentement en lançant des coups d'avertisseur.

Enragés, les manifestants qui encerclaient la Mercedes se mirent à marteler le coffre et les portières. TJ, au comble de l'excitation, crachait des insultes et distribuait les doigts d'honneur.

— Pas de provocation, dit fermement le garde du corps en poursuivant sa prudente manœuvre de dégagement.

Le véhicule central du convoi, où avait pris place June Ling, s'était engagé sur l'allée menant à l'entrée de l'hôtel, mais une vingtaine d'activistes entravait sa progression.

— Pourquoi les flics restent-ils planqués dans leur bagnole ? fulmina la jeune femme.

— Je suppose qu'ils attendent des renforts, répondit son chauffeur. Ils ne peuvent rien faire face à un si grand nombre d'émeutiers, si ce n'est se ridiculiser.

— Personne n'a le droit de me retenir prisonnière ! hurla June d'une voix si perçante que Lauren dut placer ses mains sur ses oreilles. Je vais descendre de cette voiture immédiatement, et comme vous êtes mon garde du corps, vous allez assurer ma sécurité !

Elle abandonna ses chaussures à talons hauts sous la banquette, ouvrit sa portière puis, à la stupéfaction des manifestants, parcourut pieds nus les dix mètres qui séparaient la Mercedes du hall de l'hôtel. Deux photographes de presse immortalisèrent la scène.

Furieux de voir leur cible principale leur échapper, les activistes bombardèrent d'œufs le garde du corps qui venait de se lancer à sa poursuite. Deux portières étant restées ouvertes, l'un des projectiles atterrit sur la cuisse de Melissa. Elle se tourna vivement vers Lauren.

— Qu'est-ce qu'on fait ? On court ?

— On n'a pas le choix. Vu la tournure des événements, on pourrait rester coincées dans cette voiture pendant des heures.

Le second garde du corps quitta le siège du passager avant et écarta sans ménagement les manifestants qui se trouvaient sur son chemin afin de permettre à ses protégées de fendre la foule hostile. Un employé armé d'un parapluie descendit courageusement les marches de l'hôtel pour les préserver de la pluie de projectiles. Deux œufs atteignirent Lauren une seconde avant qu'elle ne franchisse la porte.

— Tout va bien, ma chérie ? demanda Melissa quand elles se trouvèrent enfin à l'abri.

Lauren ôta son gilet souillé de jaune d'œuf. Un activiste tirait avec acharnement sur la poignée de la porte vitrée. Un membre du personnel résistait de toutes ses forces. June Ling, bras croisés et visage fermé, patientait devant la cage d'ascenseur.

— Je suis absolument désolée, murmura Melissa.

— Ça va, vous n'y êtes pour rien, cracha June avant de se tourner vers les gardes du corps. En revanche, je n'ai jamais vu pareils incapables ! Ces gens, dehors, sont informés de tous nos déplacements !

Sur ces mots, dans sa hâte de rejoindre sa suite, elle s'engouffra dans l'ascenseur et bouscula le jeune homme qui s'y trouvait. Alors, à la profonde stupéfaction de Lauren, Kyle sortit de la cabine et la frôla sans lui adresser un regard.

31. Un homme de confiance

La famille Secombe et la délégation de Tan Abdullah occupaient tout le dernier étage du *Leith*. Kevin et Lauren partageaient une agréable suite disposant de deux chambres. Vêtue d'un peignoir et de chaussons en éponge, cette dernière sortit de la salle de bains puis, constatant que son coéquipier était demeuré auprès de TJ, elle s'empara de son téléphone mobile, fit coulisser la baie vitrée et se glissa sur le balcon.

Elle composa le numéro de Kyle, puis se pencha par-dessus la rambarde pour observer la rue. Les activistes avaient été repoussés et concentrés sur le trottoir opposé. Un camion de police barrait l'allée menant à l'hôtel. Deux officiers armés montaient la garde devant l'entrée principale.

— Kyle, qu'est-ce que c'est que ce bordel? dit-elle à voix basse, sans chercher à dissimuler sa colère.

— Oh, salut.

— Tu as lu l'ordre de mission de James avant qu'il ne se retire de l'opération, je me trompe? C'est pour ça que les manifestants savent dans quel hôtel on se trouve ?

— OK, j'y ai peut-être jeté un petit coup d'œil, admit Kyle.

— Si la sécurité apprend ça, tu seras banni à vie du campus et on te retirera tout soutien financier.

— C'est pour ça que je ne t'ai pas mise dans la confidence. Je ne voulais pas te compromettre. Mais je ne suis pas débile, Lauren. Je travaille avec des gens fiables.

— June Ling sait qu'elle a été victime d'un informateur, à l'intérieur de sa délégation. Bon sang, j'espère que tu n'as pas laissé traîner des indices. Et James, il est dans le coup ?

Kyle s'accorda quelques secondes de réflexion. Il n'aimait pas mentir, mais il ne pouvait pas se permettre de révéler l'implication de son meilleur ami.

— Je ne sais même pas où se trouve ton frère, dit-il.

— Tu n'as rien d'autre à me dire ? Qu'est-ce que tu foutais à l'hôtel ? C'est toi qui as livré les fleurs dans la suite de Tan Abdullah ?

— Il vaut mieux que tu n'en saches pas trop. Tu auras sûrement affaire à d'autres manifestants, mais ils ne pourront plus compter sur l'effet de surprise. À partir de maintenant, vous serez escortés par d'importantes forces de police.

— Sois prudent, je t'en prie…

— Tu peux compter sur moi. Tu es fâchée ?

— Un peu. Oh, j'entends les garçons dans le couloir. Il faut que je te laisse.

Elle glissa le portable dans la poche de son peignoir puis franchit la baie vitrée.

— Qu'est-ce que vous foutez, vous deux ? dit-elle sur un ton hargneux en découvrant TJ et Kevin agenouillés devant le minibar du salon.

— C'est nul, ils l'ont verrouillé ! gémit ce dernier.

TJ considéra le gilet taché d'œuf roulé en boule sur le sol.

— Ils ne t'ont pas ratée, sourit-il. Tu aurais dû rester dans la bagnole cinq minutes de plus. Nous, on a été escortés par une vingtaine de flics.

On frappa à la porte, puis Suzie déboula dans la suite et marcha droit vers Lauren.

— Les gardes du corps disent qu'on ne pourra pas sortir avant l'heure du dîner, expliqua-t-elle. On pourrait aller au spa, qu'est-ce que tu en penses ? Je dois dire que les masseurs sont assez craquants.

— Toi, tu sais comment me parler ! s'exclama Lauren.

...

Le vétéran du journalisme Hugh Verhoeven tenait une conférence improvisée dans la sacristie. Suspendus à ses lèvres, James, Bruce, Helena Bayliss et les membres de l'équipe de tournage l'écoutaient évoquer les faits marquants qui avaient jalonné sa longue carrière.

Dans les années 1960, il avait infiltré le Ku Klux Klan et échappé de peu à la mort lorsque sa véritable identité avait été éventée. Il avait couvert l'assassinat de JFK à Dallas, interviewé Marylin Monroe et Clint Eastwood, vu tomber le mur de Berlin et vécu depuis Bagdad le début des deux guerres du Golfe.

Helena remit à James cinquante livres et lui demanda d'aller chercher de quoi nourrir toute l'équipe au *Subway* le plus proche.

Lorsque Kyle rejoignit l'église, son camarade était occupé à distribuer à ses complices sandwiches, salades et smoothies.

— Tout se passe comme prévu, annonça-t-il avant d'entraîner James dans un angle de la pièce pour l'informer de la teneur de son entretien téléphonique avec Lauren.

L'atout maître de Verhoeven dans sa croisade contre Tan Abdullah fit son apparition cinq minutes plus tard. C'était un homme au fort embonpoint, vêtu d'un élégant costume bleu marine et auquel ses lunettes donnaient des airs de sommité académique. Il tenait un exemplaire du *Financial Times* dans une main et un attaché-case dans l'autre.

— Je vous présente Dion Frei, déclara Verhoeven. Pendant vingt ans, il a travaillé comme représentant en turbines et missiles pour une importante société franco-suisse. Récemment licencié, il a aidé l'un de mes amis à rédiger un article fracassant sur l'industrie de l'armement helvétique. Aujourd'hui, il va nous permettre de coincer Tan Abdullah.

— J'ai été viré après vingt-*six* ans de carrière, corrigea Dion. J'ai permis à pas mal de gens de s'en mettre plein les poches grâce aux contrats que j'ai décrochés. Tout ce que j'ai reçu en échange, c'est une lettre de licenciement et une indemnité ridicule.

Verhoeven éclata de rire puis se tourna vers Bruce, le plus jeune participant à l'opération.

— Vois-tu, mon garçon, certains d'entre nous sont motivés par une noble cause, d'autres par la maigreur de leur pension de retraite.

Bruce hocha pensivement la tête.

— Alors, quel est votre plan ? demanda-t-il.

Le visage du vieux reporter s'illumina d'un sourire. C'était comme si, de toute sa vie, il n'avait fait qu'attendre le moment de révéler sa stratégie machiavélique.

...

Lorsque Tan Abdullah et David Secombe arrivèrent à l'hôtel, les femmes se détendaient dans le spa, les gardes du corps disputaient une partie de poker avec des allumettes, et les garçons semaient le chaos dans la suite du magnat malaisien, se donnaient de grands coups d'oreillers et se bombardaient de M&Ms piochés dans le minibar.

TJ courut embrasser son père. Max, l'assistant de Tan, remit à son employeur la lettre apportée par le livreur de fleurs.

— J'imagine que vous souhaiterez prendre connaissance de ce message immédiatement, dit-il. J'ai préféré ne pas vous informer par téléphone, par mesure de précaution.

Tan décacheta l'enveloppe et en sortit un cliché aérien d'une île. À cette vue, il afficha une mine stupéfaite.

Il se tourna vers David Secombe qui picorait sans retenue dans un sachet confisqué à Kevin.

— Eh, papa, tu bouffes toutes mes munitions ! protesta ce dernier.

— David, je dois régler quelques questions d'ordre privé, dit Tan avec le plus grand calme. Pourriez-vous nous excuser un moment ?

Sur ces mots, il suivit Max jusqu'à la chambre voisine puis ferma la porte derrière lui.

— Ce document est-il authentique ? demanda-t-il.

— L'enveloppe provient de l'ambassade de France, confirma l'assistant. Le numéro de téléphone de Dion Frei correspond bien à un bureau des services diplomatiques. Mais que signifie cette photo ?

Tan s'empara de la télécommande du téléviseur à écran plasma, enfonça la touche *on* et poussa le son à fond.

— On n'est jamais trop prudent, expliqua-t-il. Le gouvernement britannique a très bien pu placer des micros dans cette chambre.

— J'ai effectué une fouille minutieuse, dit Max, visiblement offensé.

— Il est impossible de détecter les dispositifs les plus perfectionnés, répliqua Tan, avant de se mettre à chuchoter. En ce qui concerne la photo… Cette île se trouve dans le Pacifique. Elle fait partie d'un archipel situé à la limite de la zone où les Français procédaient à leurs essais nucléaires. Un territoire presque vierge. Faune et flore exceptionnelles. Un cadre idéal pour pratiquer la plongée et le nautisme, qui pourrait générer soixante à quatre-vingts millions de dollars par an.

— Mais ce cliché, qu'est-ce qu'il signifie ?

Tan haussa les sourcils.

— J'essaye d'investir sur cette île depuis des années, mais le gouvernement français refuse de vendre la moindre parcelle. Comme par hasard, à la veille de la signature du contrat concernant les turbines anglaises destinées à équiper nos frégates, ils me ressortent cette photo.

— Ils nous proposent un pot-de-vin ?

— Ne prononce jamais ce mot !

Au même instant, TJ déboula dans la chambre. Kevin lui emboîtait le pas, un oreiller brandi au-dessus de la tête.

— Fichez-moi le camp ou je vous botte le train ! rugit Tan.

TJ se figea, saisit le coussin que son camarade venait de lui lancer, puis quitta la pièce précipitamment.

— Avez-vous toute confiance en Dion Frei ? demanda Max.

— Absolument. Il nous est totalement dévoué. Nous nous sommes rencontrés il y a quinze ans, lorsque nous cherchions à acquérir des bateaux pour desservir l'une de nos résidences.

— Alors, qu'est-ce qu'on fait ? On fixe un rendez-vous ?

— Oui. David Secombe n'a aucune raison de soupçonner que nous allons rencontrer l'un de ses rivaux.

— À l'ambassade ?

— Non. Cet endroit grouille d'espions et de fouille-merde. Adresse-toi *discrètement* au concierge de l'hôtel. Demande-lui de nous trouver une salle pour une heure, grand maximum. Ensuite, tu appelleras Dion Frei. Tu lui diras que je suis très intéressé par sa photo, mais que je souhaite m'entretenir avec lui d'homme à homme, sans témoin.

— Quand ?

— Au plus vite. Je suis censé signer le contrat d'achat demain. Il ne faut pas traîner. Maintenant, je dois retrouver Secombe avant qu'il ne se doute de quelque chose.

...

Au cours de sa carrière, Dion Frei avait assisté à de nombreuses éditions du salon de l'armement de Londres. À cette occasion, il avait noué d'innombrables contacts, et s'était notamment lié avec des membres importants du corps diplomatique français. Il n'avait eu aucune difficulté à obtenir des services techniques que les appels à destination de l'un des numéros de l'ambassade soient transférés vers son téléphone mobile.

Dès que la sonnerie retentit, il posa un doigt sur sa bouche pour intimer le silence aux personnes présentes dans la sacristie.

— Max ? s'étonna Dion. Vous êtes nouveau, je suppose. Qu'est devenue Lucy ?... Oh, c'est regrettable, c'était une jeune femme adorable... Oui, bien sûr, je serais ravi de rencontrer Mr Abdullah. Je dois assister à une brève réunion dans quelques minutes, mais je pourrai vous rejoindre dans environ une heure et demie... OK... OK... Retrouvons-nous là-bas, Max. Merci d'avoir appelé.

— Alors ? demanda Verhoeven lorsque l'homme eut mis fin à la conversation.

— La rencontre se tiendra dans une salle à manger privée, au sixième.

Helena déplia un plan de l'hôtel *Leith* sur la table et constata que toutes les salles privatives du niveau six donnaient sur le restaurant.

Verhoeven posa un doigt sur le rectangle gris figurant la vaste pièce.

— Je pense qu'il empruntera l'escalier de service et passera par les cuisines pour rejoindre la salle de réunion.

— Je suis d'accord, confirma Kyle. Les parois de la cabine d'ascenseur sont en verre. On a déjà vu plus discret...

— A-t-on l'assurance que Dion ne sera pas fouillé avant la réunion ? demanda James.

— Nous n'avons aucune certitude, répondit Verhoeven. Cette opération repose sur des risques calculés. Il est possible que Dion subisse une fouille exhaustive. Il est aussi possible que d'ici quatorze heures trente, Tan Abdullah découvre qu'il a été licencié par son employeur.

— Ils ne me fouilleront pas, assura Dion. J'ai participé à des milliers de réunions comparables dans ma carrière, et ça n'est jamais arrivé. Ça ne fait pas partie des procédures habituelles.

— Très bien, dit Verhoeven en se tournant vers la carte. Nous ferons entrer l'équipement dans des valises, et nous ne serons pas soupçonnés. Nous patienterons au restaurant pendant la rencontre. Quand Tan Abdullah quittera la salle de réunion, nous lui tendrons une embuscade. Nous devrons à tout prix protéger les enregistrements. Dès que notre cible aura compris de quoi il retourne, elle enverra ses gorilles récupérer les bandes et les cartes mémoire.

— Ils seront armés ? demanda l'un des membres de l'équipe télé.

— Non, répondit Kyle. En tout cas, pas à titre légal, car on ne leur a pas délivré de permis. Mais ces types sont des *mastodontes*, alors il est nécessaire d'éviter toute confrontation physique.

James surprit une lueur d'excitation dans les yeux de Bruce.

— Le plus important, c'est de permettre à tous ceux qui seront en possession d'enregistrements de quitter l'hôtel au plus vite, insista Verhoeven. Je ne suis qu'un vieux croûton qui ne tient pas sur ses jambes, alors *ne m'attendez pas*. Sortez de l'immeuble par n'importe quel moyen et sautez dans le premier taxi venu. Rendez-vous ici même, aussitôt que possible.

32. Dans un bol de punch

Kyle rabattit sa casquette sur ses yeux avant de pénétrer dans le hall de l'hôtel *Leith*, un paquet cadeau sous le bras. Il se dirigea vers la femme policier qui montait la garde devant l'ascenseur, Bruce et James sur ses talons.

— Puis-je vous demander ce que vous faites dans cet établissement ? demanda cette dernière.

James ne se laissa pas intimider.

— Nous venons célébrer l'anniversaire de notre grand-père. Nous avons rendez-vous au restaurant du sixième étage. Il y a un problème ?

— L'accès aux étages VIP fait l'objet d'une surveillance renforcée. Inutile de vous inquiéter. Je vous souhaite de passer un excellent moment.

— On fera de notre mieux, sourit James.

Kyle enfonça le bouton de l'ascenseur.

— Je ne fais plus partie de CHERUB, et James n'en a plus pour très longtemps, dit-il, pendant que la cabine filait vers le sixième étage. Mais toi Bruce, tu es plus jeune. Ta carrière est loin d'être achevée. Tu pourrais bien être viré de l'organisation si la direction apprend que tu faisais partie de cette opération.

— Tu devrais peut-être rester discret, ajouta James.

Mais Bruce ne partageait pas l'avis de ses camarades.

— Eh, les mecs, vous me connaissez ! Vous pensez que je suis venu ici pour faire de la figuration ?

Le bar et le restaurant étaient aussi clinquants que le reste de l'hôtel. Le sol était recouvert d'une mosaïque or et argent. Le comptoir incurvé était intégralement transparent, si bien que l'on pouvait apercevoir les jambes des barmaids vêtues de noir des pieds à la tête.

Hugh Verhoeven portait une veste en tweed, une casquette et une canne. Installé à une table proche du bar, il sirotait un gin tonic.

— Joyeux anniversaire, grand-père ! s'exclama Kyle avant de lui remettre le paquet cadeau.

Verhoeven souleva un sourcil et sourit.

— Je te dirais bien merci, mon petit, si seulement je savais ce que contient cette boîte.

Kyle commanda une bouteille de bière italienne. James et Bruce portèrent leur choix sur des Cocas light.

— Cet endroit me rappelle les bordels du Vietnam, lança Verhoeven. Mais je me doute bien que les consommations doivent être un peu plus chères.

— C'est une impression, ou tu as passé toute la guerre dans des maisons de passe ? s'amusa James.

Verhoeven avait établi une forme de complicité avec les garçons au cours des heures passées dans la sacristie. Ayant abandonné son rôle de vieux sage, il leur parlait désormais à cœur ouvert.

— Je n'ai jamais profité de la situation, si vous voulez tout savoir, s'esclaffa-t-il. Mais dans ma profession, pour être tout à fait honnête, on passe plus de temps à fréquenter des bars louches qu'à assister à des conférences de presse.

Bruce était pendu aux lèvres du journaliste.

— J'adore ce métier, dit-il. Je me verrais bien en correspondant de guerre.

Tandis que la serveuse déposait sur la table les boissons et un bol de cacahuètes, James jeta un regard discret à la salle et découvrit les trois membres de l'équipe TV installés dans un box, à quelques mètres de là. Lorsque la barmaid eut tourné les talons, Verhoeven déballa son cadeau.

Le paquet contenait un micro équipé d'une bonnette en mousse semblable à ceux que les journalistes brandissent sous le nez des personnalités, ainsi qu'un émetteur à courte distance censé capter les signaux audio du mouchard placé sous le revers de sa veste.

Kyle consulta sa montre.

— Ils ne devraient plus trop tarder, dit-il.

∴

Tan Abdullah franchit la porte des cuisines encadré de deux gardes du corps, puis entra dans le champ de vision des activistes qui guettaient dans le restaurant.

Outre le micro caché sous le revers de sa veste, Dion Frei était équipé d'une caméra miniaturisée dissimulée dans son nœud de cravate. Cette dernière était connectée via wi-fi à une carte mémoire placée dans l'attaché-case posé sous la grande table ovale autour de laquelle devait se dérouler la réunion. Il avait participé à des milliers de rencontres comparables au cours de sa carrière, dont des dizaines en compagnie de Tan Abdullah. Il aurait dû se sentir parfaitement serein, mais il patientait depuis vingt minutes. Son imagination s'était mise à vagabonder. Il redoutait d'avoir été démasqué lorsque son hôte déboula dans la salle.

— Quelle joie de te revoir! s'exclama Tan avant de le serrer brièvement dans ses bras. Ton costume est *magnifique*. Tu as vraiment le chic pour te faire passer pour plus jeune que tu n'es.

— Pas de femme et pas d'enfant pour creuser mes rides, et un excellent tailleur, s'esclaffa Dion. J'ai confié ses coordonnées à ton assistante, la dernière fois que nous nous sommes croisés, à Genève. Tu devrais lui passer un coup de fil. Son atelier se trouve à cinq minutes d'ici, sur Savile Row.

— Je suivrai ton conseil quand la situation sera revenue à la normale, dit Tan. June a piqué sa crise, pour changer. Elle a une bande de manifestants aux fesses. Ils l'ont bombardée d'œufs devant *Elbridge*. Nous pensons qu'un membre de notre délégation informe ces ordures. Du coup, elle est privée de shopping.

— Eh bien! s'exclama jovialement Dion. Je suis content de ne pas avoir été dans les parages. Je n'ai plus l'âge de supporter ses hurlements.

Tan explosa de rire.

— Je n'étais pas là non plus, rassure-toi. Je me trouvais à une démonstration du K61 en compagnie de David Secombe.

— Super missile, ironisa Frei. Il paraît que les autorités avaient convoqué plusieurs membres de l'US Air Force pour assister au spectacle, et que le pétard a explosé sur son pas de tir.

— Je confirme. Ce n'était pas une réussite. Alors, comment ça se passe, à la TSMF? Il paraît qu'ils ont licencié une bonne partie du personnel, et que l'une de ses chaînes de production a carrément mis la clé sous la porte.

Dion se raidit. Il redoutait que Tan ne se soit renseigné sur son compte et n'ait découvert qu'il ne faisait plus partie de la société.

— Un vrai bain de sang, dit-il. J'ai perdu plein de collègues quand la France a dénoncé son contrat. Mais j'ai vingt-sept ans d'ancienneté. Je fais partie des meubles, maintenant.

— Ça a dû être pénible, dit Tan. Bon, qu'est-ce qu'on fout ici, Dion? C'était quoi, cette photo?

— Un simple message des Français, pour se rappeler à ton bon souvenir, et t'encourager à penser à eux quand tu auras lâché la politique pour te recentrer sur les affaires.

— Ça ne devrait pas tarder. Le Premier ministre est en chute libre dans les sondages. Il n'est pas plus populaire qu'un étron dans un bol de punch.

— Tu n'envisages pas de le remplacer à la tête du parti ?

— Je suis trop vieux, trop moche, et j'ai trop de casseroles au cul, dit Tan. Je me retirerai de la politique dès que sa défaite sera proclamée, aux élections de septembre prochain.

— C'est bien que tu le prennes comme ça, gloussa Dion, conscient que le jugement négatif de son interlocuteur était enregistré par le dispositif dont il était équipé. Mais tu es absolument certain qu'il ne pourra pas effectuer un troisième mandat ?

— Non, c'est terminé. Il n'a plus ni élan, ni courage. Il passe son temps à se désespérer devant les sondages. Un dirigeant digne de ce nom devrait se contenter de gouverner comme il l'entend, pas de se préoccuper de ce que son peuple désire. Mon fils aîné est gouverneur de Langkawi, aujourd'hui. Dans quelques années, il deviendra sans doute Premier ministre.

— Voilà qui serait excellent pour les affaires, ricana Dion Frei, avant de commencer à déballer le mensonge soigneusement élaboré lors de la préparation de l'opération. Comme tu le sais, TSMF n'est pas en situation de livrer les huit turbines dont tu as besoin. Son principal centre de production est entièrement mobilisé par les contrats signés avec les États du Golfe.

Tan hocha la tête.

— Ils mettent vraiment le paquet, dans cette région. Et c'est la même chose pour l'Asie du Sud-Est. Tout le monde crève de trouille face à la puissance militaire chinoise.

— Mais sache que les Saoudiens ont reculé la date de livraison de leur commande à 2016 en raison de retards de production touchant leurs chantiers navals, annonça Dion. Du coup, ça nous laisse une opportunité pour travailler ensemble. Sur le plan financier, nous sommes trois pour cent moins chers que les Anglais. De plus, en signe d'amitié, le gouvernement français est disposé à t'octroyer pour seulement dix millions d'euros une concession de quatre-vingt-dix-neuf ans sur l'île du Pacifique dont tu rêves depuis tant d'années.

Tan sourit de toutes ses dents.

— Dix millions ? C'est donné !

— Un quart du prix normal, dit Dion. Tu pourras revendre la concession et empocher trente millions, ou développer l'île et récupérer dix fois ton investissement à plus long terme.

— Cela dit, ta proposition tombe au plus mauvais moment. L'accord avec Londres est sur le point d'être signé. Demain matin, je serai reçu à Buckingham Palace. Toute la presse est convoquée. Ces contrats représentent cinq milliards de livres et douze mille emplois britanniques.

Dion haussa les épaules.

— Il suffira d'un grain de sable pour faire capoter la transaction. Fais preuve d'imagination : un document manquant, les inquiétudes d'un de tes amiraux... Tu pourrais même charger un avocat de dénoncer une clause légale concernant le contrat des turbines. Je te rappelle qu'il ne représente que neuf cents millions sur cinq milliards et demi. Tu pourras toujours te faire prendre en photo avec le prince Charles, puis pinailler sur un article de deux lignes pour retarder la signature. Dans deux semaines, tu annonceras que les Français ont fait une contre-proposition. Tu signeras avec nous pour huit cent soixante-dix millions, et tu mettras enfin les mains sur cette foutue île.

Tan se laissa tomber sur une chaise puis s'accorda quelques secondes de réflexion.

— Il va falloir que j'agisse rapidement. Quoi qu'il en soit, tu as fait du sacré bon boulot, Dion.

— Alors, marché conclu ? demanda ce dernier en offrant sa main à serrer.

Tan la saisit, puis hocha lentement la tête.

— Marché conclu, Mr Frei, sourit-il. C'est toujours un plaisir de faire des affaires avec vous.

33. Une maison de fous

Grâce à l'oreillette dont il était équipé, Hugh Verhoeven n'avait rien manqué de la conversation. Comme prévu, il avait recueilli un enregistrement audio démontrant que Tan avait accepté un pot-de-vin, mais les commentaires négatifs concernant le Premier ministre malaisien constituaient une divine surprise.

En journaliste expérimenté, Hugh savait que ces propos seraient largement relayés par les médias nationaux, et que l'homme qu'il avait si sévèrement critiqué ne lèverait pas le petit doigt pour le laver des accusations de corruption.

Mais si la première partie du plan s'était déroulée sans anicroche, l'opération était loin d'être achevée.

— Prends ça, dit-il à James en lui remettant l'enregistreur. Emprunte l'ascenseur et tire-toi d'ici en vitesse. Kyle, retrouve Dion à l'endroit prévu et escorte-le dans l'escalier de secours. L'enregistrement à distance n'est pas de très bonne qualité. Pour être crédible, il nous faudra produire celui qui a été réalisé grâce au dispositif qui se trouve dans son attaché-case.

— Et moi ? demanda Bruce.

— Si tu as vraiment l'intention de devenir journaliste, tu ferais mieux de rester près de moi pour assister au spectacle.

Tan et Dion, tout sourire, quittèrent la salle de réunion. Hugh attendit que ce dernier ait fait quelques pas dans le restaurant avant de brandir son micro et d'adresser un geste de la main aux membres de l'équipe de tournage qui patientaient à une autre table, dans un angle de la salle.

Le caméraman français et ses deux assistantes se dressèrent d'un bond. L'une d'elles braqua un puissant projecteur portable en direction de Tan. L'autre portait une petite caméra de secours.

— Mr Abdullah ! s'exclama Verhoeven tandis que le petit homme se dirigeait vers la porte des cuisines. Auriez-vous la gentillesse de répondre à quelques questions ?

Aveuglé par le projecteur, Tan plissa les yeux. Les gardes du corps qui l'encadraient se tenaient prêts à intervenir, mais leur employeur était un politicien chevronné qui savait se comporter devant l'objectif.

— Pas d'interview, dit-il poliment. Adressez-vous à mon assistant. Il tâchera de vous trouver un rendez-vous.

Verhoeven fit la sourde oreille.

— Mr Abdullah, pourquoi avez-vous accepté un pot-de-vin de la part de Dion Frei ?

Les traits de Tan s'affaissèrent momentanément, puis ses yeux lancèrent des éclairs.

— Qui prétend une chose pareille ? C'est absolument ridicule.

— Mr Abdullah, Dion Frei ne fait plus partie de la TSMF depuis onze mois. La réunion à laquelle vous venez de prendre part a été enregistrée. Souhaitez-vous préciser votre point de vue sur le Premier ministre malaisien ? N'est-il vraiment, comme vous l'avez affirmé, *pas plus populaire qu'un étron dans un bol de punch* ?

Réalisant qu'il s'était fait piéger, Tan se tourna vers ses gorilles.

— Saisissez leur équipement, ordonna-t-il. Ces écoutes sont illégales. Je jouis du statut diplomatique !

Les gardes du corps se ruèrent sur le journaliste et les techniciens. Des éclats de voix résonnèrent jusqu'au quatrième étage, où se trouvaient déjà Kyle et Dion.

— J'espère qu'ils ne vont pas faire de mal à Verhoeven, haleta ce dernier. Il n'est plus tout jeune.

— Mais... où est votre attaché-case ? s'étrangla Kyle.

Dion se figea, baissa les yeux et contempla ses mains vides avec stupéfaction.

— *Merde* ! J'ai dû le laisser dans la salle de réunion !

— Bon, continuez sans moi. Je vais tâcher de le récupérer.

Dans le restaurant, Bruce évalua d'un œil expert la force de ses adversaires. Les gardes étaient lents et massifs. C'était exactement le genre d'ennemi qu'il aimait corriger.

Lorsqu'il bondit en avant afin de s'interposer entre les gorilles et l'équipe de tournage, la pointe de sa chaussure heurta une latte de plancher mal ajustée et il s'étala face la première sur le parquet.

En entrant dans la pièce, Kyle trouva l'un des gardes du corps en train de malmener le caméraman et ses deux assistantes. L'autre tenait Hugh Verhoeven contre le mur.

— Pour qui travaillez-vous ? hurlait-il à pleins poumons. Quel est votre nom ?

Tan, lui, avait déjà battu en retraite jusqu'à sa suite. Kyle chercha vainement Bruce du regard. La porte menant à la salle à manger privée était restée ouverte. Il y jeta un bref coup d'œil et constata avec soulagement que l'attaché-case se trouvait toujours sur la table, là où Dion l'avait abandonné.

Des pas lourds résonnaient dans l'escalier menant aux étages supérieurs. À l'évidence, Abdullah avait dépêché des renforts. Ne pouvant pas se permettre d'être interpellé en possession de la mallette, Kyle l'ouvrit à la hâte, en retira un exemplaire du *Financial Times* et plusieurs magazines consacrés à la musique classique puis en palpa la doublure. Il détecta aussitôt le compartiment secret où se trouvait l'enregistreur miniaturisé. Il en fit glisser un minuscule panneau de commande disposant d'un bouton *ON/OFF* et d'un lecteur SD.

Kyle récupéra la carte mémoire et la plaça dans la poche de son jean. Au moment précis où il refermait l'attaché-case, deux gardes du corps firent irruption dans la pièce.

— Qu'est-ce que tu fais ici, toi ? demanda l'un d'eux. Qu'y a-t-il dans cette mallette ?

— Voyez vous-mêmes, dit Kyle en la faisant glisser dans leur direction.

Dans sa précipitation, il n'avait pas eu le temps de replacer la télécommande dans son logement. Au premier coup d'œil, l'homme comprit de quoi il retournait.

— La carte ! rugit-il. Et si tu essayes de jouer au plus fin avec nous, tu ne sortiras pas vivant de cette pièce.

Kyle attendit que ses adversaires se rapprochent pour prendre appui sur une chaise, bondir sur la table et se mettre à courir. Surpris par cette manœuvre, les gorilles tentèrent vainement de le saisir par les jambes. Il déboula dans le restaurant et découvrit Bruce immobile au centre de la salle, l'air confus, une coupure au front.

— Ça ne va pas, mon vieux ? demanda-t-il, en se figurant avec effroi la puissance de l'individu qui était parvenu à maîtriser son camarade.

— J'ai trébuché, dit Bruce, encore sous le choc, en chassant d'un revers de main une goutte de sang qui avait coulé jusqu'au bout de son nez. Le parquet est mal posé. Je devrais leur coller un procès au cul.

Kyle évalua rapidement la situation. L'un des gardes du corps maintenait toujours Verhoeven plaqué contre le mur, deux de ses collègues malmenaient le caméraman tombé au sol, et les hommes qui se trouvaient dans le salon privé n'allaient pas tarder à les rejoindre.

Bruce remarqua que sur chaque table, les condiments étaient disposés sur de longs blocs d'ardoise. Il en choisit un, en ôta salière, poivrière et pot de moutarde, puis le tint solidement dans son poing pour en estimer le poids. À cet instant, les deux gardes du corps surgirent dans le dos de Kyle.

Ce dernier lança un coup de pied en arrière, atteignant le premier à l'abdomen. L'homme se plia en deux, puis Bruce l'assomma à l'aide de sa matraque improvisée. Emporté par son élan, le second gorille trébucha contre les jambes de son collègue et s'étala lourdement. Bruce saisit son poignet, le tordit à la limite de la rupture, puis lui assena un prodigieux coup de pied à la tête qui lui fit aussitôt perdre connaissance.

— J'ai la carte mémoire où est enregistrée la vidéo, dit Kyle en jetant un œil aux cuisines pour s'assurer qu'ils ne risquaient pas d'être confrontés à d'autres agents de sécurité.

— Alors tire-toi. Moi, je reste ici pour finir le boulot.

Lorsque Kyle eut franchi la porte des cuisines, Bruce saisit une chaise, la souleva au-dessus de sa tête et se rua sur l'individu qui menaçait Verhoeven.

— Je vais t'apprendre à respecter les personnes âgées ! s'exclama-t-il.

Le garde du corps se tourna dans sa direction et essaya de lui porter un coup de pied. Il esquiva facilement l'attaque avant de pulvériser la chaise sur le dos de son adversaire.

— Reste allongé ou je te massacre, menaça Bruce.

C'était une précaution inutile, car sa victime n'était guère en état de se relever. Elle souffrait de plusieurs côtes brisées. Les doigts de la main avec laquelle elle avait essayé de parer l'attaque étaient tordus selon un angle peu habituel.

— Bruce Norris ? dit Verhoeven en roulant des yeux stupéfaits. C'est un nom d'emprunt, n'est-ce pas ? Je suppose que tu ne l'as pas choisi par hasard.

— Appelez l'ascenseur, dit le garçon en considérant les gardes du corps qui s'acharnaient sur le caméraman. Ces types ne valent rien. Dès que je les aurai terminés, nous descendrons tous ensemble.

...

Parvenu au cinquième étage, Kyle se pencha par-dessus la rambarde et découvrit le palier inférieur bloqué par deux policiers en uniforme qui semblaient attendre des renforts avant de se lancer à l'assaut du restaurant.

Il envisagea un instant de tenter sa chance en usant d'un coup de bluff, mais il craignait d'être menotté avant même de pouvoir fournir une explication.

Outre la perspective d'une longue garde à vue et la possibilité d'une condamnation figurant sur son casier judiciaire, il était convaincu que l'Intelligence Service ne rendrait pas public l'enregistrement figurant sur la carte mémoire. Tout au plus s'en serviraient-ils pour faire chanter Tan Abdullah.

Kyle remonta les marches pour la seconde fois. Il trouva la salle de restaurant silencieuse, et les gardes du corps hors d'état de nuire. Sans doute la police avait-elle investi le rez-de-chaussée du *Leith*. S'il empruntait l'ascenseur, il risquait de se jeter dans la gueule du loup. Il n'avait pas le choix : il lui fallait s'aventurer dans les étages supérieurs en espérant dénicher un moyen alternatif de quitter l'hôtel.

Hélas, il trouva le bar et le restaurant du septième étage fermés par une grille métallique.

Le huitième étant occupé par Tan et sa délégation, il était forcément placé sous étroite surveillance. Kyle s'interrogea sur les possibilités de passer par le toit, mais les risques de chute fatale étaient grands en cas de course-poursuite. Alors, se souvenant que Lauren se trouvait dans le bâtiment, il sortit son portable et composa son numéro. Elle répondit après cinq sonneries.

— Kyle, est-ce que tu as la moindre idée de ce qui est en train de se passer ? demanda Lauren d'une voix anxieuse. Je ne devrais même pas te parler. On risque de me poser des questions.

— Je suis dans l'escalier de service.

— Où ça ? C'est le chaos complet, ici. Tan n'arrête pas de hurler sur son assistant. Il a viré tout le monde de sa suite mais il refuse de nous dire ce qu'il se passe. David Secombe est en pleine panique.

— Lauren, je ne voulais pas te mêler à tout ça, dit Kyle, mais j'ai sur moi une carte mémoire que les flics confisqueront s'ils m'arrêtent.

— Quelle carte ? Qu'est-ce qu'elle contient ?

— Lauren, je n'ai pas le temps de t'expliquer. Tu sais que je suis un type bien, non ? Est-ce que j'ai une chance d'arriver jusqu'à ta chambre sans me faire pincer ?

— C'est une vraie maison de fous. La plupart des gardes se sont rués dans les escaliers, tout à l'heure, mais il y a un policier posté à chaque extrémité du couloir.

— Quel est le numéro de ta chambre ?

— Kyle, je pourrais être virée de CHERUB. Tout à l'heure, tu m'as parlé de *quelques* manifestants. Tu dois me dire ce qui se passe.

Alors, Kyle entendit des pas lourds et précipités provenant des étages inférieurs.

— Lauren, les flics arrivent, s'étrangla-t-il. Où se trouve ta chambre ? Je vais tenter de te remettre la carte, et tu la donneras à James quand tu seras de retour au campus. Aide-moi, je t'en supplie.

— Huit cent deux, lâcha Lauren. Juste à côté de l'ascenseur. Kyle, je te rappelle que Zara m'a déjà adressé un avertissement formel. Si je franchis la ligne jaune, c'est terminé pour moi.

Kyle mit un terme à la conversation et se précipita vers le huitième étage. Il jeta un œil par un oculus et aperçut un policier en uniforme qui, visiblement mort d'ennui, montait la garde sur une chaise, devant la porte donnant sur l'escalier. Kyle la poussa avec une telle force que l'homme roula sur la moquette, puis il s'engagea dans le couloir à toute allure.

— Arrêtez-vous ou je tire ! cria le policier.

Kyle savait que l'homme bluffait : en tant qu'officier de police, il n'était pas autorisé à ouvrir le feu, à moins d'être confronté à un danger de mort immédiat. Droit devant lui, il vit la tête de Lauren apparaître dans l'encadrement d'une porte.

Au même instant, un colosse jaillit d'une chambre et lui infligea un plaquage digne d'un rugbyman professionnel. Kyle se cogna la tête contre le mur du couloir puis sentit un genou s'enfoncer dans son dos.

Il se retourna et se débarrassa du garde du corps d'un double coup de pied. Hélas, le policier était déjà sur lui, matraque brandie, et l'un de ses collègues accourait de la direction opposée. Même Bruce aurait eu des difficultés à résister à une telle opposition. Conscient qu'il n'y avait plus rien à espérer, Kyle leva les mains en signe de reddition.

Le cœur brisé, Lauren assista à l'arrestation de son ami.

— Mais… c'est Kyle Blueman, chuchota Kevin qui observait la scène, planté derrière sa coéquipière. Il fait partie de l'opération ?

— Ferme-la, s'il te plaît, dit-elle.

Lorsque Kyle fut solidement menotté, les policiers le remirent sur pied.

— J'étais au restaurant avec mon grand-père, expliqua-t-il en se tournant vers l'agent qu'il avait éjecté de sa chaise. Et puis cette bagarre a éclaté. J'ai paniqué et je me suis enfui. Je suis vraiment désolé, monsieur. Je ne pouvais pas savoir que vous vous trouviez derrière cette porte.

Sa voix avait d'étonnants accents de sincérité et des larmes perlaient au coin de ses yeux, mais tout en jouant la comédie, il ne cessait de pointer discrètement deux doigts en direction du sol.

— Il a laissé tomber un Kleenex roulé en boule à ses pieds, chuchota Kevin à l'oreille de Lauren. Qu'est-ce que ça veut dire ?

— Je ne sais pas, répondit-elle, tandis que Kyle, de la pointe du pied, repoussait le mouchoir contre une plinthe. Je vais le ramasser. Rentre dans la chambre et n'en parle à personne.

Lauren franchit la porte de la suite, se dirigea vers les policiers, sortit un Kleenex de la poche de son jean et fit semblant de se moucher.

— Excusez-moi, dit-elle sur un ton poli. Je dois aller chercher quelque chose dans la chambre de mon père.

— Pas de problème, vous pouvez y aller, répondit l'un des officiers en s'adossant au mur pour la laisser passer.

Lauren s'inclina légèrement en signe de remerciement et en profita pour ramasser le mouchoir en papier que Kyle avait laissé tomber.

Elle le serra dans sa main et reconnut la forme rectangulaire d'une carte SD. Elle la glissa dans sa poche puis marcha droit devant elle, redoutant que les policiers ne l'interpellent.

Elle ignorait encore ce qui se trouvait sur cette carte et quelle serait sa réaction lorsqu'elle le découvrirait.

34. La peur du vide

Melissa ouvrit la porte de sa suite et invita Lauren à entrer.

— Qu'est-ce qui se passe ? demanda cette dernière, en tâchant de ne pas laisser paraître son extrême nervosité.

— Tout ce que je sais, c'est que des journalistes ont réussi à s'introduire dans l'hôtel, et qu'ils ont essayé de coincer Tan Abdullah, expliqua Melissa.

— David est ici ?

— Non. Comme Tan refuse de lui parler, il est descendu au rez-de-chaussée pour se renseigner auprès des flics.

La suite double était identique à celle que partageaient Kevin et Lauren. La jeune fille caressa la robe de soirée noire posée sur le dossier du sofa.

— J'aimerais avoir les moyens de m'offrir une telle merveille dans la vraie vie, sourit Melissa. Même si je n'aurais pas souvent l'occasion de la porter...

D'un hochement de tête, Lauren désigna l'ordinateur portable posé sur la table du balcon.

— Ça te dérange, si je relève mes e-mails ?

— Non, bien sûr. Tu peux y aller, il est connecté. Sauvegarde ma note de frais avant de quitter Excel.

— C'était vraiment super, cet après-midi, au spa, dit Lauren sur un ton parfaitement détaché tout en étudiant le PC portable.

À son grand soulagement, elle découvrit sur le côté gauche une série de fentes permettant la lecture de cartes mémoire.

— Tu as touché le gros lot, avec ce masseur suédois, gloussa Melissa.

— Plutôt canon, hein ? sourit Lauren en introduisant discrètement la carte SD dans le lecteur.

Windows reconnut le périphérique de stockage mais l'application multimédia refusa d'ouvrir l'unique fichier qu'il contenait. Une fenêtre proposant de télécharger un codec vidéo manquant apparut à l'écran. Lauren cliqua sur OK.

— Tu as un petit copain à CHERUB ? demanda Melissa.

Lauren tressaillit. Elle n'était pas habituée à entendre des personnes étrangères au campus évoquer l'existence de l'organisation, mais Melissa était un membre de haut rang du MI5.

— Oui, répondit-elle. Mais je dois t'informer que je n'ai pas le droit de parler de CHERUB, sauf en cas de nécessité absolue. Ne le prends pas mal, mais ce sont les règles.

— Je comprends très bien, dit Melissa avant de se diriger vers la salle de bains. Dans notre métier, l'imprudence peut coûter très cher.

Les mots *installation terminée* clignotèrent à l'écran. N'ayant pas la moindre idée de ce qu'elle allait découvrir, Lauren coupa le volume de l'ordinateur.

Son téléphone sonna avant qu'elle n'ait pu lancer la lecture du fichier.

— Oui, Kevin... chuchota-t-elle. Ici, personne ne sait ce qui se passe. Reste dans notre chambre avec TJ.

— TJ a déjà quitté l'hôtel en compagnie d'un garde du corps. Tan estime qu'il n'est pas en sécurité. Dès que ses bagages seront prêts, il trouvera refuge à l'ambassade de Malaisie.

Lauren contempla anxieusement l'ordinateur. La présence de Melissa, qui mettait de l'ordre dans la suite pour tuer l'ennui, rendait la situation particulièrement délicate.

— Kevin, il faut que je te laisse. Je te rappelle dès que j'en saurai davantage.

Elle empocha son téléphone et cliqua sur le bouton *PLAY* du lecteur multimédia. La vidéo avait été tournée dans une pièce meublée d'une longue table. En observant les immeubles visibles par la fenêtre et la décoration chargée de la salle, Lauren comprit que la scène se déroulait à l'intérieur de l'hôtel *Leith*.

Le contrôleur indiquant que le film durait quarante-quatre minutes, Lauren fit glisser le curseur sur la time line. Elle le positionna dix minutes plus tard, puis vingt, et vit enfin Tan Abdullah entrer dans la salle. Elle haussa le volume de deux crans. Il était exclu d'écouter toute la réunion, mais elle n'eut besoin que de quelques répliques pour comprendre que le ministre malaisien avait accepté sans hésiter un énorme pot-de-vin.

Les risques pris par Kyle pour transmettre la carte mémoire à sa camarade laissaient supposer qu'il s'agissait de la seule copie du film incriminant.

David Secombe fit irruption dans la suite.

— C'est le bordel le plus complet ! s'écria-t-il.

Lauren quitta le lecteur multimédia. Elle aurait voulu en envoyer une copie sur sa propre adresse électronique, mais le fichier pesait plus de trois gigas. Le transfert durerait des heures, même avec une connexion Internet performante.

— Que se passe-t-il en bas ? demanda Melissa.

— Tan Abdullah s'est fait coincer en pleine démonstration de corruption passive, gronda David. Bon sang, je travaille sur ces putains de contrats depuis huit mois !

Il donna un coup de pied dans le canapé et en dispersa rageusement les coussins.

— Je ne comprends pas, dit Melissa.

— Ils ont arrêté un adolescent, expliqua Secombe. Apparemment, il était en possession d'une carte mémoire contenant une vidéo clandestine qui prouve qu'Abdullah a accepté un énorme pot-de-vin. Si nous pouvions récupérer cet enregistrement, nous pourrions nous en servir pour faire chanter Tan et remettre l'accord sur les rails. Mais s'il est diffusé dans les médias, cette ordure perdra toute crédibilité. Il sera chassé du gouvernement et les pourparlers seront interrompus pendant des mois, si ce n'est définitivement.

— Les policiers ont fouillé ce garçon? demanda Lauren en glissant la carte SD dans la poche de son jean.

— Ils n'ont rien trouvé. Il l'a peut-être avalée ou cachée quelque part dans l'hôtel. J'ai demandé tous les renforts disponibles et ordonné aux flics de passer l'immeuble au peigne fin. Pour l'économie britannique, cet enregistrement vaut cinq milliards de livres.

— Quel désastre, soupira Lauren avant de quitter sa chaise. Bon, je ferais mieux de retourner dans ma chambre pour tenir Kevin au courant de la situation.

Elle s'engagea dans le couloir et se dirigea vers la suite huit cent deux. Les gardes du corps et les assistants de Tan insistaient pour embarquer une malle dans la cabine d'ascenseur, mais les policiers avaient reçu l'ordre de ne laisser sortir personne avant que chaque occupant n'ait été soumis à un interrogatoire en règle. Tout l'étage résonnait des hurlements de June Ling, qui était demeurée dans sa chambre.

Soupçonnant que Kyle avait glissé la carte le long de la plinthe au moment de son interpellation, les enquêteurs avaient découpé un mètre carré de moquette.

Lauren était épouvantée : tôt ou tard, l'un des témoins de la scène se souviendrait l'avoir vue faire tomber son Kleenex quelques instants après l'arrestation.

— C'était Kyle, je suis formel, dit Kevin lorsqu'elle entra dans la suite. Qu'est-ce qui se passe ?

Lauren marcha droit vers sa chambre.

— Il vaut mieux que tu ne saches *rien*. Fais-moi confiance. On pourrait avoir de très gros ennuis.

Elle claqua la porte au nez de son coéquipier puis s'assit au bord du lit.

— Eh, je ne suis plus un gamin ! protesta Kevin.

Lauren était dans une situation catastrophique.

Si on la trouvait en possession de la carte mémoire, elle serait inévitablement jugée complice de Kyle et des activistes. Sa carrière à CHERUB prendrait fin sur-le-champ.

Deux solutions s'offraient à elle : elle pouvait soit se débarrasser de la pièce à conviction en la jetant dans les toilettes, soit trouver un moyen de la restituer aux militants.

La première option était à l'évidence la plus facile à mettre en œuvre, mais Lauren se refusait à abandonner Kyle. Il était l'un de ses amis les plus chers. Il avait mis sa carrière à CHERUB en jeu, deux ans plus tôt, lorsque Norman Large avait menacé de tuer son chien. De plus, Tan méritait de payer pour ses crimes.

Bien sûr, l'échec annoncé des accords commerciaux avec le gouvernement ne la laissait pas insensible. Privée de ces cinq milliards de livres, l'industrie britannique serait contrainte de licencier de nombreux travailleurs, mais après tout, Lauren avait rejoint CHERUB pour rendre le monde meilleur, pas pour favoriser la course à l'armement.

Dans l'impossibilité de contacter Kyle, elle composa le numéro de son frère.

— James, écoute-moi attentivement. Kyle a été arrêté. Sais-tu comment je pourrais joindre Helena Bayliss ou un membre important de Bad Trips ?

— Merde, s'étrangla James. Je pensais le voir débarquer d'un moment à l'autre... Tu sais s'il avait une carte mémoire sur lui lorsqu'il a été arrêté ?

— La carte ? Mais comment... comment es-tu au courant ?

— Je me trouve sur le lieu de rassemblement, dans une église, à moins d'un kilomètre de ta position.

— Quel lieu de rassemblement ? cria Lauren, furieuse de s'être fait berner par Kyle, qui lui avait assuré que son frère n'était pas impliqué. Je croyais que tu devais visiter l'université de Birmingham !

— C'était un scénario de couverture. Je voulais vous tenir à l'écart de toute cette histoire, Kevin et toi.

— Kyle est un sale fils de pute ! rugit Lauren en frappant rageusement du pied la moquette de la chambre. Qu'est-ce que vous m'avez encore caché ? Oh... ne me dis pas que c'est grâce à moi que vous êtes parvenus à nous localiser !

James estima le moment mal choisi pour lui avouer qu'il avait installé un logiciel pirate sur son mobile.

— Ne t'inquiète pas pour ça, dit-il. Tu sais quelque chose à propos de cette carte mémoire ? Y aurait-il une chance de la récupérer, ou même d'en faire une copie ?

— Elle est dans ma poche, admit Lauren.

James écarta le téléphone de sa bouche.

— C'est bon, elle l'a, lança-t-il à ses complices.

— Génial ! s'exclama Bruce, qui se tenait à ses côtés.

Lauren, estomaquée, reconnut aussitôt sa voix.

— Lauren, reprit James, il faut *absolument* qu'on remette la main sur cette carte. Est-ce qu'on pourrait se retrouver quelque part ?

— Il est pratiquement impossible de quitter l'hôtel. Le bâtiment grouille de flics.

— File-la-moi, ordonna Kevin qui s'était glissé dans la chambre à l'insu de Lauren.

Cette dernière sursauta.

— Je t'ai demandé de rester en dehors de tout ça ! répliqua-t-elle. Sors d'ici avant que je ne te botte le train.

Elle porta de nouveau l'appareil à sa bouche.

— Je vais essayer de trouver une solution, dit-elle. Où est-ce qu'on se retrouve ?

— Il y a un coffee-shop au coin de la rue, dit James. J'imagine que les flics n'y ont pas posté d'équipe de surveillance. En courant vite, je peux être là-bas dans cinq minutes.

— OK, dit Lauren. Mais fais en sorte que quelqu'un de Bad Trips contacte un avocat pour s'occuper de Kyle.

Elle interrompit la communication puis, hors d'elle, se tourna vers Kevin, qui n'avait pas bougé d'un pouce.

— On ne parle pas la même langue ? rugit-elle.

— Je ne suis pas un gamin, répéta-t-il. Dis-moi ce qui se passe. C'est quoi cette histoire de carte ?

À ces mots, Lauren réalisa qu'elle aurait besoin de son coéquipier pour la couvrir lorsqu'elle tenterait de fuir le *Leith*. Elle lâcha un profond soupir puis brossa un tableau rapide de la situation.

— Je te fais confiance pour ne pas nous dénoncer, James et moi, conclut-elle. Mais si on te pose des questions, tu n'es au courant de rien, d'accord ? Je mériterais d'être virée de CHERUB, mais toi, il n'y a aucune raison pour que tu payes les frais de ce merdier.

Kevin, la mine boudeuse, hocha lentement la tête.

— Je n'arrive pas à croire que James ait monté toute cette opération sans m'en parler.

— Je serai de retour dans quinze minutes, vingt maximum, dit Lauren en enfilant un sweat-shirt à capuche avant de se diriger vers la porte. Ouvre les robinets de la douche. Comme ça, si quelqu'un entre ici, il croira que je me trouve à l'intérieur.

Sur ces mots, elle quitta la suite et découvrit qu'un grand nombre d'hommes en costume noir surveillaient le couloir à la place des policiers en uniforme.

— Retourne dans ta chambre, jeune fille, gronda l'un d'eux.

— Et sur ordre de qui ? demanda Lauren, l'air indigné.

— Services de sécurité, dit l'homme, visiblement très fier de son statut. Personne n'est autorisé à rejoindre ou à quitter cet étage tant que nous n'aurons pas terminé la perquisition et fouillé tous les occupants.

Le cœur battant la chamade, Lauren rebroussa chemin. Le visage de Kevin trahissait une profonde perplexité.

— J'ai fait comme tu m'as dit, pour la douche, mais les robinets ne fonctionnent plus.

— Oh merde ! s'étrangla Lauren. Ils ont procédé à la façon des stups : ils ont coupé l'eau pour qu'on ne puisse rien faire disparaître dans les toilettes. Je te parie qu'ils ont aussi placé des dispositifs d'interception dans la tuyauterie.

— Ils se sont déployés rapidement, fit observer Kevin. Ils devaient être en état d'alerte depuis un moment. Dès que Secombe a compris qu'une taupe renseignait les manifestants, je suppose.

Lauren sortit la carte de sa poche et la tint dans la paume de sa main.

— Si je l'avale, tu crois qu'elle sera visible aux rayons X ?

— Sans aucun doute, confirma Kevin en la prenant entre ses doigts. Passe-la-moi. Je vais essayer de la descendre au coffee-shop.

Lauren secoua la tête.

— Tu n'as pas plus de chance que moi de persuader les agents qui se trouvent dans le couloir de te laisser passer. En plus, maintenant, ton ADN se trouve sur la carte. Je fais tout pour t'éviter les ennuis, mais on dirait que tu t'acharnes à prouver ta complicité.

— Je n'ai pas dit que j'allais passer par le couloir, sourit Kevin en se dirigeant vers le balcon. Si quelqu'un demande où je suis passé, réponds que tu croyais que j'avais quitté l'hôtel avec TJ il y a environ une demi-heure.

Lauren attrapa son camarade par le bras.

— Tu ne peux pas descendre huit étages sans harnais de sécurité. Rends-moi la carte. Il n'y a aucune raison que tu prennes de tels risques pour moi.

Kevin la repoussa avec une force peu commune puis sauta sur le balcon. Avant même que Lauren ait pu retrouver l'équilibre, il glissa la carte dans sa poche, se hissa sur la balustrade et s'y tint debout, une main posée sur la cloison de séparation de la suite voisine. À cette vue, Lauren sentit son sang se glacer dans ses veines.

Son coéquipier se retourna, fléchit les jambes puis effectua un bond de façon à s'agripper à la corniche située cinquante centimètres au-dessus de la baie vitrée.

Lauren envisagea de le saisir par les chevilles, mais elle craignait d'entraîner sa chute, et doutait de pouvoir le retenir. L'instant suivant, Kevin s'accrocha à la gouttière qui courait le long du toit en pente douce puis s'y hissa avec une agilité surprenante.

Lorsqu'il fut hors d'atteinte, il se pencha vers son amie et lui adressa un sourire enfantin.

— Si je tombe, tu diras à James et à Bruce qu'ils y sont peut-être allés un peu fort, quand ils m'ont aidé à me débarrasser de ma peur du vide.

Lauren éprouvait un sentiment d'angoisse absolue mêlé d'admiration à l'égard de son coéquipier.

— Sois prudent, je t'en prie. Appelle-moi dès que tu seras en sécurité.

Kevin roula sur le ventre et délogea deux pigeons qui s'envolèrent à tire-d'aile, lui causant une vive frayeur. Il s'accorda quelques instants pour retrouver ses esprits avant de se redresser.

Il était parfaitement insensible au vertige, et le toit était beaucoup plus stable que le parcours d'obstacles de CHERUB un jour de grand vent. Seul ombre au tableau, il n'avait pas la moindre stratégie.

Les jambes fléchies, il progressa jusqu'à un muret hérissé de conduits de cheminée, de hottes d'air conditionné, de câbles et de paraboles. Lorsqu'il eut franchi ce chaos et escaladé le parapet, il vit avec soulagement que le toit de l'immeuble voisin se trouvait deux mètres en contrebas. Il s'y laissa tomber, se réceptionna en effectuant un roulé-boulé puis foula à grandes enjambées le revêtement goudronné jusqu'à une porte coupe-feu. Constatant qu'elle ne pouvait être ouverte que de l'intérieur, il se dirigea vers l'arrière du bâtiment et sauta sur la plate-forme supérieure d'un escalier de secours extérieur. Il dévala les marches en prenant soin de se baisser à l'approche des fenêtres. À l'intérieur du bâtiment, des employés de bureau aux visages moroses remplissaient leur devoir sans enthousiasme.

Parvenu à hauteur du deuxième étage, il trouva un groupe d'hommes en train de fumer sur le palier inférieur. Il les écouta raconter des horreurs sur un chef de service prénommé Jody et s'extasier unanimement sur la poitrine de la nouvelle recrue de la comptabilité.

Deux employés écrasèrent leur cigarette et entrèrent dans le bâtiment, mais ils furent aussitôt remplacés par une femme tenant une tasse *Starbucks* dans une main et une Marlboro king-size dans l'autre. Plus Kevin patientait, plus il prenait le risque d'être pris en chasse par l'équipe du MI5. Il décida de tenter le tout pour le tout et descendit les marches jusqu'au premier étage.

— Qu'est-ce que tu fabriques ici ? demanda un homme.

— J'ai accompagné ma mère au bureau, expliqua Kevin d'une voix faussement enfantine. J'étais au sixième, je suis allé aux toilettes, et je me suis trompé de porte. Elle s'est refermée derrière moi avant que je puisse faire demi-tour.

La femme éclata de rire.

— Mon pauvre petit lapin ! sourit-elle en lâchant sa cigarette à demi consumée dans son gobelet de café. Je vais t'accompagner jusqu'à l'ascenseur.

Elle escorta Kevin à travers les bureaux défraîchis et confinés de la société d'édition spécialisée en droit. Il la remercia, emprunta l'ascenseur jusqu'au sixième étage avant de redescendre, de quitter le bâtiment et de traverser la rue.

Ébloui par le soleil printanier, il marcha d'un pas vif en direction du coffee-shop. Il repéra deux policiers en uniforme qui montaient la garde devant l'hôtel *Leith*. Il pria pour que son pantalon maculé de taches, ses mains souillées de déjections de pigeon et son coude écorché n'attirent pas leur attention.

Il trouva James attablé devant un verre de Coca.

— Bien joué, mon pote, sourit ce dernier en empochant la carte mémoire. Je dois sauter dans un taxi et rejoindre un studio de production audiovisuelle de Soho. Selon mon ami journaliste, cette affaire pourrait faire les gros titres des journaux dès demain matin.

35. Un petit entretien

Le jet de Tan Abdullah était immobilisé sur le tarmac de l'aéroport d'Heathrow. Peu après avoir quitté le terminal, le pilote avait annoncé un retard de quarante minutes causé par un orage en formation.

S'il regagnait la Malaisie, compte tenu des révélations figurant sur l'enregistrement pirate, Tan serait inévitablement accusé de corruption, arrêté sur-le-champ et jeté en prison. Il avait demandé à l'équipage d'établir un plan de vol à destination de New York. June Ling possédant la nationalité américaine, il pouvait espérer y demeurer en attendant qu'un mandat d'arrêt international soit lancé à son encontre.

TJ occupait un siège à l'arrière de l'appareil. Il avait enfilé un pyjama et incliné son dossier à quarante-cinq degrés. La tension était palpable entre son père et sa belle-mère. Personne n'avait pris la peine de lui expliquer ce qui s'était passé à l'hôtel *Leith*, mais il comprenait que la situation était grave.

Il entama une partie de PSP mais, incapable de se concentrer, il posa la joue contre le hublot pour observer le feu de position qui clignotait dans l'obscurité, à l'extrémité de l'aile droite, et les baies vitrées illuminées du terminal, de l'autre côté de la piste principale.

Tan ouvrit le compartiment à bagages situé au-dessus de la tête de son fils.

— On pourra peut-être assister à un match de NBA, à New York, suggéra-t-il avant de sortir un objet d'un attaché-case et de le glisser dans sa poche.

— Ça serait trop cool, sourit TJ. Il y a une boutique spécialisée sur Times Square. Ils ont tous les maillots et des tonnes de gadgets géniaux.

Tan referma le compartiment puis s'isola dans les toilettes situées à la queue de l'avion. De l'autre côté de la travée, Suzie somnolait, une couverture remontée jusqu'au menton. Accablé d'ennui, TJ envisagea de lui lancer une basket au visage, mais sa sœur le dominait de la tête et des épaules, et ce bref moment de triomphe ne valait pas la correction qu'elle ne manquerait pas de lui infliger.

Une hôtesse lui tendit une tasse de chocolat chaud.

— Je sais que vous avez l'habitude de prendre votre collation après le décollage, expliqua-t-elle, mais vu que nous sommes coincés sur le tarmac pour un moment...

TJ rabattit la tablette et y posa la tasse. Il vérifia que la jeune femme y avait, conformément à ses exigences habituelles, ajouté de la crème fouettée et quelques marshmallows fourrés à la confiture. Il la porta à ses lèvres et sentit la vapeur réchauffer son visage. Parfaitement détendu, sa couverture posée sur les genoux, il se laissait bercer par le martèlement discret de la pluie sur le hublot.

Alors, une détonation résonna dans l'appareil.

TJ sursauta, si bien qu'une goutte de chocolat chaud lui brûla les doigts. Il lâcha un juron. Suzie se redressa d'un bond, l'air affolé. Un signal d'alarme retentit dans le cockpit. Aussitôt, le pilote actionna une série d'interrupteurs placés au-dessus de sa tête.

L'éclairage et la ventilation de la cabine s'interrompirent brièvement, puis les batteries de secours prirent le relais. Le copilote quitta son fauteuil et se dirigea vers la queue de l'appareil. Une hôtesse tambourina à la porte des toilettes.

— Mr Abdullah, est-ce que tout va bien ?

Elle n'obtint pas de réponse. TJ et Suzie se penchèrent dans la travée. L'hôtesse poussa un hurlement en apercevant le liquide sombre qui s'écoulait sous la porte et glissait lentement jusqu'à ses chaussures.

— C'est du sang ! cria-t-elle.

Le copilote s'empara d'une clé en forme de T placée dans une niche près des toilettes et s'en servit pour tourner le verrou de l'extérieur.

Il fit coulisser la porte puis recula d'un pas. L'hôtesse jeta un bref coup d'œil à l'intérieur. Elle découvrit un pistolet gisant dans une flaque écarlate aux pieds d'Abdullah et remarqua un large trou circulaire dans le fuselage, juste derrière sa tête.

...

À la nuit tombée, James raccompagna Bruce au campus à bord d'une Mini noire. Il se gara devant le bâtiment principal, puis les deux garçons se dirigèrent vers le hall de réception.

— Je crève de faim, dit Bruce, tandis que James suspendait les clés du véhicule à un crochet, derrière le guichet d'accueil. On va dîner ?

— Laisse-moi juste le temps de remplir les papiers.

Lorsque les agents en âge de conduire restituaient un véhicule de la flotte de CHERUB, ils devaient remplir un formulaire indiquant le kilométrage parcouru et certifiant que la voiture n'avait pas été endommagée. Zara Asker fit son apparition au moment précis où James glissait le document dans la panière prévue à cet effet.

— Bonsoir, jeunes gens, dit-elle sur un ton énigmatique. Pourriez-vous me suivre, je vous prie ? J'aimerais que nous ayons un petit entretien.

Les garçons connaissaient bien le bureau de la directrice. Chaque fois qu'ils avaient commis une grave entorse au règlement intérieur de CHERUB — et les occasions n'avaient pas manqué —, ils s'étaient retrouvés là, assis sur des chaises, les mains moites et la gorge serrée. James avait eu affaire à de nombreuses reprises à McAfferty, le précédent dirigeant de l'organisation, un homme réputé pour sa sévérité. Zara était plus coulante, mais imprévisible et changeante, si bien qu'il était impossible de prédire ses réactions.

— Comment s'est passée ta visite à l'université de Birmingham, James ? demanda-t-elle.

— Bien, répondit-il, espérant qu'ils avaient été convoqués pour répondre de l'absence de Bruce à tous ses cours de la journée.

Zara se tourna vers ce dernier.

— Je n'ai pas trouvé trace d'une autorisation de sortie te concernant, dit-elle. À propos, James, je me suis renseignée. L'université n'organisait pas de journée portes ouvertes, aujourd'hui.

— Non, je sais. Je suis juste allé jeter un œil.

— Moi, je me suis décidé au dernier moment, ajouta Bruce. J'ai essayé de parler à mon responsable de formation, mais il était tôt, et il était introuvable.

Tout sourire, Zara ouvrit le dossier posé devant elle.

— J'ai reçu un appel de l'équipe de sécurité du campus, expliqua-t-elle en exhibant plusieurs rapports dactylographiés. Apparemment, votre ami Kyle a été interpellé par la police, cet après-midi.

Merde, pensa James. Il ne s'inquiétait pas pour son propre sort, mais Bruce, Lauren et Kevin avaient encore de nombreuses années de carrière devant eux.

— Ces documents sont *très* intéressants, poursuivit Zara. Une bagarre a éclaté dans l'un des restaurants de l'hôtel *Leith* peu avant l'arrestation de Kyle. Que pensez-vous du témoignage de cette serveuse ? Je cite : *un garçon d'environ seize ans, très mal coiffé, a commencé à s'en prendre à des types trois fois plus musclés que lui. Je n'ai jamais vu une chose pareille. Ce gamin était une vraie tornade. Il a massacré ces gardes du corps. C'était comme une scène de film de kung-fu. Quand il a quitté le restaurant, il n'avait qu'une petite entaille au front.*

Bruce contempla la pointe de ses baskets en espérant que sa frange masquait la coupure au-dessus de son œil gauche.

— Il n'y avait pas de caméra de surveillance ? demanda James. Qui que soit ce type, j'aimerais bien le voir à l'œuvre.

— C'est amusant que tu poses la question, répliqua Zara en exhibant un autre document. Voici le témoignage d'un employé qui se trouvait dans le bureau, derrière le comptoir d'accueil. *À bien y réfléchir, l'individu était très jeune, mais ça ne m'a pas frappé immédiatement. Il était athlétique et plutôt beau garçon. Il est entré dans la pièce, a déclaré qu'il appartenait à la police et a réclamé tous les enregistrements vidéo à titre de pièce à conviction. Je lui ai expliqué que les images étaient stockées sur des disques durs. Il a calmement placé tout le matériel informatique dans un carton puis il a quitté l'hôtel.* Un peu plus loin, il décrit la tenue vestimentaire du voleur : *baskets Nike, jean et casquette de base-ball.*

— C'est assez flou, comme description, fit observer James. La moitié des adolescents de ce pays s'habillent de cette façon.

— Certes, mais cette histoire m'a rappelé un rapport rédigé par John Jones lors de la mission Vandales. De mon point de vue, cette façon de récupérer les bandes de surveillance ressemble beaucoup aux méthodes du Führer. Qu'as-tu fait des disques durs, James ?

Ce dernier esquissa un sourire anxieux.

— Disons que *si* j'avais fait le coup, j'aurais démonté les dispositifs avec un tournevis, placé les disques dans un récipient rempli d'essence, et j'y aurais mis le feu. La chaleur aurait détruit le revêtement magnétique, ce qui les aurait rendus définitivement illisibles.

— Mais bien sûr, ce n'était pas toi ?

Bruce était convaincu que Zara pouvait les coincer grâce aux traces ADN, aux empreintes de pas et à d'autres caméras de surveillance placées dans le voisinage du *Leith*. Pourtant, il avait l'étrange impression qu'elle ne souhaitait pas les démasquer.

— *Voulez-vous* que ce soit nous ? demanda-t-il.

— Dieu fasse que ce ne soit pas le cas, répondit-elle, car je devrais ordonner une enquête vous concernant, ainsi que Lauren et Kevin, et vous seriez tous menacés d'exclusion définitive. Je devrais également déclarer Kyle menace à la sécurité de CHERUB, lui interdire l'accès au campus et le placer sous surveillance. Ensuite, il me faudrait rédiger un rapport détaillé pour expliquer la façon dont Kyle Blueman a eu accès à un ordre de mission hautement confidentiel, comment deux membres de l'organisation que je dirige en sont arrivés à travailler pour le camp d'en face, et de quelle façon ils sont entrés en contact avec un célèbre reporter d'investigation. Au bout du compte, je comparaîtrais devant le comité d'éthique, et je serais invitée à m'expliquer avec le ministre des Services secrets. Sans doute exigerait-il ma démission. Le contrôleur de mission chargé de l'opération serait lui aussi renvoyé, et au cas où vous ne l'auriez pas remarqué, en l'occurrence, il s'agit de mon mari.

— Je n'avais pas réalisé que ça pourrait être aussi sérieux, murmura Bruce, atterré.

James choisit soigneusement ses mots.

— Alors, même si c'était nous — et bien sûr, ce n'est pas le cas —, il vaudrait peut-être mieux que cette discussion reste entre nous ?

Zara hocha la tête puis ferma le dossier.

— Vous n'en direz pas un mot hors de cette pièce. N'entrez pas en contact avec Kyle jusqu'à nouvel ordre, car le MI5 le mettra sans doute sous surveillance pendant deux ou trois mois. Ne fréquentez ni les membres de Bad Trips, ni Helena Bayliss, ni Hugh Verhoeven.

— Vous pouvez faire quelque chose pour que Kyle soit libéré ? demanda Bruce.

— Certainement pas, répondit Zara. Ça ne ferait que souligner le fait qu'il est un ancien agent de CHERUB. C'est un grand garçon, maintenant. Je suis certaine que ses nouveaux amis activistes lui permettront de s'offrir les services d'un excellent avocat.

— De quoi peuvent-ils l'accuser ? s'inquiéta James. Il n'a fait de mal à personne et rien commis d'illégal.

— Il sera sûrement relâché sous caution, ajouta Bruce. Le MI5 n'aime pas laver son linge sale devant les tribunaux.

Zara lâcha un profond soupir et se leva.

— Je ne dirai plus un mot à propos de cette affaire, dit-elle. J'imagine que vous devez avoir faim, et ma famille m'attend.

James et Bruce échangèrent un sourire discret et se levèrent à leur tour. Zara traversa la pièce puis récupéra le chapeau et le manteau suspendus à une patère, derrière la porte.

— Une dernière chose, dit-elle. Le monde est compliqué. Parfois, il est difficile de différencier les bons des méchants, mais je pense que nous savons tous à quel camp appartenait Tan Abdullah. Vous avez pris des risques stupides. En tant que directrice, je réprouve vos actions, mais en tant qu'être humain doué de conscience, je ne peux pas les condamner.

Décembre 2009

36. Terminal

Aux alentours de onze heures, James, dix-huit ans, franchit les portes automatiques du terminal numéro cinq de l'aéroport d'Heathrow. Il portait un T-shirt rouge orné de la virgule Nike et du logo de l'équipe de football américain des *Stanford Cardinals*. En dépit de sa peau bronzée, il avait des poches sous les yeux, conséquence des dix heures passées dans l'avion en provenance de San Francisco.

— Tu m'as tellement manqué ! couina Kerry en se jetant à son cou.

Elle le serra contre elle de toutes ses forces. Sous ses doigts, elle trouva son corps moins ferme qu'à l'ordinaire.

— Je vois qu'on se laisse aller, Mr Adams, gloussa-t-elle.

James l'embrassa avec fougue puis glissa une main à l'arrière de sa minijupe.

— Quatre mois, soupira-t-il, les yeux embués. C'était *beaucoup* trop long.

Les amoureux commencèrent à se caresser et à se tripoter publiquement, sans se préoccuper des regards extérieurs. Une vieille dame qui assistait à la scène lâcha un soupir réprobateur. Un garçon d'environ treize ans siffla dans ses doigts. Sa mère lui adressa une claque au sommet du crâne.

— Tout le monde nous regarde, gémit Kerry en repoussant James.

— Qu'est-ce qu'on risque ? D'être arrêtés pour outrage aux bonnes mœurs ? On pourrait se trouver une cabine de toilettes tranquille…

— James, il est hors de question qu'on fasse ça dans les toilettes.

— Mais je n'en peux plus, Kerry. Je t'en supplie.

— Dans ce cas, on ferait mieux de foncer à l'hôtel, dit-elle en exhibant une carte magnétique.

James lui adressa un sourire lumineux.

— Oh ! mon Dieu, je t'aime tellement, roucoula-t-il.

— La chambre n'est pas terrible. Je l'ai eue en promo pour vingt livres sur Internet, mais on pourra y passer quelques heures avant de retrouver Lauren en ville.

— C'est loin d'ici ?

— Une dizaine de minutes en voiture. Tu crois que tu pourras tenir jusque-là ?

— Tout juste, répondit James en affichant une moue faussement boudeuse.

Mais Kerry ne comprit pas qu'il plaisantait. Elle se figura qu'il était fâché parce qu'elle n'avait pas répondu à son *je t'aime*.

— Moi aussi, je t'aime, dit-elle. J'ai réservé cette chambre parce que moi non plus, je ne me sentais pas capable de patienter jusqu'à ce soir.

— Super ! s'enthousiasma James en cherchant la sortie du regard. Alors, qu'est-ce qu'on attend ?

Kerry épaula le bagage à main de son petit ami. James la suivait à un pas en tirant une énorme valise à roulettes. À nouveau, il posa une main sur ses fesses, mais elle se déroba vivement.

— Arrête, maugréa-t-elle. Ça devient embarrassant, à la fin.

— Tu n'as pas changé, gloussa James. Toujours aussi bêcheuse.

Il fit halte puis se retourna vers le hall bondé.

— James, qu'est-ce que tu fais ?

— Je vous présente Kerry Chang, ma petite amie ! lança-t-il à pleins poumons. Elle est roulée comme une déesse, et j'espère que vous appréciez le spectacle. À présent, je vais l'emmener dans une chambre d'hôtel et la...

Kerry plaqua une main sur sa bouche avant qu'il n'ait pu terminer sa phrase.

— Je vais te massacrer ! lança-t-elle en lui chatouillant les côtes jusqu'à ce qu'il pose un genou à terre.

— Je l'aime ! cria-t-il à l'adresse de la centaine d'individus médusés qui assistaient à la scène.

Pris d'un irrésistible fou rire, les deux amoureux roulèrent sur le sol du terminal sous l'œil réprobateur d'un agent de sécurité.

— Cessez de vous comporter comme des gamins, dit l'homme en veste jaune fluo. Vous bloquez la sortie.

James pointa un index accusateur en direction de Kerry.

— C'est elle qui a commencé, dit-il.

L'agent, que la situation n'amusait pas le moins du monde, tapota du bout des doigts le talkie-walkie suspendu à sa ceinture.

— Si vous avez un problème, je vous propose d'en discuter avec la police de l'aéroport.

Les joues ruisselantes de larmes, James et Kerry se relevèrent puis franchirent les portes automatiques menant au parking.

．．．

Ils avaient prévu de rejoindre Lauren à quatorze heures devant la station de métro d'East Finchley, mais ils étaient demeurés si longtemps dans la chambre d'hôtel pour célébrer leurs retrouvailles qu'ils se présentèrent au rendez-vous avec près de quarante minutes de retard.

— Désolé, on est restés coincés dans les embouteillages, mentit James en descendant de la Mercedes gris métal appartenant à la flotte du campus.

Il serra sa sœur dans ses bras.

— Tu as pris quelques centimètres, depuis la dernière fois, ajouta-t-il.

— Et toi, tu as pris du bide, répondit Lauren.

— Je n'arrête pas de faire la fête, à la fac, expliqua James.

— Moi, je le trouve beaucoup plus confortable qu'avant, sourit Kerry.

— En fait, j'ai perdu un peu de poids depuis que je me suis remis au sport. Mais au début, à Stanford, c'était la folie tous les soirs.

Ils montèrent à bord de la voiture et rejoignirent le *Pizza Express* le plus proche pour s'offrir un déjeuner tardif.

— Alors, comment s'est passé le premier trimestre ? demanda Lauren.

— Finalement, Stanford ressemble beaucoup à CHERUB, sauf qu'il n'existe pas de chambre individuelle et qu'il doit y avoir dix mille résidents sur le campus. Le niveau est assez élevé, et je croule sous le boulot. C'est la première fois que je dois me donner du mal en maths et en physique, mais tous mes collègues sont carrément largués.

— Et tes examens ? demanda Kerry avant de mordre dans sa bruschetta.

— Ils auront lieu en mars, à la fin du deuxième trimestre. Mais il existe un système de contrôle continu. Je n'ai eu que des A et des B dans les disciplines de base, mais le règlement oblige les élèves de première année à choisir une discipline non scientifique. J'ai opté pour le russe parce que je parle la langue, mais j'ai dû m'avaler *Crime et châtiment*, de Dostoïevski, un pavé de six cents pages à crever d'ennui.

— Alors comme ça, il y a beaucoup de fêtes ?

James hocha la tête.

— Un truc de dingue. Je veux dire, il est possible de sortir tous les soirs, mais il faut apprendre à être raisonnable, sous peine de tomber de sommeil pendant les cours.

Kerry trouvait ces révélations fort déplaisantes. Elle ne doutait pas de l'amour que lui portait James, mais elle connaissait son goût pour les jolies filles. Elle se demandait s'il avait été capable de rester fidèle quatre mois durant dans une université grouillant d'étudiantes de dix-huit ans.

— J'ai adressé mon dossier de candidature à Stanford, dit-elle. Meryl affirme que je n'ai aucun souci à me faire.

— Cool, sourit James. Alors, quoi de neuf sur le campus ?

La serveuse déposa sur la table deux pizzas et un plat de lasagnes.

— À vrai dire, c'est plutôt calme en ce moment, répondit Lauren. Des tas de gens sont en mission. Rat et Andy sont en Australie. Bethany s'est remise avec Bruce, mais ça n'a duré que trois semaines. Jake Parker a été suspendu, car il a fait boire Ronan et qu'il a pissé dans la fontaine.

— Kevin a reçu le T-shirt bleu marine, ajouta Kerry.

— Je suis content pour lui. J'adore ce gamin. Qui occupe mon ancienne chambre ?

— Un T-shirt gris nommé James Watkinson. Un garçon plutôt calme. Il reste dans son coin la plupart du temps.

— C'est bizarre de voir tous ces nouveaux agents sur le campus, dit Lauren. Jake et Kevin sont des vétérans, comparés à eux. Et je n'arrive toujours pas à me faire à l'idée que vous avez quitté CHERUB, Shakeel et toi.

— Mais j'y pense, on ne lui a pas parlé du scandale sexuel qui a éclaboussé le campus ! s'exclama joyeusement Kerry.

— Oh mon Dieu ! s'esclaffa Lauren. James, figure-toi que Boulette est papa. Le couple qui a emménagé dans l'ancienne maison de Large possède un caniche nain — une femelle, cela va sans dire — et ce petit saligaud s'est arrangé pour lui faire des petits.

Les trois complices éclatèrent de rire.

— Joshua Asker m'a chargé de te dire qu'il nageait très bien, annonça Kerry. Il espère se rendre à la piscine en ta compagnie pour te faire une démonstration.

— J'ai vu mon père, lâcha Lauren, comme s'il s'agissait d'une information parfaitement banale.

James manqua de s'étrangler.

— L'oncle Ron ? Comment t'a-t-il retrouvée ?

— Il a adressé une lettre au conseil municipal d'Islington, qui a fait suivre à CHERUB. Légalement, il pourrait être relâché sur parole au début de l'année prochaine. Il souhaite que j'intercède en sa faveur. Il a insisté auprès du juge sur le fait qu'il avait une fille, et il a prétendu que je pensais que sa libération pourrait m'être bénéfique. Apparemment, les parents détenus ont davantage de chances d'être relâchés.

James secoua la tête avec mépris.

— J'espère que tu lui as dit d'aller se faire foutre.

Lauren fronça les sourcils.

— Je suis allée le voir. Il suit un traitement contre le cancer, il est maigre comme un clou, et je crois qu'il se fait souvent tabasser en prison. Je lui ai promis de rédiger la lettre qu'il me réclamait, à condition qu'il me foute la paix lorsqu'il serait libéré.

James enfouit sa tête entre ses mains.

— Comment as-tu pu faire une chose pareille ? Ron nous tabassait, tous les deux. Il traitait maman comme une moins que rien. Bon sang, c'est quand même toi qui l'as dénoncé quand il t'a battue si fort que tu as fini avec les deux yeux au beurre noir !

— Je sais. Mais c'est de l'histoire ancienne. Peu importent les saloperies que Ron a commises, il est toujours mon père.

Profondément dégoûté, James préféra garder le silence. Il avait fait le voyage depuis les États-Unis pour passer les fêtes de Noël en compagnie de ses proches, et il était déterminé à ne rien laisser ternir ces retrouvailles. En outre, Lauren était singulièrement têtue, et aucun argument ne saurait la faire changer d'avis.

— Et toi, James, tu as repensé à la possibilité de rencontrer ton père ? demanda Kerry.

James hocha la tête, avala calmement une bouchée de pizza puis déclara :

— Ça, c'était vraiment un truc de dingue. Le premier jour de cours, on nous a remis une liste de bouquins. Imaginez un peu la scène : je suis assis dans ma chambre, à Stanford, je commande les livres sur amazon.com, et là, je découvre que l'un d'eux a été coécrit par le professeur James Duncan. Mon ordinateur portable me tombe des mains. Chris, mon camarade de chambre, me demande ce qui ne va pas. Et là, je lui annonce que l'un de mes manuels de maths a été écrit par mon père. Je me suis dit que c'était peut-être un signe, surtout que je venais d'arriver en Californie, et que j'avais un peu le mal du pays. Alors j'ai cherché son e-mail et je lui ai envoyé un message. Il m'a répondu quelques jours plus tard. Depuis, on continue à communiquer de temps en temps.

— Alors tu vas le rencontrer ? sourit Lauren.

— Oui. En plus, j'ai une demi-sœur de quatre ans prénommée Megan. Et un demi-frère né très récemment, Albert, en hommage à Albert Einstein.

— Quand vas-tu lui rendre visite ? demanda Kerry.

James haussa les épaules.

— Nous n'avons pas encore fixé de date, mais comme je compte passer trois semaines en Angleterre, je vais sans doute en profiter.

— Que lui as-tu dit, à propos des années passées à CHERUB ? interrogea Lauren.

— Je m'en suis tenu au scénario de couverture établi avant mon départ. Je lui ai dit que j'avais vécu de famille d'accueil en famille d'accueil après la mort de maman.

— J'espère au moins qu'il t'a adressé les réponses aux problèmes figurant dans son bouquin ? s'amusa Kerry.

— Non, s'esclaffa James. Mais il m'a donné quelques explications, les fois où j'étais complètement perdu. Je crois que c'est un type bien. Je suis vraiment impatient de faire sa connaissance.

— Et pour le reste ? demanda Lauren. Ton camarade de chambre est sympa ?

— Tu pensais qu'il était gay, au départ, non ? fit observer Kerry.

— Oui, jusqu'au jour où je suis rentré à l'improviste et que je l'ai surpris en train de faire des cabrioles avec cette énorme nana. *Oh Chris, oh Chris, c'est tellement bon !*

Lauren et Kerry éclatèrent de rire. James était heureux de les avoir retrouvées. Il avait tellement de temps à rattraper.

∴

Une heure plus tard, Kerry gara la Mercedes au pied d'une colline herbeuse. Elle demeura en retrait tandis que Lauren et James gravissaient l'élévation. Le jeune homme, un bras autour des épaules de sa sœur, portait un bouquet de fleurs.

L'Angleterre est un petit pays. Les Londoniens sont enterrés dans des caveaux accueillant six dépouilles.

Les pierres tombales, espacées d'une cinquantaine de centimètres maximum, ne peuvent dépasser quarante centimètres de hauteur.

James et Lauren s'immobilisèrent devant un losange de marbre rose orné d'une inscription à la feuille d'or légèrement écaillée.

GWENDOLINE CHOKE
MAI 1966 – SEPTEMBRE 2003
JAMES & LAUREN TE PLEURENT À JAMAIS

Sous cette épitaphe figurait la représentation naïve d'un ange soufflant dans une trompette devant un arc-en-ciel.

— Je ne peux pas croire que c'est moi qui ai choisi cette décoration, soupira Lauren.

— Tu n'avais que neuf ans, dit James. S'ils m'avaient demandé, j'aurais sans doute opté pour le blason d'Arsenal.

Lauren sortit de son sac à dos une éponge et une bouteille d'eau savonneuse afin de nettoyer la pierre tombale. James disposa le bouquet de tournesols devant la sépulture. Un vent glacial emporta l'enveloppe de cellophane du fleuriste et la déposa dans les branches d'un arbre. Lorsqu'il leva les yeux, il constata que sa sœur pleurait à chaudes larmes.

— Eh, dit-il sur un ton apaisant en posant un genou à terre. Qu'est-ce qui ne va pas ? C'est la première fois que je te vois dans cet état.

— Elle me manque tellement, renifla Lauren. Et toi aussi, tu m'as manqué, quand tu étais en Amérique.

— Je sais. Moi aussi, j'ai besoin de toi.

— J'irai sans doute à l'université, dans quelques années. Nous vivrons loin l'un de l'autre, dans des villes différentes, peut-être dans des pays différents. Il ne sera plus question de descendre deux étages pour te dire bonjour, ou simplement te rendre une petite visite quand je m'ennuie.

— C'est toujours un peu triste, quand on regarde en arrière, dit James, la gorge serrée. Quand je pense à maman. Ou quand je prends conscience que je ne participerai plus jamais à un exercice d'entraînement. Ou quand je réalise que je ne partirai plus jamais en mission avec mes potes. Mais c'est la vie. Il faut aller de l'avant.

— Je n'ai pas connu votre mère, dit Kerry en tendant un Kleenex à Lauren. Mais je suis certaine qu'elle serait drôlement fière de vous.

Tout sourire, James serra les deux jeunes filles dans ses bras.

— Je vous adore, dit-il. On a toute la vie devant nous. Maintenant, retournons à la voiture. Je me suis habitué à la Californie. On se les gèle, dans ce foutu pays.

Épilogue

RALPH DONNINGTON, alias le Führer, a été jugé au tribunal londonien d'Old Bailey pour trafic d'armes et résistance à l'arrestation. Il a été condamné à une peine de seize ans d'emprisonnement. Le coaccusé **DIRTY DAVE** a écopé de onze ans de détention.

La guerre opposant les gangs motocyclistes n'a pas pour autant baissé d'intensité. À la mi 2009, les Vandales ont recruté plus de deux cents membres appartenant à des groupes alliés comme le Monster Bunch. Les Vengeful Bastards ont appliqué une politique comparable en adoubant officiellement les bikers d'une douzaine de formations associées.

En revanche, la police estime que l'arrestation de Ralph Donnington a mis un terme aux opérations de trafic des Vandales et porté un coup décisif à l'importation illégale d'armes à feu sur le territoire britannique.

Le *Surf Club* d'**ALISON** et **KAM LEE** a brûlé dans des conditions étranges en novembre 2009. Les autorités ont

affirmé leur certitude que ce désastre était la conséquence d'une expédition punitive ordonnée par le
Führer.

La grand-mère d'**AIZAT RAKYAT** est décédée en 2007. Sa
petite sœur **WATI** vit désormais sur le continent malais,
chez des amis, d'anciens habitants du village rasé sur
ordre de Tan Abdullah.

Aizat a été libéré en octobre 2009. Ayant obtenu un
diplôme universitaire au cours de son incarcération, il
a reçu une bourse de Bad Trips et fréquente désormais
une faculté du nord de la Malaisie.

À l'emplacement de son village de Langkawi s'élève
désormais une vaste résidence en multipropriété liée
à l'hôtel *Regency Plaza*. La plainte soulevée par les
anciens habitants des lieux et soutenue par Bad Trips
a été rejetée par un juge malaisien au motif qu'ils ne
possédaient pas de titre de propriété officiel, sans
considération pour le fait que la communauté vivait
sur ce rivage depuis plusieurs générations.

HELENA BAYLISS poursuit sa collaboration avec l'association Bad Trips, qui possède désormais des antennes
dans huit pays et compte une vingtaine de salariés
permanents. Elle rédige des articles concernant les
problèmes liés au développement de l'industrie touristique pour des magazines internationaux, et apparaît fréquemment sur les plateaux de télévision.

Début 2010, elle a obtenu la suspension de son interdiction de séjour en Malaisie. Elle envisage de s'y rendre afin de présenter Aizat Jr à son père.

L'enquête du journaliste **HUGH VERHOEVEN** a bénéficié d'une couverture limitée dans les médias britanniques, mais ses révélations ont fait l'effet d'une bombe en Malaisie. En quelques mois, les aveux de corruption d'Abdullah ont causé la chute du gouvernement.

Verhoeven a définitivement pris sa retraite. Il travaille aujourd'hui sur le premier volume de ses mémoires.

JUNE LING, les deux ex-épouses et les neuf enfants de **TAN ABDULLAH** se disputent âprement un héritage évalué à 4,4 milliards de dollars. On estime que les tribunaux malaisiens, thaïlandais et américains mettront de nombreuses années à régler la succession.

Après un bref séjour à New York en compagnie de leur belle-mère, **TJ** et **SUZIE** sont retournés vivre en Malaisie avec leur mère biologique.

Le fils aîné d'Abdullah est resté gouverneur de l'île de Langkawi. Malgré le parfum de scandale qui a entouré le suicide de son père, il fait partie des personnalités pressenties pour occuper, un jour, le poste de Premier ministre.

Blanchi par les commissions chargées d'enquêter sur les soupçons de corruption généralisée, **DAVID SECOMBE** a permis au Royaume-Uni et à la Malaisie de signer un contrat d'armement s'élevant à 4,7 milliards de livres en avril 2010, une somme à peine inférieure à l'accord initial.

La police s'étant montrée incapable de retenir la moindre charge contre lui, **KYLE BLUEMAN** a été remis en liberté à la fin de sa garde à vue.

Il suit aujourd'hui sa dernière année de droit à l'université de Cambridge et espère devenir avocat. Il continue à travailler bénévolement pour Bad Trips pendant son temps libre.

BOULETTE a été déclaré indésirable dans le jardin des voisins de la famille Asker. Lauren a catégoriquement refusé qu'il soit stérilisé. Trois de ses petits vivent aujourd'hui au bloc junior.

DANA SMITH a abandonné ses études. Elle travaille à mi-temps dans la galerie d'art de son petit ami ougandais.

DANTE WELSH, qui a assisté à la condamnation de Ralph Donnington au tribunal d'Old Bailey, s'est déclaré très satisfait de la sévérité de la peine. Quelques jours après le prononcé du verdict, l'ex-compagne d'un Vandale a avoué sa participation à une opération de nettoyage de la maison de la famille Welsh, le soir du massacre.

Le procès pour meurtre se tiendra en 2011, et Dante en sera le témoin numéro un. Si le Führer est déclaré coupable du quadruple homicide, il terminera son existence derrière les barreaux.

HOLLY WELSH, la petite sœur de Dante, entamera le programme d'entraînement initial de CHERUB en 2012.

BETHANY PARKER a été expulsée définitivement de l'organisation lorsque les services de sécurité ont découvert qu'elle entretenait une relation avec un garçon rencontré lors d'une mission, deux ans plus tôt, en violation des règles de CHERUB.

Elle vit désormais chez la contrôleuse de mission Maureen Evans, à deux pas du campus.

À quatorze ans, **KEVIN SUMNER** et **JAKE PARKER**, tous deux porteurs du T-shirt bleu marine, font partie de la génération montante des agents de CHERUB. Jake rend visite à sa sœur Bethany de temps à autre, mais ils ne parviennent toujours pas à s'entendre.

BRUCE NORRIS a passé sa dernière année à CHERUB en opération aux États-Unis. Il envisage d'étudier le journalisme et la photographie à l'université, puis de s'accorder une année sabbatique pour faire le tour du monde en compagnie des jumeaux **CALLUM** et **CONNOR REILLY**.

En outre, il s'est fixé un but à long terme : augmenter sa masse musculaire et devenir champion d'Ultimate Fighting.

Le dossier d'inscription de **KERRY CHANG** a été accepté par l'université de Stanford. Elle a rejoint James Adams à Palo Alto en août 2010. Contrairement à ses soupçons, ce dernier n'a pas touché une autre fille durant toute sa première année passée loin du campus.

GABRIELLE O'BRIEN, la meilleure amie de Kerry, suit des études de médecine à l'université du Sussex.

LAUREN ADAMS est restée en bons termes avec Bethany Parker, et poursuit sa relation avec son petit ami Rat. Elle prendra sa retraite en 2012.

Son père, **RONALD ONIONS**, a obtenu sa libération conditionnelle en mars 2010. Son cancer de la gorge était alors à un stade avancé. Il est mort quatre mois plus tard dans un hôpital du nord de Londres.

Lauren, Bethany et Rat furent les seuls à assister à sa crémation.

Avant d'entamer sa deuxième année à Stanford, **JAMES ADAMS** a passé une partie de l'été à travailler comme assistant à la résidence hôtelière de CHERUB. Il communique régulièrement avec son père et lui a rendu visite à plusieurs reprises lors de son séjour en Angleterre.

Sans doute vivra-t-il heureux jusqu'à la fin de ses jours…

1941

Au cours de la Seconde Guerre mondiale, Charles Henderson, un agent britannique infiltré en France, informe son quartier général que la Résistance française fait appel à des enfants pour franchir les *check points* allemands et collecter des renseignements auprès des forces d'occupation.

1942

Henderson forme un détachement d'enfants chargés de mission d'infiltration. Le groupe est placé sous le commandement des services de renseignement britanniques. Les *boys* d'Henderson ont entre treize et quatorze ans. Ce sont pour la plupart des Français exilés en Angleterre. Après une courte période d'entraînement, ils sont parachutés en zone occupée. Les informations collectées au cours de cette mission contribueront à la réussite du débarquement allié, le 6 juin 1944.

1946

Le réseau Henderson est dissous à la fin de la guerre. La plupart de ses agents regagnent la France. Leur existence n'a jamais été reconnue officiellement.

Charles Henderson est convaincu de l'efficacité des agents mineurs en temps de paix. En mai 1946, il reçoit du gouvernement britannique la permission de créer CHERUB, et prend ses quartiers dans l'école d'un village abandonné. Les vingt premières recrues, tous des garçons, s'installent dans des baraques de bois bâties dans l'ancienne cour de récréation.

Charles Henderson meurt quelques mois plus tard.

1951

Au cours des cinq premières années de son existence, CHERUB doit se contenter de ressources limitées. Suite au démantèlement d'un réseau d'espions soviétiques qui s'intéressait de très près au programme nucléaire militaire britannique, le gouvernement attribue à l'organisation les fonds nécessaires au développement de ses infrastructures.

Des bâtiments en dur sont construits et les effectifs sont portés de vingt à soixante.

1954

Deux agents de CHERUB, Jason Lennox et Johan Urminski, perdent la vie au cours d'une mission d'infiltration en Allemagne de l'Est. Le gouvernement envisage de dissoudre l'agence, mais renonce finalement à se séparer des soixante-dix agents qui remplissent alors des missions d'une importance capitale aux quatre coins de la planète.

La commission d'enquête chargée de faire toute la lumière sur la mort des deux garçons impose l'établissement de trois nouvelles règles :

1. La création d'un comité d'éthique composé de trois membres chargés d'approuver les ordres de mission.

2. L'établissement d'un âge minimum fixé à dix ans et quatre mois pour participer aux opérations de terrain. Jason Lennox n'avait que neuf ans.

3. L'institution d'un programme d'entraînement initial de cent jours.

1956
Malgré de fortes réticences des autorités, CHERUB admet cinq filles dans ses rangs à titre d'expérimentation. Au vu de leurs excellents résultats, leur nombre est fixé à vingt dès l'année suivante. Dix ans plus tard, la parité est instituée.

1957
CHERUB adopte le port des T-shirts de couleur distinguant le niveau de qualification de ses agents.

1960
En récompense de plusieurs succès éclatants, CHERUB reçoit l'autorisation de porter ses effectifs à cent trente agents. Le gouvernement fait l'acquisition des champs environnants et pose une clôture sécurisée. Le domaine s'étend alors à un tiers du campus actuel.

1967

Katherine Field est le troisième agent de CHERUB à perdre la vie sur le théâtre des opérations. Mordue par un serpent lors d'une mission en Inde, elle est rapidement secourue, mais le venin ayant été incorrectement identifié, elle se voit administrer un antidote inefficace.

1973

Au fil des ans, le campus de CHERUB est devenu un empilement chaotique de petits bâtiments. La première pierre d'un immeuble de huit étages est posée.

1977

Max Weaver, l'un des premiers agents de CHERUB, magnat de la construction d'immeubles de bureaux à Londres et à New York, meurt à l'âge de quarante et un ans, sans laisser d'héritier. Il lègue l'intégralité de sa fortune à l'organisation, en exigeant qu'elle soit employée pour le bien-être des agents.

Le fonds Max Weaver a permis de financer la construction de nombreux bâtiments, dont le stade d'athlétisme couvert et la bibliothèque. Il s'élève aujourd'hui à plus d'un milliard de livres.

1982

Thomas Webb est tué par une mine antipersonnel au cours de la guerre des Malouines. Il est le quatrième agent de CHERUB à mourir en mission. C'était l'un des neuf agents impliqués dans ce conflit.

1986

Le gouvernement donne à CHERUB la permission de porter ses effectifs à quatre cents. En réalité, ils n'atteindront jamais ce chiffre. L'agence recrute des agents intellectuellement brillants et physiquement robustes, dépourvus de tout lien familial. Les enfants remplissant les critères d'admission sont extrêmement rares.

1990

Le campus CHERUB étend sa superficie et renforce sa sécurité. Il figure désormais sur les cartes de l'Angleterre en tant que champ de tir militaire, qu'il est formellement interdit de survoler. Les routes environnantes sont détournées afin qu'une allée unique en permette l'accès. Les murs ne sont pas visibles depuis les artères les plus proches. Toute personne non accréditée découverte dans le périmètre du campus encourt la prison à vie, pour violation de secret d'État.

1996

À l'occasion de son cinquantième anniversaire, CHERUB inaugure un bassin de plongée et un stand de tir couvert.

Plus de neuf cents anciens agents venus des quatre coins du globe participent aux festivités. Parmi eux, un ancien Premier Ministre du gouvernement britannique et une star du rock ayant vendu plus de quatre-vingts millions d'albums.

À l'issue du feu d'artifice, les invités plantent leurs tentes dans le parc et passent la nuit sur le campus. Le lendemain matin, avant leur départ, ils se regroupent dans la chapelle pour célébrer la mémoire des quatre enfants qui ont perdu la vie pour CHERUB.

Table des chapitres

**Pour tout connaître
des origines de CHERUB, lisez
HENDERSON'S BOYS**

CHERUB - *les origines*

L'ÉVASION

Été 1940. L'armée d'Hitler fond sur Paris. Au milieu du chaos, l'espion britannique Charles Henderson recherche désespérément deux jeunes Anglais traqués par les nazis. Sa seule chance d'y parvenir : accepter l'aide de Marc, 12 ans, orphelin débrouillard. Les services de renseignement britanniques comprennent peu à peu que ces enfants constituent des alliés insoupçonnables. Une découverte qui pourrait bien changer le cours de la guerre…

LE JOUR DE L'AIGLE

1940. Un groupe d'adolescents mené par l'espion anglais Charles Henderson tente vainement de fuir la France occupée. Malgré les officiers nazis lancés à leurs trousses, ils se voient confier une mission d'une importance capitale : réduire à néant les projets allemands d'invasion de la Grande-Bretagne. L'avenir du monde libre est entre leurs mains…

L'ARMÉE SECRÈTE

Début 1941. Fort de son
succès en France occupée,
Charles Henderson est de
retour en Angleterre avec
six orphelins prêts à se
battre au service de Sa
Majesté. Livrés à un
instructeur intraitable,
ces apprentis espions
se préparent pour leur
prochaine mission
d'infiltration en territoire
ennemi. Ils ignorent
encore que leur chef,
confronté au mépris de sa
hiérarchie, se bat pour
convaincre l'état-major
britannique de ne pas
dissoudre son unité…

OPÉRATION U-BOOT

Printemps 1941. Assaillie
par l'armée nazie, la
Grande-Bretagne ne peut
compter que sur ses alliés
américains pour obtenir
armes et vivres. Mais
les cargos sont des proies
faciles pour les sous-
marins allemands,
les terribles U-boot.
Charles Henderson et ses
jeunes recrues partent à
Lorient avec l'objectif de
détruire la principale base
de sous-marins allemands.
Si leur mission échoue,
la résistance britannique
vit sans doute ses
dernières heures…

LE PRISONNIER

Depuis huit mois, Marc Kilgour, l'un des meilleurs agents de Charles Henderson, est retenu dans un camp de prisonniers en Allemagne. Affamé, maltraité par les gardes et les détenus, il n'a plus rien à perdre. Prêt à tenter l'impossible pour rejoindre l'Angleterre et retrouver ses camarades de **CHERUB**, il échafaude un audacieux projet d'évasion. Au bout de cette cavale en territoire ennemi, trouvera-t-il la mort… ou la liberté ?

TIREURS D'ÉLITE

Mai 1943. CHERUB découvre que l'Allemagne cherche à mettre au point une arme secrète à la puissance dévastatrice. Sur ordre de Charles Henderson, Marc et trois autres agents suivent un programme d'entraînement intensif visant à faire d'eux des snipers d'élite. Objectif : saboter le laboratoire où se prépare l'arme secrète et sauver les chercheurs français exploités par les nazis.

Robert Muchamore

L'ÉVASION

EXTRAIT : HENDERSON'S BOYS. 01

HENDERSON'S BOYS. 01

PREMIÈRE PARTIE

5 juin 1940 – 6 juin 1940

L'Allemagne nazie lança l'opération d'invasion de la France le 10 mai 1940. Sur le papier, les forces françaises alliées aux forces britanniques étaient égales, voire supérieures à celles des Allemands. La plupart des commentateurs prévoyaient une guerre longue et sanglante. Mais, alors que les forces alliées se déployèrent de manière défensive, les Allemands utilisèrent une tactique aussi nouvelle que radicale : le Blitzkrieg. Il s'agissait de rassembler des chars et des blindés pour former d'énormes bataillons qui enfonçaient les lignes ennemies.

Dès le 21 mai, les Allemands parvinrent ainsi à occuper une grande partie du nord de la France. Les Britanniques furent contraints de procéder à une humiliante évacuation par la mer, à Dunkerque, tandis que l'armée française était anéantie. Les généraux allemands souhaitaient poursuivre leur avancée jusqu'à Paris, mais Hitler leur ordonna de faire une pause afin de se regrouper et de renforcer leurs voies de ravitaillement.

La nuit du 3 juin, il donna finalement l'ordre de reprendre l'offensive.

CHAPITRE PREMIER

Bébé, Marc Kilgour avait été abandonné entre deux pots de fleurs en pierre sur le quai de la gare de Beauvais, à soixante kilomètres au nord de Paris. Un porteur le découvrit couché à l'intérieur d'un cageot de fruits et s'empressa de le conduire au chaud dans le bureau du chef de gare. Là, il découvrit l'unique indice de l'identité du bambin : un bout de papier sur lequel on avait griffonné ces cinq mots : *allergique au lait de vache.*

Âgé maintenant de douze ans, Marc avait si souvent imaginé son abandon que ce souvenir inventé était devenu une réalité : le quai de gare glacial, sa mère inquiète qui l'embrassait sur la joue avant de monter dans un train et de disparaître pour toujours, les yeux humides, la tête pleine de secrets, tandis que les wagons s'enfonçaient dans la nuit et les nuages de vapeur. Dans ses fantasmes, Marc voyait une statue érigée sur ce quai, un jour. Marc Kilgour : as de l'aviation, gagnant des 24 Heures du Mans, héros de la France…

Hélas, jusqu'à présent, sa vie avait été on ne peut plus terne. Il avait grandi à quelques kilomètres au nord de Beauvais, dans une grande ferme délabrée dont les murs lézardés et les poutres ratatinées étaient constamment menacés par le pouvoir destructeur d'une centaine de garçons orphelins.

Les fermes, les châteaux et les forêts de la région séduisaient les Parisiens qui venaient s'y promener en voiture le dimanche, mais pour Marc, c'était un enfer ; et ces vies excitantes que lui laissaient entrevoir la radio et les magazines lui faisaient l'effet d'une torture.

Ses journées se ressemblaient toutes : la meute grouillante des orphelins se levait au son d'une canne qui frappait contre un radiateur en fonte, puis c'étaient les cours jusqu'au déjeuner, suivis d'un après-midi de labeur à la ferme voisine. Les hommes qui étaient censés accomplir ces tâches pénibles avaient tous été réquisitionnés pour combattre les Allemands.

La ferme des Morel était la plus grande de la région et Marc le plus jeune des quatre garçons qui y étaient employés. M. Thomas, le directeur de l'orphelinat, profitait de la pénurie de main-d'œuvre et recevait une coquette somme d'argent en échange du travail des garçons. Mais ceux-ci n'en voyaient jamais la couleur, et lorsqu'ils le faisaient remarquer, ils avaient droit à un regard courroucé et à un sermon qui soulignait tout ce qu'ils avaient déjà coûté en nourriture et en vêtements.

Suite à de nombreuses prises de bec avec M. Thomas, Marc avait hérité de la corvée la plus désagréable. Les terres de Morel produisaient essentiellement du blé et des légumes, mais le fermier possédait une douzaine de vaches laitières, dans une étable, et leurs veaux étaient élevés dans un abri voisin, pour leur viande. En l'absence de pâturages, les bêtes se nourrissaient uniquement de fourrage et apercevaient la lumière du jour seulement quand on les conduisait dans une ferme des environs pour s'ébattre avec Henri le taureau.

Pendant que ses camarades orphelins s'occupaient des champs, Marc, lui, devait se faufiler entre les stalles mitoyennes pour nettoyer l'étable. Une vache adulte produit cent vingt litres d'excréments et d'urine par jour, et elle ignore les vacances et les week-ends.

De ce fait, sept jours par semaine, Marc se retrouvait dans ce local malodorant à récurer le sol en pente pour faire glisser le fumier dans la fosse. Une fois qu'il avait ôté la paille piétinée et les déjections, il lavait à grande eau le sol en béton, puis déposait dans chaque stalle des bottes de foin et des restes de légumes. Deux fois par semaine, c'était la grande corvée : vider la fosse et faire rouler les tonneaux puants vers la grange, où le fumier se décomposerait jusqu'à ce qu'il serve d'engrais.

...

Jade Morel avait douze ans, elle aussi, et elle connaissait Marc depuis leur premier jour d'école. Marc était un beau garçon, avec des cheveux blonds emmêlés, et Jade l'avait toujours bien aimé. Mais en tant que fille du fermier le plus riche de la région, elle n'était pas censée fréquenter les garçons qui allaient à l'école pieds nus. À neuf ans, elle avait quitté l'école communale pour étudier dans un collège de filles à Beauvais, et elle avait presque oublié Marc, jusqu'à ce que celui-ci vienne travailler à la ferme de son père quelques mois plus tôt.

Au début, ils n'avaient échangé que des signes de tête et des sourires, mais depuis que le temps s'était mis au beau, ils avaient réussi à bavarder un peu, assis dans l'herbe ; et parfois, Jade partageait avec lui une tablette de chocolat. Par timidité, leurs conversations se limitaient aux cancans et aux souvenirs datant de l'époque où ils allaient à l'école ensemble.

Jade approchait toujours de l'étable comme si elle se promenait, tranquillement, la tête ailleurs, mais très souvent, elle revenait sur ses pas ou bien se cachait dans les herbes hautes, avant de se relever et de faire mine de heurter Marc accidentellement au moment où celui-ci sortait. Il y avait dans ce jeu quelque chose d'excitant.

Ce jour-là, un mercredi, Jade fut surprise de voir Marc jaillir par la porte latérale de l'étable, torse nu et visiblement de fort mauvaise humeur. D'un coup de botte en caoutchouc, il envoya valdinguer un seau en fer qui traversa bruyamment la cour de la ferme. Il en prit un autre, qu'il plaça sous le robinet installé à l'extérieur de l'étable.

Intriguée, la fillette s'accroupit et s'appuya contre le tronc d'un orme. Marc ôta ses bottes crottées et jeta un regard furtif autour de lui avant d'ôter ses chaussettes, son pantalon et son caleçon. Jade, qui n'avait jamais vu un garçon nu, plaqua sa main sur sa bouche, alors que Marc montait sur une dalle carrelée et saisissait un gros savon.

Les mains en coupe, il les plongea dans le seau et s'aspergea tout le corps avant de se savonner. L'eau était glacée et, malgré le soleil qui tapait, il se dépêchait. Quand il fut couvert de mousse, il souleva le seau au-dessus de sa tête et versa l'eau.

Le savon lui piquait les yeux ; il se jeta sur la serviette crasseuse enroulée autour d'un poteau en bois.

— J'ai vu tes fesses ! cria Jade en sortant de sa cachette.

Marc écarta précipitamment les cheveux mouillés qui masquaient son visage et découvrit avec stupéfaction le regard pétillant et le sourire doux de Jade. Il lâcha la serviette et bondit sur son pantalon en velours.

— Bon sang ! fit-il en sautant à cloche-pied pour tenter d'enfiler son pantalon. Ça fait longtemps que tu es là ?

— Suffisamment, répondit la jeune fille.

— D'habitude, tu ne viens jamais si tôt.

— J'ai pas école, expliqua Jade. Certains profs ont filé. Les Boches arrivent.

Marc hocha la tête pendant qu'il boutonnait sa chemise. Il expédia ses bottes dans l'étable.

— Tu as entendu les tirs d'artillerie ? demanda-t-il.

— Ça m'a fait sursauter. Et puis aussi les avions allemands ! Une de nos domestiques a dit qu'il y avait eu des incendies en ville, près de la place du marché.

— Oui, on sent une odeur de brûlé quand le vent tourne. Vous devriez partir dans le sud avec la belle Renault de ton père.

Jade secoua la tête.

— Ma mère veut partir, mais papa pense que les Allemands ne nous embêteront pas si on leur fiche la paix. Il dit qu'on aura toujours besoin de fermiers, que le pays soit gouverné par des escrocs français ou allemands.

— Le directeur nous a laissés écouter la radio hier soir. Ils ont annoncé qu'on préparait une contre-attaque. On pourrait chasser les Boches.

— Oui, peut-être, dit Jade, sceptique. Mais ça se présente mal…

Marc n'avait pas besoin d'explications. Les stations de radio officielles débitaient des commentaires optimistes où il était question de riposte et des discours enflammés qui parlaient de « l'esprit guerrier des Français ». Mais aucune propagande, aussi massive soit-elle, ne pouvait cacher les camions remplis de soldats blessés qui revenaient du front.

— C'est trop déprimant, soupira Marc. J'aimerais tellement avoir l'âge de me battre. Au fait, tu as des nouvelles de tes frères ?

— Non, aucune... Mais personne n'a de nouvelles de personne. La Poste ne fonctionne plus. Ils sont sans doute prisonniers. À moins qu'ils se soient enfuis à Dunkerque.

Marc hocha la tête avec un sourire qui se voulait optimiste.

— D'après *BBC France*, plus de cent mille de nos soldats ont réussi à traverser la Manche avec les Britanniques.

— Mais dis-moi, pourquoi étais-tu de si mauvaise humeur ? demanda Jade.

— Quand ça ?

— À l'instant, dit la fillette avec un sourire narquois. Tu es sorti de l'étable furieux et tu as donné un coup de pied dans le seau.

— Oh ! J'avais fini mon travail quand je me suis aperçu que j'avais oublié ma pelle dans une des stalles. Alors, je me suis penché à l'intérieur pour la récupérer et au même moment, la vache a levé la queue et, PROOOUT ! elle m'a chié en plein visage. En plus, j'avais la bouche ouverte...

— Arrggh ! s'écria Jade en reculant, horrifiée. Je ne sais pas comment tu peux travailler là-dedans ! Rien que l'odeur, ça me donne la nausée. Si ce truc me rentrait dans la bouche, j'en mourrais.

— On s'habitue à tout, je crois. Et ton père sait que c'est un sale boulot, alors je travaille deux fois moins longtemps que les gars dans les champs. En plus, il m'a filé des bottes et des vieux habits de tes frères. Ils sont trop grands, mais au moins après, je ne me promène pas en puant le fumier.

Une fois son dégoût passé, Jade vit le côté amusant de la chose et elle rejoua la scène en levant son bras comme si c'était la queue de la vache et en faisant un grand bruit de pet. « FLOC ! »

Marc était vexé.

— C'est pas drôle ! J'ai encore le goût dans la bouche.

Cette remarque fit rire Jade de plus belle, alors Marc s'emporta :

— Petite fille riche ! Évidemment que tu ne le supporterais pas. Tu pleurerais toutes les larmes de ton corps !

— PROOOUT ! FLOC ! répéta Jade.

Elle riait si fort que ses jambes en tremblaient.

— Attends, je vais te montrer ce que ça fait, dit Marc.

Il se jeta sur elle et la saisit à bras-le-corps.

— Non ! Non ! protesta la fillette en donnant des coups de pied dans le vide, alors que le garçon la soulevait de terre.

Impressionnée par la force de Marc, elle lui martelait le dos avec ses petits poings, tandis qu'il l'entraînait vers la fosse à purin située à l'extrémité de la grange.

— Je le dirai à mon père ! Tu vas avoir de gros ennuis !

— PROOOUT ! SPLASH ! répondit Marc en renversant Jade la tête en bas, si bien que ses cheveux longs pendaient dangereusement au-dessus de la fosse malodorante.

La puanteur était comme une gifle.

— Tu as envie de piquer une tête ?

— Repose-moi !

Jade sentait son estomac se soulever en voyant les mouches posées sur la croûte brunâtre où éclataient des bulles de gaz.

— Espèce de crétin ! Si jamais j'ai une seule tache de purin sur moi, tu es un homme mort !

Jade s'agitait furieusement et Marc s'aperçut qu'il n'avait pas la force de la retenir plus longtemps, alors il la retourna et la planta sur le sol.

— Imbécile ! cracha-t-elle en se tenant le ventre, prise de haut-le-cœur.

— Cela te semblait si drôle pourtant quand ça m'est arrivé.

— Pauvre type, grogna Jade en arrangeant ses cheveux.

— Peut-être que la princesse devrait retourner dans son château pour travailler son Mozart, ironisa le garçon en produisant un bruit strident comme un violon qu'on massacre.

Jade était furieuse, non pas à cause de ce qu'avait fait Marc, mais parce qu'elle avait eu la faiblesse de se prendre d'affection pour lui.

— Ma mère m'a toujours dit d'éviter les garçons de ton espèce, dit-elle en le foudroyant du regard, les yeux plissés à cause du soleil. Les orphelins ! Regarde-toi ! Tu viens de te laver, mais même tes vêtements propres ressemblent à des haillons !

— Quel sale caractère, dit Marc.

— Marc Kilgour, ce n'est pas étonnant que tu mettes les mains dans le fumier, tu es dans ton élément !

Marc aurait voulu qu'elle se calme. Elle faisait un raffut de tous les diables et M. Morel adorait sa fille unique.

— Chut, pas si fort, supplia-t-il. Tu sais, nous autres, garçons de ferme, on aime faire les idiots. Je suis désolé. Je n'ai pas l'habitude des filles.

Jade s'élança et tenta de le gifler, mais Marc esquiva. Elle pivota alors pour le frapper derrière la tête, mais ses tennis en toile glissèrent sur la terre sèche et elle se retrouva en train de faire le grand écart.

Marc tendit la main pour la retenir, tandis que le pied avant de la jeune fille continuait à déraper ; hélas ! le tissu de sa robe glissa entre ses doigts et, impuissant, il ne put que la regarder basculer dans la fosse.

CHAPITRE DEUX

Les premières bombes s'abattirent sur Paris dans la nuit du 3 juin. Ces explosions qui symbolisaient l'avancée des troupes allemandes donnèrent le coup d'envoi de l'évacuation de la capitale.

Un an plus tôt, le régime nazi avait terrorisé Varsovie après l'invasion de la Pologne et les Parisiens redoutaient de subir le même sort : juifs et fonctionnaires du gouvernement assassinés dans la rue, jeunes femmes violées, maisons pillées et tous les hommes valides envoyés dans les camps de travail. Alors que la plupart des habitants de la capitale fuyaient, en train, en voiture ou à pied, d'autres, en revanche, considérés comme des inconscients et des idiots par ceux qui partaient, continuaient à vivre comme si de rien n'était.

Paul Clarke était un frêle garçon de onze ans. Il faisait partie des élèves, de moins en moins nombreux, qui fréquentaient encore la plus grande école anglophone de Paris. Celle-ci accueillait les enfants britanniques dont les parents travaillaient dans la capitale, mais n'avaient pas les moyens d'envoyer leur progéniture dans un pensionnat au pays. C'étaient les fils et les filles des petits fonctionnaires d'ambassade, des attachés militaires de grade inférieur, des chauffeurs ou des modestes employés d'entreprises privées.

Depuis le début du mois de mai, le nombre d'élèves était passé de trois cents à moins de cinquante. D'ailleurs, la plupart des professeurs étaient partis, eux aussi, dans le sud ou bien étaient rentrés en Grande-Bretagne. Les enfants restants, âgés de cinq à seize ans, suivaient un enseignement de bric et de broc dispensé dans le hall principal de l'école, une immense salle ornée de boiseries, sous le portrait sévère du roi George et une carte de l'Empire britannique.

Le 3 juin, il ne restait qu'une seule enseignante : la fondatrice et directrice de l'établissement, Mme Divine. Elle avait réquisitionné sa secrétaire pour lui servir d'assistante.

Paul était un garçon rêveur qui préférait cet arrangement de fortune à toutes ces années passées au milieu des élèves de son âge, assis droit comme un I sur sa chaise, à recevoir des coups de règle en bois sur les doigts chaque fois qu'il laissait son esprit vagabonder.

Le travail exigé par la vieille directrice n'était pas au niveau de l'intelligence de Paul, ce qui lui laissait du temps pour gribouiller. Il n'y avait pas un cahier de brouillon, pas un bout de papier dans son pupitre qui ne soit recouvert de dessins à la plume. Il avait un penchant pour les chevaliers en armure et les dragons qui crachaient le feu, mais il savait aussi représenter très fidèlement les voitures de sport et les aéroplanes.

Les doigts tachés d'encre de Paul traçaient les contours d'un biplan français qui fondait héroïquement sur une rangée de chars allemands. Ce dessin lui avait été commandé par un garçon plus jeune et devait être payé d'un Toblerone.

— Hé, fil de fer !

La fillette assise juste derrière Paul lui donna une chiquenaude dans l'oreille et il rata l'extrémité d'une hélice.

— Bon sang ! pesta-t-il en se retournant pour foudroyer du regard sa sœur aînée.

Rosie Clarke venait d'avoir treize ans et elle était aussi différente de Paul que peuvent l'être un frère et une sœur. Certes, il y avait une certaine ressemblance dans les yeux et ils partageaient les mêmes cheveux bruns, les mêmes taches de rousseur, mais alors que les vêtements de Paul semblaient honteux de pendre sur son corps chétif, Rosie possédait des épaules larges, une poitrine précoce et des ongles longs qui faisaient souvent couler le sang de son frère.

— Rosemarie Clarke ! intervint Mme Divine avec son accent anglais très snob. Combien de fois devrai-je vous répéter de laisser votre frère tranquille ?

Paul se réjouissait d'avoir la directrice de son côté, mais cette intervention rappela à tous les élèves qu'il se faisait martyriser par sa sœur et il fut la cible des quolibets qui parcoururent la classe.

— Mais, madame, notre père est dehors ! expliqua Rosie.

Paul tourna vivement la tête vers la fenêtre. Concentré sur son dessin, il n'avait pas vu la Citroën bleu foncé entrer dans la cour de l'école. Un coup d'œil à la pendule au-dessus du tableau noir confirma qu'il restait une bonne heure avant la fin des cours.

— Madame Divine ! lança M. Clarke d'un ton mielleux en pénétrant dans le hall quelques instants plus tard. Je suis affreusement désolé de venir perturber votre classe.

La directrice, qui n'aimait pas les effusions, ne parvint pas à masquer son dégoût lorsque Paul et Rosie embrassèrent leur père sur les joues. Clarke était le représentant en France de la Compagnie impériale de radiophonie. Il était toujours vêtu d'un costume sombre, avec des chaussures brillantes comme un miroir et une extravagante cravate à pois que Mme Divine trouvait vulgaire. Toutefois, l'expression de la directrice se modifia quand M. Clarke lui tendit un chèque.

— Nous devons passer chercher quelques affaires à la maison avant de nous rendre dans le sud, expliqua-t-il. J'ai payé jusqu'à la fin du trimestre, alors je tiens à ce que cette école soit encore là quand la situation redeviendra normale.

— C'est très aimable à vous, dit Mme Divine.

Elle avait passé trente ans de sa vie à bâtir cet établissement, à partir de rien, et elle parut sincèrement émue lorsqu'elle sortit un mouchoir de la manche de son cardigan pour se tamponner les yeux.

Aujourd'hui, c'était au tour de Paul et de Rosie de jouer la scène des adieux à laquelle ils avaient si souvent assisté ce mois-ci. Les garçons se serraient la main, comme des gentlemen, alors que les filles avaient tendance à pleurer et à s'étreindre, en promettant de s'écrire.

Paul n'eut aucun mal à prendre un air distant car ses deux seuls camarades, ainsi que le professeur de dessin, étaient déjà partis. Un peu gêné, il se dirigea vers les plus jeunes élèves assis au premier rang et rendit le cahier de brouillon à son propriétaire de huit ans.

— Je crois que je ne pourrai pas terminer ton dessin, dit-il d'un ton contrit. Mais tu n'as plus qu'à repasser sur les traits au crayon à papier.

— Tu es vraiment doué, dit le garçon, admiratif devant l'explosion d'un char à moitié achevée. *(Il ouvrit son pupitre pour y ranger son cahier.)* Je le laisserai comme ça, je ne veux pas le gâcher.

Paul allait refuser d'être payé, lorsqu'il vit que le pupitre du garçon renfermait plus d'une douzaine de barres de chocolat triangulaires. Son Toblerone à la main, il regagna sa place et rangea ses affaires dans un cartable en cuir : plumes et encre, quelques bandes dessinées défraîchies et ses deux carnets d'esquisses qui contenaient ses plus beaux dessins. Pendant ce temps, sa sœur donnait libre cours à son exubérance naturelle.

— On reviendra tous un jour! clama-t-elle de manière théâtrale en étouffant dans ses bras Grace, une de ses meilleures amies.

— T'en fais pas, papa, dit Paul en s'approchant de la porte où attendait leur père, l'air hébété. C'est ça, les filles. Elles sont toutes un peu folles.

Paul s'aperçut alors que Mme Divine lui tendait la main, et il dut la lui serrer. C'était une personne sévère et froide, et il ne l'avait jamais beaucoup aimée, mais il avait été élève pendant cinq ans dans cette école et il perçut une sorte de tristesse dans les vieux doigts noueux.

— Merci pour tout, lui dit-il. J'espère que les Allemands ne feront rien d'horrible en arrivant ici.

— Allons, Paul! dit M. Clarke en donnant une petite tape sur la tête de son fils. On ne dit pas des choses comme ça, voyons!

Rosie avait fini de broyer ses amies dans ses bras et elle ne put retenir ses larmes en serrant vigoureusement les mains de la directrice et de sa secrétaire. Paul, lui, se contenta d'un vague salut de la main à l'attention de toute la classe, avant de suivre son père dans le couloir, jusque sur le perron.

Le soleil brillait sur les pavés de la cour alors qu'ils se dirigeaient vers l'impressionnante Citroën. Il n'y avait aucun nuage dans le ciel, mais l'école était située sur une colline qui dominait la ville et l'on pouvait voir de la fumée s'échapper de plusieurs bâtiments dans le centre.

— Je n'ai pas entendu de bombardement, commenta Rosie en rejoignant son frère et son père.

— Le gouvernement émigre vers le sud, expliqua M. Clarke. Alors, ils brûlent tout ce qu'ils ne peuvent pas emporter. Le ministère de la Défense a même incendié certains de ses édifices.

— Pourquoi partent-ils ? demanda Paul. Je croyais qu'il devait y avoir une contre-offensive.

— Ne sois pas si naïf, espèce de bébé, ricana Rosie.

— Nous ne serions peut-être pas dans un tel pétrin si nos alliés avaient des radios correctes, dit M. Clarke d'un ton amer. Les forces allemandes communiquent instantanément entre elles. Les Français, eux, envoient des messagers à cheval ! J'ai tenté de vendre un système radio à l'armée française, mais leurs généraux vivent encore au Moyen Âge.

Paul fut surpris de voir une cascade de documents dégringoler à ses pieds quand il ouvrit la portière arrière de la voiture.

— Fais attention à ce que le vent ne les emporte pas ! s'exclama son père en plongeant pour ramasser les enveloppes de papier kraft éparpillées dans la cour.

Paul s'empressa de refermer la portière et colla son nez à la vitre : la banquette était couverte de classeurs et de feuilles volantes.

— Ce sont les archives de la Compagnie impériale de radiophonie. J'ai dû quitter le bureau précipitamment.

— Pourquoi ? demanda Rosie.

Son père ignora la question. Il ouvrit la portière du passager, à l'avant.

— Paul, je pense qu'il est préférable que tu te faufiles entre les sièges. Et j'aimerais que tu ranges tous ces papiers pendant le trajet. Rosie, monte devant.

Paul trouvait son père tendu.

— Tout va bien, papa ?

— Oui, bien sûr.

M. Clarke lui adressa son plus beau sourire de représentant de commerce.

— J'ai eu une matinée épouvantable, voilà tout. J'ai dû faire quatre garages pour trouver de l'essence, et finalement, j'ai été obligé d'aller en quémander à l'ambassade de Grande-Bretagne.

— À l'ambassade ? répéta Rosie, étonnée, en claquant la portière.

— Oui, ils ont des réserves de carburant pour permettre au personnel de fuir en cas d'urgence, précisa son père. Heureusement, je connais quelques personnes là-bas. Mais j'ai dû mettre la main à la poche.

M. Clarke n'était pas riche, mais sa Citroën six cylindres était une somptueuse berline qui appartenait à la Compagnie impériale de radiophonie. Paul adorait voyager à l'arrière, sur l'immense banquette en velours, avec les garnitures en acajou et les rideaux à glands devant les vitres.

— Il y a un ordre pour classer ces papiers ? demanda-t-il en dégageant une petite place pour poser ses fesses, alors que son père sortait de la cour de l'école.

— Contente-toi de les empiler, dit M. Clarke pendant que Rosie se retournait pour faire de grands signes à son amie Grace qui était sortie sur le perron. Je prendrai une valise à la maison.

— Où va-t-on ? interrogea Paul.

— Je ne sais pas trop. Dans le sud, en tout cas. Aux dernières nouvelles, il y avait encore des bateaux qui ralliaient la Grande-Bretagne au départ de Bordeaux. Sinon, nous devrions pouvoir passer en Espagne et embarquer à Bilbao.

— Et si on ne peut pas entrer en Espagne ? demanda Rosie avec une pointe d'inquiétude dans la voix, tandis que son frère ordonnait une liasse de feuilles en les tapotant sur l'accoudoir en cuir.

— Eh bien… répondit M. Clarke, hésitant. Nous ne serons fixés qu'en arrivant dans le sud. Mais ne t'en fais pas, ma chérie. La Grande-Bretagne possède la plus grande flotte marchande et la marine la plus puissante du monde. Il y aura toujours un bateau en partance.

La Citroën dévalait la colline en passant devant des rangées d'immeubles qui abritaient parfois une boutique ou un café au rez-de-chaussée. La moitié des commerces avaient baissé leur rideau de fer, certains étaient condamnés par des planches, mais d'autres continuaient à servir les clients, en dépit des nombreuses pancartes signalant les pénuries comme : « *plus de beurre* » aux devantures des épiceries, ou bien : « *tabac réservé aux personnes prenant un repas* », sur les façades des cafés-restaurants.

— On ne devrait pas s'arrêter chez le fleuriste ? demanda Rosie.

M. Clarke posa sur sa fille un regard solennel.

— Je sais que je te l'ai promis, ma chérie, mais le cimetière est à quinze kilomètres, dans la direction opposée. Il faut qu'on fasse nos bagages et qu'on quitte Paris au plus vite.

— Mais… protesta Rosie, tristement. Si on ne peut plus revenir ? On ne reverra plus jamais la tombe de maman !

À l'arrière, Paul se figea, alors qu'il finissait d'empiler les feuilles. Les visites au cimetière le faisaient toujours pleurer. Son père aussi, et il restait devant la tombe pendant une éternité, même quand il gelait à pierre fendre. C'était horrible, et franchement, l'idée de ne plus y retourner le soulageait.

— Il ne s'agit pas d'abandonner ta maman, Rosie, dit M. Clarke. Elle nous accompagnera durant tout le trajet, de là-haut.

Pour raison d'État, ces agents n'existent pas.

LA MUSIQUE ÉTAIT LEUR PASSION,
ELLE EST DEVENUE LEUR COMBAT

ROCK WAR

▶ 1

Par l'auteur de CHERUB

DÉCOUVREZ UN EXTRAIT D'UNE SÉRIE
QUI VA FAIRE DU BRUIT !

PROLOGUE

La scène est semblable à un immense autel dressé sous le ciel étoilé du Texas. De part et d'autre, des murs d'images hauts comme des immeubles diffusent un spot publicitaire pour une marque de soda. Sur le terrain de football américain où est parqué le public, une fille de treize ans est juchée en équilibre précaire sur les épaules de son frère.

—JAY! hurle-t-elle, incapable de contenir son excitation. JAAAAY, JE T'AIME!

Mais son cri se noie dans le grondement continu produit par la foule chauffée à blanc. Une clameur s'élève lorsqu'une silhouette apparaît sur la scène encore plongée dans la pénombre. Fausse alerte: le roadie place un pied de cymbale près de la batterie, s'incline cérémonieusement devant le public puis disparaît dans les coulisses.

—JET! scandent les fans. JET! JET! JET!

Côté backstage, ces cris semblent lointains, comme le fracas des vagues se brisant sur une digue. À la lueur verdâtre des boîtiers indiquant les sorties de secours, Jay vérifie que les straplocks de sa sangle sont correctement fixés. Il porte des Converse et un jean déchiré. Ses yeux sont soulignés d'un trait d'eye-liner.

Un décompte apparaît dans l'angle de l'écran géant : 30... 29... 28... Un rugissement ébranle le stade. Des centaines de milliers de leds forment le logo d'une célèbre marque de téléphones portables, puis les spectateurs découvrent un Jay de vingt mètres de haut dévalant une pente abrupte sur un skateboard, une meute d'adolescentes coréennes à ses trousses.

— TREIZE ! clament les spectateurs en frappant du pied. DOUZE ! ONZE !

Bousculé par ses poursuivantes, Jay tombe de sa planche. Un smartphone s'échappe de sa poche et glisse sur la chaussée. Les Coréennes se figent. Elles se désintéressent de leur idole et forment un demi-cercle autour de l'appareil.

— TROIS ! DEUX ! UN !

Les quatre membres de Jet déboulent sur scène. Des milliers de flashs leur brûlent la rétine. Les fans hurlent à s'en rompre les cordes vocales.

En se tournant vers le public, Jay ne voit qu'une masse noire ondulant à ses pieds. Il place les doigts sur le manche de sa guitare et éprouve un sentiment de puissance familier. Au premier coup de médiator, les murs d'amplis aussi larges que des semi-remorques cracheront un déluge de décibels.

Puis les premiers accords claquent comme des coups de tonnerre, et la foule s'abandonne à une joie sauvage...

▶1
PLAY-BACK

Il y a toujours ce moment étrange, quand on se réveille dans un endroit inhabituel. Ces quelques secondes où l'on flotte entre rêve et réalité sans trop savoir où l'on se trouve.

Lorsqu'il ouvrit les yeux, Jay Thomas, treize ans, réalisa qu'il était effondré sur un banc, dans un angle de la salle des fêtes. L'atmosphère empestait l'huile de friture. Seul un quart des chaises en plastique disponibles étaient occupées. Une femme de ménage à l'air maussade pulvérisait du produit d'entretien sur le buffet en Inox placé contre un mur latéral. Au-dessus de la scène était accrochée une banderole portant l'inscription *Concours des nouveaux talents 2014, établissements scolaires de Camden*.

Constatant que ses cheveux bruns savamment hérissés, son jean noir et son T-shirt des Ramones étaient constellés de miettes de chips, il jeta un regard furieux autour de lui. Trois garçons le considéraient d'un œil amusé.

— Putain, les mecs, quand est-ce que vous allez vous décider à grandir ? soupira Jay.

Mais il n'était pas réellement en colère. Il connaissait ces garçons depuis toujours. Ensemble, ils formaient un groupe de quartier baptisé Brontobyte. Et si l'un d'eux s'était endormi à sa place, il lui aurait sans doute fait une blague du même acabit.

— Tu as fait de beaux rêves ? demanda Salman, le chanteur du groupe.

Jay étouffa un bâillement puis secoua la tête afin de se débarrasser des miettes restées coincées dans son oreille droite.

— Je n'ai presque pas dormi la nuit dernière. Ce sale con de Kai a joué à la Xbox jusqu'à une heure du matin, puis il a décidé de faire du trampoline sur mon matelas.

Salman lui adressa un regard compatissant. Tristan et Alfie, eux, éclatèrent de rire.

Tristan, le batteur, était un garçon un brin rondouillard qui, au grand amusement de ses copains, se trouvait irrésistible. Alfie, son frère cadet, n'avait pas encore douze ans. Excellent bassiste, il était sans conteste le meilleur musicien du groupe, mais ses camarades se moquaient de sa voix haut perchée et de sa silhouette enfantine.

— Je n'arrive pas à croire que tu laisses ce morveux te pourrir la vie, ricana Tristan.

— Kai est balaise pour son âge, fit observer Alfie. Et Jay est maigre comme un clou.

L'intéressé les fusilla du regard.

— Bon, on peut changer de sujet ?

Tristan fit la sourde oreille.

— Ça lui fait combien de lardons, à ta mère, Jay ? demanda-t-il. Quarante-sept, quarante-huit ?

Salman et Alfie lâchèrent un éclat de rire, mais le regard noir de Jay les convainquit qu'il valait mieux calmer le jeu.

— Laisse tomber, Tristan, dit Salman.

— Ça va, je rigole. Vous avez perdu le sens de l'humour ou quoi ?

— Non, c'est toi le problème. Il faut toujours que tu en fasses trop.

— OK, les mecs, le moment est mal choisi pour s'embrouiller, intervint Alfie. Je vais chercher un truc à boire. Je vous ramène quelque chose ?

— Un whisky sans glace, gloussa Salman.

— Une bouteille de Bud et un kilo de crack, ajouta Jay, qui semblait avoir retrouvé sa bonne humeur.

— Je vais voir ce que je peux faire, sourit Alfie avant de se diriger vers la table où étaient alignés des carafes de jus de fruits et des plateaux garnis de biscuits bon marché.

Au pied de la scène, trois juges occupaient des tables d'écolier : un type chauve dont le crâne présentait une tache bizarre, une Nigérienne coiffée d'un turban traditionnel et un homme à la maigre barbe grise portant un pantalon de cuir. Ce dernier était assis à califourchon sur sa chaise retournée, les coudes sur le dossier, dans une attitude décontractée en complet décalage avec son âge.

Lorsque Alfie revint avec quatre verres d'orangeade, les joues gonflées par les tartelettes à la confiture qu'il y avait logées, cinq garçons à la carrure athlétique – quatre Noirs et un Indien âgés d'une quinzaine d'années – investirent la scène. Ils n'avaient pas d'instruments, mais portaient un uniforme composé d'une marinière, d'un pantalon de toile et d'une paire de mocassins.

— Ils ont braqué un magasin Gap ou quoi ? sourit Salman.

— Bande de losers, grogna Jay.

Le leader du groupe, un individu à la stature de basketteur, se planta devant le micro.

— Yo, les mecs ! lança-t-il.

Il s'efforçait d'afficher une attitude détachée, mais son regard trahissait une extrême nervosité.

— Nous sommes le groupe Womb 101, du lycée George Orwell. Nous allons vous interpréter une chanson de One Direction. Ça s'appelle *What Makes You Beautiful*.

De maigres applaudissements saluèrent cette introduction. Les quatre membres de Brontobyte, eux, échangèrent un regard abattu. En une phrase, Alfie résuma leur état d'esprit.

— Franchement, je préférerais me prendre un coup de genou dans les parties que jouer une daube pareille.

Le leader de Womb 101 adressa un clin d'œil à son professeur de musique, un homme rondouillard qui se tenait près de la sono. Ce dernier enfonça la touche *play* d'un lecteur CD. Dès que les premières notes du play-back se firent entendre, les membres du groupe entamèrent un pas de danse parfaitement synchronisé, puis quatre d'entre eux reculèrent pour laisser le chanteur principal seul sur l'avant-scène, devant le pied du micro.

La voix du leader surprit l'auditoire. Elle était plus haut perchée que ne le suggérait sa stature, mais son interprétation était convaincante, comme s'il brûlait réellement d'amour pour la fille jolie mais timide évoquée par les paroles. Ses camarades se joignirent à lui sur le refrain, produisant une harmonie à quatre voix sans perdre le fil de leur chorégraphie.

Tandis que Womb 101 poursuivait sa prestation, Mr Currie, le prof de Jay, s'approcha des membres de Brontobyte. La moitié des filles de Carleton Road craquaient pour ce jeune enseignant au visage viril et au corps sculpté par des séances de gonflette.

— Pas mal, non? lança-t-il à l'adresse de ses poulains.

Les quatre garçons affichèrent une moue dégoûtée.

— Les boys bands devraient être interdits, et leurs membres fusillés sans jugement, répondit Alfie. Sans déconner, ils chantent sur une bande préenregistrée. Ça n'a rien à voir avec de la musique.

— Le pire, c'est qu'ils risquent de gagner, ajouta Tristan. Leur prof a copiné avec les jurés pendant le déjeuner.

Mr Currie haussa le ton.

— Si ces types remportent le concours, ce sera grâce à leur talent. Vous n'imaginez pas à quel point il est difficile de chanter et danser en même temps.

Tandis que les choristes interprétaient le dernier refrain, le leader recula vers le fond de scène, effectua un saut périlleux arrière et se réceptionna bras largement écartés, deux de ses camarades agenouillés à ses côtés.

— Merci, lança-t-il en direction de l'assistance, le front perlé de sueur.

Le public était trop clairsemé pour que l'on puisse parler d'un tonnerre d'applaudissements, mais la quasi-totalité des spectateurs manifesta bruyamment son enthousiasme.

— Super jeu de jambes, Andrew ! cria une femme.

Alfie et Tristan placèrent deux doigts dans leur bouche puis firent mine de vomir. Mr Currie lâcha un soupir agacé puis tourna les talons.

— Il a raison sur un point, dit Jay. Ces types sont des merdeux, mais ils chantent super bien, et ils doivent avoir répété pendant des semaines pour obtenir ce résultat.

Tristan leva les yeux au ciel.

— C'est marrant, tu es *toujours* d'accord avec Mr Currie. Je crois que tu craques pour lui, comme les filles de la classe.

— C'était nul ! cria Alfie lorsque les membres de Womb 101 sautèrent de la scène pour se diriger vers la table où étaient servis les rafraîchissements.

Deux d'entre eux changèrent brutalement de direction puis, bousculant des chaises sur leur passage, se dirigèrent vers celui qui venait de les prendre à partie. Ils n'avaient plus rien des garçons proprets qui avaient interprété une chanson vantant la douceur des cheveux d'une lycéenne. Ils n'étaient plus que deux athlètes de seize ans issus d'un des établissements les plus violents de Londres.

L'Indien au torse musculeux regarda Alfie droit dans les yeux.

— Qu'est-ce que tu as dit, merdeux ? demanda-t-il en jouant des pectoraux.

Frappé de mutisme, Alfie baissa les yeux et contempla la pointe de ses baskets.

— Si je te croise dans la rue, je te conseille de courir vite, très vite, gronda l'autre membre de Womb 101 en faisant glisser l'ongle du pouce sur sa gorge.

Alfie retint sa respiration jusqu'à ce que les deux brutes se dirigent vers le buffet.

— T'es complètement malade ? chuchota Tristan en lui portant un violent coup de poing à l'épaule. Ces types viennent de la cité de Melon Lane. C'est tous des déglingués, là-bas.

Mr Currie avait manqué l'altercation avec les chanteurs de Womb 101, mais il avait été témoin du geste violent de Tristan à l'égard de son frère.

— Eh, ça suffit, vous quatre ! rugit-il en se précipitant à leur rencontre, un gobelet de café à la main. Franchement, votre attitude négative commence à me fatiguer. Ça va bientôt être à vous, alors vous feriez mieux de rejoindre les coulisses et de préparer votre matériel.

Le groupe suivant était composé de trois filles. Elles massacrèrent un morceau de Panamore et, en parfaite contradiction avec leur look punk, réussirent le prodige de le faire sonner comme une chanson de Madonna.

Lorsqu'elles eurent quitté la scène, les membres de Brontobyte entreprirent d'installer la batterie de Tristan. L'opération prenant un temps infini, la femme coiffée d'un turban consulta sa montre. Comble de malchance, la courroie de la basse d'Alfie se rompit, et ils durent la bricoler en urgence avant de pouvoir s'aligner devant le jury.

— Bonsoir à tous, lança Salman dans le micro. Nous sommes le groupe Brontobyte, de Carleton Road, et nous allons vous interpréter une de nos compos intitulée *Christine*.

Une de mes compos, rectifia mentalement Jay.

Il prit une profonde inspiration et positionna les doigts sur le manche de sa guitare.

Ils patientaient dans la salle des fêtes depuis dix heures du matin, et tout allait se jouer en trois minutes.

DÉJÀ DANS VOS LIBRAIRIES !